KB237358

갈릴레이의 변 辯

김해양 소설집

청어

갈릴레이의 변(辯)

김해양 지음

발행처 · 도서출판 **청어**
발행인 · 이영철
영　업 · 이동호
기　획 · 강보임 | 김홍순
편　집 · 김영신 | 김인현
디자인 · 오주연
인　쇄 · 두리터

등　록 · 1999년 5월 3일(제22-1541호)

1판 1쇄 인쇄 · 2008년 10월 25일
1판 1쇄 발행 · 2008년 10월 31일

주소 · 서울시 서초구 서초동 1588-1 신성빌딩 A동 412호
대표전화 · 586-0477
팩시밀리 · 586-0478

블로그 · http://blog.naver.com/ppi20
E-mail · ppi20@hanmail.net

이 책은 '기획재정부 복권위원회 복권기금'과 '한국문화예술위원회 복권기금'
후원으로 제작되었습니다.

길리레이의 변辯

| 일러두기 |

1. 본 작품은 소설로만 읽어주시기 바랍니다.

2. 소설의 등장인물은 작가가 창조해낸 캐릭터로서 가공의 인물입니다.

3. 소설에서 전개되는 사건 및 묘사나 표현 등은 작가가 문학적 컨셉을 바탕으로 지극히 과학적인 구도 하에 일정한 플롯에 따라 만든 이야기입니다.

4. 소설의 지명, 장소 등은 작가가 리얼리티를 확보하기 위해서 의도적으로 부여한 것이며, 문학적 의미로써 서정적 향토성을 확보하기 위한 것입니다.

5. 소설의 구성상 인물, 사건, 배경 등은 모두 허구이나, 그 허구 속에서 '과연 인간사의 진실이 무엇인가' 하는 메시지를 받았으면 하는 것이 작가의 소박한 바람입니다.

　우리 사회에서 작가의 시대적 주제의식은 매우 필요한 일입니다. 그것이 과거 식민치하였든 군사독재였든 오늘날의 민주화된 사회이든 말입니다. 다만 일제 강점기에는 조국의 해방과 독립이 지식인 사회의 가장 큰 화두였다면, 군사정권 시절엔 민주주의를 향한 국민적 열망과 투쟁이 그것이었습니다.

　그렇다면 명색이 글하는 이에게 오늘의 시대적 소명의식은 과연 무엇이라 할까요? 아마 그것은 건전한 상식과 이성이 수반되는 사회, 탈법과 변칙이 만연한 사회로부터 준법과 원칙이 지배하고 통용되는 사회, 그럼으로써 도덕적 양심과 사회적 정의가 실현되어, 누구나 땀 흘려 노력한 만큼 정직하고 균등한 대가가 배분되는 그런 사회를 그려나가는 데 있지 않을까요.

　그렇다면 문학의 본질 및 생명성도 여기에 있을 것입니다. 곧 문학이 추구하는 궁극의 목적은 언젠가 모 평론가도 말한 바 있듯 옳게 사는 것을 말함입니다.

　작금의 우리 사회에 교육정책의 부재와 성적 지상주의 풍토가 만연해 있다는 것은 참으로 가슴 아픈 일입니다. 한편으로 우리는 우리의 미래가, 꼭 학업성적이나 학벌만이 아닌, 보다 다양한 기준 및 방법으로 평가받는 그런 사회로 가기 위해서 많은 노력을 기울이고 있다는 것도 압니다. 그러나 교육 현실을 보면 아직

요원하다는 느낌입니다.

개개인이 지닌 장점과 특성이 존중되고 바람직한 사회로 가기 위해서는, 저마다 가지고 있는 소질과 재능이 중시되는 다원적 세계관과 가치관이 우리 사회에 하루라도 빨리 뿌리를 내려야 할 것입니다.

대단히 은유적이고 암시적이긴 하나 이 책은 전체적으로 이런 취지에서 쓰였습니다. 하지만 일단은 한 사회가 요구하는 공식적 제도권에서의 인간형이 반드시 바람직하다라기보다, 아직까지는 표준적인 틀을 유지하는 성공도의 한 전형이라는 점을 전혀 무시할 수는 없겠지요. 따라서 이 소설은 그러한 점을 부각하고 있기도 합니다.

즉, 격랑의 인생에 던지는 몇 개의 화두(話頭), 그러니까 개인의 인물성 및 사회제도의 모순에 순응한 자의 고난과 성취, 거역한 자의 면모와 기질이 내포한 능력. 그러나 궁극적으로 명예로운 삶과 회개하는 삶의 질문을 통해, 본질적으로 인간 자체에 대한 구원적 메시지와 애정을 표현하고 있는 것이, 제가 여기 세 편의 소설에서 말하고 싶었던 진실입니다.

특히, 중편소설 「갈릴레이의 변(辯)」은 논자(論者)에 따라 특정지역을 무척 강렬히 드러냈다는 지적과 시대적 추세에 따라 잘 부각했다는 상반된 평이 있습니다만, 전술(前述)한 바와 같은 모든 요지를 딤고 있는, 어쨌든 작가가 독창석이라 판단하여 가장 아끼는 작품의 하나입니다.

이 책이 세상에 나오기까지 참으로 우여곡절이 많았습니다.

먼저 전능하신 그리스도 우리 하나님께 감사드립니다. 또 작가와 살며 참으로 고생이 많았던, 제 아내와 이 기쁨을 나누고 싶습니다. 그리고 제 아들에게 이 책을, 아빠의 이름으로, 문학의 이름으로 바칩니다.

한편 오늘의 저를 있게 한, 지금 이 순간까지 저와 인연을 맺었던 모든 분들께 감사드립니다. 앞으로 더욱 좋은 글로 보답하겠습니다.

남도 바닷가에서

김해양

Contents

소설신국론

(神國論)

여인네는 재판 전부터 술을 몇 잔 마시고 왔는지 얼굴이 약간 불콰했던 것을 강직한은 기억해냈다. 급기야 노파는 술김에 자기 분을 못 이겨 법정 문을 쾅쾅 시끄럽게 걷어차기까지 했다. 아직도 불의한 군사독재 치하에서나 있을 법한, 마치 도살장 문을 연상시키는 법정 문이 기실, 모양만 둔중한 느낌이었을 뿐 속은 텅 빈 공동인지 현악기의 2번 현마냥 살팍하니 팅팅거렸다. 강직한은 괜히 남의 일을 가지고 가슴이 조마조마했다. 여인네의 행티가 지나쳐 적잖이 그녀의 안위가 걱정되었다.

지식과 기술이 뛰어난 의사보다 인간성이 건강하여 인술을 펴는 의사가 필요하며, 법조문만 가지고 판결하는 판사보다 한 가지 판결을 위해 100권의 책을 읽는 인간 위주의 판결을 하는 판사가 이 사회에 필요하다. 그리고 의사의 인품보다 판사의 식견이 훨씬 무겁고 크다는 것을 알아야 한다. 의사는 때로 불가항력적인 신의 섭리와 자연법칙에 부딪히는 점이 있고 또 자기가 배운 기술만 가지고도 큰 부작용이 따르지 않지만, 판사는 당초부터 피조물인 불완전한 인간이 인간을 재단한다는 데 큰 모순이 있고 또 그러한 인간들이 만든 인위적 제도 내에서 출발하는 직분으로 대단히 위험 부담을 많이 지닌 때문이다.

육중한 철문을 열어젖히고 농부 강직한은 아내 희선과 함께 법정 안에 들어섰다. 북적댈 정도는 아니었으나 거의 의자를 다 메울 정도로 사람들이 차 있다. 아마 오전부터 재판이 속개된 듯 일을 마친 이들은 다 돌아가고, 거기에 있는 사람들은 오후에 나온 사람들인 듯했다. 모두가 약간은 긴장하고 막 생기를 추스르고 있는 표정들이었기 때문이다.

시간은 오후 3시 20분 전.

그들 부부는 난생 재판이라고는 말로만 들었지 생전 처음 경험해보는 이 낯선 광경에 조금은 신기해하며 한편에 의자 몇 개가 비어 있는 것을 발견하고 나란히 앉았다.

한창 재판이 진행되는지 마침 어떤 여인네가 앞에 나가 방청석에 등을 보이며 재판장을 향해 똑바로 서서 몇 마디 질문에 답변하고 있었다. 무슨 사건인지 몰라도 여인의 목소리는 격앙되어 있었다. 여인네라 했으나 얼핏 나이가 50대 후반에서 60대 초반쯤 된 것으로 보아 중노파라고 해야 옳을 법도 했다. 그런데 어느 순간 그 여인네가 언성이 더 높아지더니 양 손으로 앞에 짚고 있는 가느다란 넓이의 책상을 쾅 소리가 나도록 쳤다. 그녀는 판사를 노려보며 소리쳤다.

"뭣이여, 이따구 법이 어딨어? 벌금 50만원을 100만원으로 올려뿌러? 이런 더런 놈의 법이 어딨당가? 워매에, 나 죽겄네, 환장 허겄네에!"

노파는 크게 활개를 휘어 저으며 피고석에서 곧바로 사람들이 자리한 사이를 가로질러 밖으로 나가며 끓어오르는 화를 참지 못해 고함을 질렀다.

"순 도둑놈의 새끼들! 없는 사람한텐 법이고, 있는 놈한테는 법이 아닌 세상이여! 말로만 개혁! 개혁! 무랑태수(무량태수) 같은 대통령부터 갈아쳐야 쓰겄구만!"

이유는 그녀가 지난달 공판 때에 나름대로 억울한 점이 있었던 모양이었다. 그래서 검사의 공소 사실을 부인한 탓에 이번이 두 번째 재판이었는데, 여인네가 비록 얼굴은 검게 그을리고 행색은 남루해 보였으나 단순히 시골의 무식한 아녀자로 취급할 정도로 만만하게 뵈지는 않았다. 말한 품새로 보나 당찬 행동거지가 학력의 유무를 떠나 보고 듣는 것이 많아 보였다.

그런데 판사는 지금에 와서 그녀가 일부 사실을 인정했다는 이유로, 또 번거롭게 두 번씩이나 재판을 하게 했다는 것과 자신에게 고분고분하지 않고 뻣뻣했던 그녀에게 자존심이 상했다는 이유로 기존 벌금을 두 배로 올렸던 것이었다.

"벌금이 좀 많다고 생각되거든 7일 이내에 T시 지방법원에 항소하세요."

판사는 태연한 표정으로 아주 낭연하다는 듯 선고를 하는 것이었다.

여인네가 밖에서도 울분이 가라앉지 않는 탓에 계속 악을 쓰는 소리가 그 두툼한 철문을 뚫고 법정 안으로 울려왔다. 보기에 위압감만 주려는 의도로 만든 문인지, 방음이 도무지 되질 않았다. 판사는 조금 당황해하며 부끄러운 기색을 애써 지우고 계속 다음 사람을 호명하며 재판을 진행했다.

"사건 번호 2019고정 355, 문일만!"

"예!"

소리 나는 곳은 바로 강직한 옆에서 아까부터 쿨룩쿨룩 기침을 하며 허름한 쑥색 잠바차림에 흡사 호주의 원주민 에버리진을 연상케 하는 뚱실뚱실한 몸집의 60대 후반으로 뵈는 노인이었다. 머리에 염색을 했는지 흰머리는 별로 눈에 띄지 않았고, 몸집이 있어 뵈긴 했으나 온통 새까맣게 탄 얼굴에 쭈글쭈글한 주름살이 보는 사람으로 하여금 그를 한층 늙게 보이게 만들었다. 손발을 달달 떨며 동작이 굼뜬 것으로 보아 병색이 짙어 보였다.

강직한은 그 모양새를 보며 왠지 재판장의 태도가 맘에 들지 않았다. 지금 세상이 어떤 세상인데 아무리 피고일망정 조그만 경칭하나 붙이지 않고 연령으로 보아 부모뻘 되는 노인한테 마치 초등학교 선생님이 애들 부르듯 이름을 마구잡이로 부르단 말인가. 아무리 현 제도가 그렇기로서니 이건 좀 문제가 있지 않은가. 이런 생각을 잠시 하는 사이 밖에서 또 좀 전의 아낙이 내지르는 쇼킹한 소리가 각자 어떤 사건에 연루되어 모여 앉은 방청객들의 귓전을 때렸다.

"나라의 대적(大賊)들이 따로 없어! 이것들이 바로 대적들이여! 우리같이 헐벗고 굶주린 사람들 옭아매고 피 뽑아 먹는 작자들이 이놈들 아닌감! 말단 공무원은 좀도둑들이고 보신탕용 개새끼 얼르듯이 법조문 가지고 늦췄다 조였다 하면서 국민들 우롱하고 울궈먹는 이놈들이 바로 대적들이랑께!"

아닌 게 아니라 거기에 모인 사람들 대부분이 일하다 왔는지 하나같이 꾀죄죄하니 얼굴에 땟국물이나 쫙쫙 흐르는, 시골 촌구석에서 땅이나 파고 바다에서 그물질이나 하는 사람 아니면 그렇고 그런 장사치나 운전기사들인 것 같았다.

강직한과 그의 아내는 밖의 아낙의 말과 안에 있는 사람들의 꼬락서니를 연결시켜보며 왠지 씁쓰레한 기분이 들었다. 그리고 적잖이 걱정이 되었다. 여인네의 말이 구구절절 옳긴 하지만 지금 이 자리에서 계속 저러면 안 되는데……. 다른 사람 재판에 방해가 될 뿐더러 엿장수 맘이라고 공무집행방해나 법정모독죄로 판사가 걸고 넘어가면 어쩌려고. 법이란 게 귀에 붙이면 귀걸이, 코에 걸면 코걸이 아닌감. 더구나 힘 있는 사람들 앞엔 한없이 무기력한 게 법이지만 약자들에겐 계란으로 바위 치는 격이 이놈의 법 아닌가.

그러나 판사는 이런 일에 면역이 되어 있는지 아랑곳하지 않고 심문을 이어갔다.

"피고가 정식 재판을 신청한 이유가 뭡니까?"

"벌, 벌, 벌금이 너무 많아서요."

노인이 말을 더듬거리며 대답했다.

"주소가 어찌 되는가요."

"고흥군 녹동읍 ○○리 455입니다."

"피고는 선박운항법 위반인데 기록을 보니까 같은 범죄로 열

차례의 전과기록을 갖고 있구만요?"

"그때마다 벌금 100만원씩 갖다 바쳤습니다."

"그럼 면허시험을 보면 되잖아요?"

"아무리 해도 합격이 안 돼요."

노인은 그 와중에도 체면이 있음인지 기어들어가는 소리로 답변했다. 방청석에서 쿡쿡 웃음이 나왔다.

"그럼 바닷일을 안 하면 되지, 왜 자꾸 해요."

"그거 아니면 먹고살 길이 없어요. 달리 배운 재주가 있어야지요."

판사가 서류를 들여다보며 다시 얼굴을 들고 몸을 뒤로 젖히며 굉장히 선심을 쓰는 듯한 말투로 슬쩍 조소를 흘렸다.

"벌금 200만원이면 많지 않은 건데? 형편이 어렵다하니 100만원 깎아줍니다. 이젠 절대 뱃일 하지 마세요. 다음에 또 걸리면 그때는 구속입니다."

노인은 대단히 황송스러운 듯 연신 허리를 굽실거리며 젊은 판사한테 예를 다했다.

"정말 정말 감삼니다요."

강직한은 판사의 그 여유만만하고 느긋한 태도하며 능청스런 웃음이 어쩐지 역겨웠다. 재판장의 생김을 보아하니, 전체적으로 나이는 40대 중반이요, 썩 잘나지도 않고 못나지도 않은 두루뭉술한 얼굴에 안경을 걸쳤다. 따라서 샤프하기보다 어딘가 의뭉스럽게 궁리를 좋아하는 그런 이미지로 보였다.

저 노인은 필시 판사 앞에선 그렇게 말해놓고 뱃일을 또 시작할 것이다. 목숨이 붙어 있고 힘이 떨어지기 전까진 어찌 일생을 뼈에 박힌 그것을 걷어치울 것인가. 우리 부모 세대들이 대부분 그랬듯이…….

이때 밖에서 또 아까 그 노파에 가까운 여인네의 악쓰는 소리가 들려왔다.

"저런 것들이 판사여! 저런 거이 재판이여! 저런 판결은 중학생 이상이면 다 허겄다아!"

여인네는 재판 전부터 술을 몇 잔 마시고 왔는지 얼굴이 약간 불과했던 것을 강직한은 기억해냈다. 급기야 노파는 술김에 자기 분을 못 이겨 법정 문을 쾅쾅 시끄럽게 걷어차기까지 했다. 아직도 불의한 군사독재 치하에서나 있을 법한, 마치 도살장 문을 연상시키는 법정 문이 기실, 모양만 둔중한 느낌이었을 뿐 속은 텅 빈 공동인지 현악기의 2번 현마냥 살팍하니 팅팅거렸다. 강직한은 괜히 남의 일을 가지고 가슴이 조마조마했다. 여인네의 행티가 지나쳐 적잖이 그녀의 안위가 걱정되었다.

이번에 불려나온 사람은 고흥 소록도 선착장에서 고약과 연고 등 피부병에 특효가 있다는 약을 팔다가 약사법 위반으로 벌금을 부과 받은 사람이었다. 나이는 환갑이 가까운 중년 노인이었고, 생활고에 찌들대로 찌든 냄새가 표정이나 옷매무새 등 몸 구석구석 어디로 보아도 역력했다. 그런데 밖에서 내지르는 욕설과 발길질로 철문의 소음 때문에 신경이 쓰여 재판 진행을 제대로 파악하기가 어려웠다.

재판장이 드디어 참을 수가 없다는 듯이 교도관을 찾았다. 그러나 교도관이 있을 리 만무했다. 지금 재판은 사소힌 사건에 휘말려 약식 명령에 의한 벌금을 부과 받았다가 액수가 너무 많다거나 억울한 점이 있어 이의신청을 한 사람들로 이루어진 것이어서 구속을 요건으로 한 형사재판이 아니었기 때문이었다.

교도관이 없다는 것을 안 재판장은 건너편 벽시계를 바라보며 "지금이 오후 3시 55분!" 하고 되뇌며 서류에다 무엇을 기록하는 것이었다.

"지금 너무 소란스러워 재판 진행이 어려우니 잠시 15분간 휴정하겠습니다."

재판장의 선언에 방청석의 피고들은 모두 밖으로 나왔다. 기온은 높지 않으나 햇살은 따가웠다. 사람들은 모두 저마다 한 가지씩 근심으로 근처 여기저기 흩어져 침울한 기색을 했다.

노파는 땅바닥에 주저앉아 유전무죄요, 무전이 유죄니 하며 어디서 들은 풍월로 계속 떠들고 있었다. 듣고 보면 모두 옳은 말이어서 거기 모인 사람들은 한결같이 마음속으로 공감한다는 표정을 짓고 있었다.

아내가 나직하니 강직한의 귀에다 속삭였다.

"판사가 권위가 없군요. 재판이 공정하면 아무도 이의를 달 수 없을 거고 또 누가 저러겠어요. 납득이 안 가는 판결을 해대니 재판장을 우습게 보는 건 당연한 일 아니겠어요?"

"혹시 판사가 불신자 아닐까? 그러니 저러지. 괜히 나도 재수없음 본전이나 찾을지 모르겠어."

강직한은 걱정이 된 듯한 말투로 이죽거렸다.

"아니에요 아직은……. 좀 더 지켜보면 알겠죠. 주님을 아는 신앙인이라면 결코 섣부른 판결로 실순 못할 테니까요."

아내는 뭔가 재판장이 크리스천이길 은근히 기대하는 눈치였

다. 그건 강직한도 마찬가지였다. 그렇다면 100퍼센트 이번 재판
에서 그 기대치를 얻을 수 있다는 데 자신이 있었기 때문이었다.

　야후우! 야오호!
　한밤중이었다.
　한 명은 아니고 둘 이상이 괴성처럼 내지르는 희한한 탄성 소리
와 부아아아앙! 하며 갑자기 질주하는 듯한 오토바이의 굉음에
놀라 강직한은 그만 잠을 깨었다. 대략 자정을 넘어 새벽 한 시쯤
되었을까. 잠시 뒤척이며 아직은 몽롱한 의식을 추스른 채 방금
저 소리가 대체 어떤 연유에서 나는 것인가를 생각하다 순간적으
로 밖에 세워둔 자신의 오토바이가 떠올랐다. 그는 퍼뜩 일어나
부리나케 밖으로 달려 나갔다.
　없었다. 아니 없다. 분명히 없다. 세상에, 내 오토바이가 없어졌
다. 강직한은 믿을 수가 없어 다시 한 번 눈을 비비고 사방을 훑어
보았지만 한번 사라진 오토바이가 눈에 띌 리 없었다. 그는 집안
식구들을 깨워 같이 동네 골목골목 사방팔방을 뒤져보았지만 오
토바이를 찾을 만한 그 어떤 흔적이나 단서조차 찾을 수 없었다.
그는 허탈했다. 아니 이런 경우엔 대개가 그렇듯이 물건 자체보
다도 남의 것을 훔쳐간 도둑놈들과 도둑을 맞았다는 그 사실이
사람의 화를 더 솟구치게 하는 것이었다. 게다가 이런 경우 그냥
조용히 가져갈 일이지, 무슨 남의 염장 쑤실 일이나 있는 듯 야호!
소리를 질러대다니……
　생각할수록 괘씸했다. 아니, 죄질이 나빴다. 이렇게 해서든지
요놈들을 잡아 요절을 내리라. 평소 밖에 세워둔 새 오토바이를

눈여겨본 어떤 못된 녀석들이 오늘밤 일을 결행한 것이리라. 이럴 줄 알았으면 해체가 용이한 핸들 키만 채울 것이 아니라 앞바퀴의 슈퍼 키도 채워 놓는 건데……. 하지만 그건 사또 떠나고 나팔 불기이며 소 잃고 외양간 고치는 격이라 이제 와서 후회한들 아무 소용없는 일이었다.

그는 읍내 파출소에 차량 도난신고를 했다. 날이 밝자 사건의 정확한 흐름과 수리를 돕기 위해 담당 경관을 찾았다. 그들로부터 페트롤카가 밤 내내 부근 일대를 샅샅이 돌아보았지만 도무지 오리무중이라는 말을 들었다. 강직한은 찾을지는 미지수이나 형식일망정 일단 사건을 정식으로 접수시키고 개별적으로라도 틈나는 대로 찾아보기로 했다. 그는 아내와 함께 마치 명탐정 셜록 홈즈와 조수 일을 해주는 의사 와트슨처럼 명콤비가 되어 단편적인 수사에 착수했다.

오토바이는 125cc 최신형 스쿠터이기 때문에 이 기종을 구입하려면 상당한 액수의 돈이 필요하다. 그렇다면 현재 이만 한 돈을 마련하기가 실질적으로 어려운 중고등 학생인 10대 청소년들의 소행일 가능성이 크다. 강직한은 대략 이런 식으로 결론을 지었다. 그런데 아내의 의견은 달랐다. 그녀의 추리는 이랬다. 냉정히 생각해 보니 장물을 팔아먹는 것은 생각보다 쉬운 일이 아닐 것이다. 장물죄도 일종의 강절도를 도와주는 도둑에 해당되니까……. 더구나 차든 오토바이든 여기에는 소유주의 차량 번호가 있고 또 사람으로 치자면 지문과도 같은, 임의로는 지우기가 거의 불가능한 엔진의 고유번호도 있다. 따라서 매매를 목적으로 도난을 했으리라는 것은 좀 생각해 볼 필요가 있다. 그렇다면 단순히 즐기기 위해서 그랬다고 볼 수가 있는데 이도 좀 석연치 않았다.

적어도 한창 때의 청소년들이나 이따금 읍내 밤거리를 휘젓고 다니는 폭주족들은 한결같이 그들 말로 R차, 곧 '레플리카'라 부르는 '온 로드' 모델인 날렵한 유선형의 경기용 아니면 '오프로드 형' 오토바이로 주로 산악 질주에 쓰는 것을 좋아했다. 웬만해선 그들은 남녀공용인 스쿠터 같은 것들은 타지 않는다. 오히려 나이든 어른들이나 타는 그런 것은 또래 집단에서 웃음거리로 치부되기 때문에 창피하게 여겨 특별한 경우 아니면 타지 않는다고 보아야 한다. 그럼 뭔가 전문 꾼들이 도둑질을 했다고 여겨지는데 그리 보면 이것은 오히려 어른들일 확률이 많을 것이다.

강직한은 결국 아내가 시시껄렁한 잡다한 부문까지 꿰고 있다는 사실에 내심 놀라면서, 이제 어디를 오가든지 간에 유심히 거리마다 집집마다 행여 도난당한 스쿠터가 있는가, 눈여겨보기로 했다. 끈기만 가지면 만일 읍내에 사는 녀석 같으면 언젠가 꼬리를 잡힐 날이 반드시 올 것이다. 두 부부는 그렇게 확신하고 행동을 실천에 옮겼다. 특히 아내 희선은 대단한 여자였다.

머칠이 지나자 강직한은 시들해지고 말았는데, 아내만큼은 시장 보러 나다닐 때마다 잃어버린 오토바이와 무슨 닮은 게 그리 많았던지 어느 가게, 어느 집엔 정말 우리 꺼 같은 게 받쳐져 있더라, 그런데 가까이 가보니 번호는 다르더라, 혹시 번호판을 바꾸진 않았는가 하며 한참을 이리저리 훑어보는 그녀를 주위 사람들이 이상나는 듯 바라보기에 후일을 기약하고 일단은 물러났다는 둥 집요한 데가 있었다. 그러나 그런 아내도 닷새가 지나자 좀은

맥이 빠진 것 같았다.

그날 저녁이었다. 집 근처에서 낯모르는 청년 하나가 어슬렁어슬렁 배회하는 것을 목격한 아내가 강직한에게 나가보라고 했다. 아내의 말에 의하면 범죄 심리학으로 볼 때, 범인은 궁금증으로 사건 현장에 반드시 나타난다는 것이었고, 지금 보이는 저 30대 초반의 사내가 그런 사람일 가능성이 많다는 거였다.

본래 강직한은 성격이 좀 급하고 다혈질 적인 데가 있었다. 과연 아내의 말대로 청년은 수상쩍은 데가 많았다. 일없이 이집 저집 대문을 기웃거리는가 하면 건너편 옆집의 오토바이를 찬찬히 살피는 등 영락없는 도둑의 품, 바로 그것이었다.

"당신 좀 수상한데 주민등록증 내봐."

사내는 갑자기 나타난 강직한에게 조금 놀라고 당황한 듯했다.

"뭐, 뭐요? 지금 아저씨가 무슨 경찰이나 된단 말요?"

"맞아! 나 이 근방 방범대원이야."

강직한은 적당히 둘러 붙였다. 그는 순간적으로 사내가 범인일 것으로 확신했다.

"당신이 먼 빽으로? 난테 불심검문 할 권리가 있어?"

사내가 얍삽하게 대꾸했다. 강직한은 불같은 성격을 주체 못하고 다짜고짜 사내의 멱살을 휘어잡았다.

"이 자식 네가 내 오토바이 훔쳐갔지? 감옥 가 콩밥 먹기 전에 존말 할 때 빨리 갖다 놔! 그럼 한 번쯤은 눈감아 줄 테니까."

"이거 먼 일이라요? 생사람 잡지 마쇼. 동네 사람들! 잠 나와 보쏘, 잉! 세상에 이렇게 무고헌 사람 잡는 법이 어딨당가?"

사내는 악을 썼다. 그리고 있는 힘을 다해 강직한의 팔을 뿌리쳤다. 강직한이 얼결에 멱살을 풀자 "씨팔, 진짜 오늘밤 재수 옴 붙었네!" 하고 뇌까리며 곧바로 36계 줄행랑을 쳐버리는 게 아닌가. 강직한은 달아나는 사내를 붙잡으려 했으나 워낙 총알같이 빠른데다, 뒤에서 아내가 부르는 바람에 그만두었다. 아내는 지혜로웠다. 도둑을 쫓되 막다른 골목으로 몰아붙여서는 안 된다. 최소한 도망갈 구멍은 만들어놓고 추격하란 말이 있잖은가. 요즘 세상이 얼마나 흉한가. 흉기라도 가지고 있을지 모르고……. 이 것이 그녀 생각이었다. 또 방금 그 사내가 반드시 범인이란 법도 없다는 생각이 들었다.

"그가 설령 도둑이라 해도 우리와는 무관할 거 같아요."

"그걸 어떻게 알아?"

"그가 우리 물건을 가져간 것이라면 우리 집만 살핌 됐지 뭣 때문에 옆집 오토바이를 살피겠어요. 경우가 다르지만 심리학적으로 볼 때 살인범이 형기를 마치고 사회에 복귀하면 두 번 다시 동일 범죄를 저지르지 못하듯, 절도도 마찬가질 거예요. 도둑질한 지 불과 며칠 만에 같은 장소의 옆집 물건을 노릴 만한 대담한 범인은 세상에 그리 많지 않아요."

"듣고 보니 딴은 그렇기도 하겠군. 자기가 이런 분야에 정통한 지식이 있는 줄 미처 몰랐네?"

"그걸 보고 바로 등잔 밑이 어둡다는 거 아니겠어요? 제가 이래 봬도요, 처녀 때 다른 책은 안 봐도 얼마나 추리소설 광이었는지 알아요? 아가사 크리스티의 『열 개의 인디언 인형』, 모리스 르블랑의 괴도 루팡 시리즈 같은 거. 『기암성』이나 『수정마개』 등등요. 다른 친구들은 무슨 순정만화니 연애소설이니 해서 눈물 찍

찍 짤 때 전 기집애답지 않게 그런 걸 좋아했다니까요, 글쎄.”

“혹시 날 안 만났음 유능한 민완 여형사가 됐을지도 모르겠군.”

“그럴지도 모르죠, 후— 후!”

희선은 분위기를 밝게 하려는 의도에서 휘파람을 부는 것이었다. 적당히 낙천적인 성격도 있는 그녀였다.

그렇게 일 주일쯤 지나서였다.

파출소에서 전화가 왔다. 오토바이를 드디어 찾았으니 빨리 파출소로 오라는 것이었다. 그동안 맥 빠지듯 그 일을 점차로 잊어가던 강직한 부부는 이게 웬 떡이냐 싶어 들뜬 마음에 단숨에 달려갔다. 사건 담당은 자릴 비우고 없었다. 대신 차석주임이라 하여 부소장으로 통하는 양반이 대뜸, 읍내 ‘헥사건 오토바이 센터’로 지금 당장 가보라는 것이었다.

잠시 의아해하는 그들 부부에게 경찰이 오토바이를 어느 주택가에서 찾긴 했으나 온통 망가진 채로 발견되었다 한다. 그래서 파출소의 알선으로 헥사건 오토바이 수리점 대표가 현장에 출동하여 견인 중에 있으니 가보면 알 거라고 했다. ‘헥사건’이란 이태리 산 수입 오토바이를 뜻하는 말 같은데 아마도 그것을 상호명으로 쓰고 있는 것 같았다.

무슨 놈의 일이 이리 번거롭담!

강직한은 그런 생각을 하며 이번엔 그곳 수리 센터를 찾았다. 종업원의 말은 약 20여분쯤 기다리면 사장이 올 거라 했다. 방금 전에 사장으로부터 운반 중에 있다고 전화가 왔다는 것이었다. 희선이 짜증스레 말했다.

“오토바일 찾았으면 우릴 보고 가져가랄 것이지. 이게 뭐예요?

좀 이상하잖아요?"

"글쎄 말여! 왜 시키지도 않은 일로 자기네들 멋대로 난리야 난리긴! 우리가 알아서 하면 될 걸 가지고⋯⋯."

강직한도 기분이 좀 언짢았다. 종업원 들으라고 그렇게 잠시 투덜거리고 있는데 마침 1톤가량의 포터 트럭이 오토바이를 싣고 들이닥쳤다. 사장이 뛰어내리더니 잔뜩 상기된 얼굴과 능글능글한 목소리로 싣고 오는데 무척이나 힘들었다며 온갖 생색을 다 내기 시작하는 것이었다. 그런데 막상 끌어내리는 물건을 보니 이게 정말 자기 것인지 싶게 처참할 정도로 망가져 있는 게 아닌가.

강직한은 아연실색했다. 찬찬히 뜯어보니 헤드라이트와 앞뒤 방향 지시등을 비롯하여 트렁크 역할을 하는 공구함과 자동차로 말할 것 같으면 보닛 커버에 해당하는 카울 등이 완전히 파손되었다. 무슨 사고로 그리된 게 아니고 누가 인위적으로 일부러 그랬지 않았나 하는 생각이 들 정도였다. 느낌이 안 좋았다. 사장은 대략 수리비가 60만원은 넘지 않겠느냐며 부랴부랴 손을 댈 준비를 하는 것이었다.

강직한은 당장 수중에 돈이 없을 뿐더러 또 기분이 안 좋았다. 그는 평소 단골로 가는 정비가게가 따로 있기 때문에 급하게 서두를 필요를 느끼지 않아 다음에 수리하기로 적당히 둘러대고 자기의 오토바이, 아니 정확히는 스쿠터를 끌고 그냥 집으로 향했다. 그런 행동을 하는 강직한도 그랬지만 화를 내며 씨부렁대는 사장도 어색하기는 마찬가지였다. 투덜대는 종업원과 사장을 뒤로하고 그는 아내와 함께 스쿠터를 끌었다. 같은 읍내라 가게에서 집까지는 거리가 얼마 되지 않았다.

집 앞 골목을 50미터쯤 남겨둔 지점에서 목이 말랐다. 근처에 슈퍼와 함께 음료수 대리점이 보였던 것이다. 그런데 멀리서부터 그들의 행동을 눈여겨보던 대리점 주인이 말을 붙였다. 이 오토바이를 어디에서 가져오느냐, 본래 당신 것이냐, 처음부터 이리 깨진 물건은 아니지 않으냐 하고 물었다. 50대 중반쯤 뵈는 말쑥한 옷차림에 해맑은 얼굴이 어딘가 모르게 귀품 있는 이미지로 다가왔다. 그의 말인즉 이랬다. 지금 끌고 오는 이 오토바이가 7일 전부터 근방에 세워져 있었고, 그래서 이상한 생각이 들어 죽 눈여겨 보아왔다. 시초에 어떤 작자가 이 스쿠터를 가져다놓을 때, 대리점 주인은 마침 저녁을 먹고 여름 무더위를 식히기 위해 옥상에서 바람을 쐬고 있었다 한다.

한참을 둘레둘레 사방을 구경하고 있을 때였다. 소음에 해당할 정도로 요란한 굉음을 이따금 질러대며 차 배달을 나가는 다방아가씨를 싣고 질주하는 오토맨들의 모습이 보일 뿐 골목은 대체로 한산했다. 한데 저쪽 골목이 꺾이는 지점에서 누군가 허부적대며 오토바이 한 대를 이쪽으로 끌고 오는 것이 보였다. 몇 개의 가로등이 있긴 하되 간격차가 커 멀리서 사람 얼굴을 식별하기는 어려웠다. 가까이 보니 어디서 많이 본 듯한 얼굴인데 얼른 생각이 나질 않았고, 그 작자는 주위를 잠시 살피며 바로 건너편 옆집 담벼락에 오토바이, 그러니까 모터사이클 비슷한 대형스쿠터를 주차시키곤 어디론가 슬그머니 사라지더라는 것이었다. 그때만 해도 대리점 주인은 그가 주위에 무슨 볼일이 있거나 이웃사람일 거라 여겨 별 이상히 생각지는 않았다.

그런데 바로 조금 전, 며칠 전의 낯익은 그 작자가 이번에는 화물차를 몰고 백주에 나타나 아무런 거리낌 없이 소형망치를 끄집어내어 여기저기를 툭툭 망가뜨리더니 차에 싣고 훌러덩 떠나버리더라는 것이었다. 왠지 능숙하고 부드러우며 날렵한 솜씨가 아마추어는 아니더라는 것이었다. 그래 하도 이상하여 고개를 갸웃하고 있던 차에 지금 강직한이 이렇게 그 스쿠터를 끌고 털레털레 나타나지 않겠느냐는 말이었다.

강직한은 순간 기가 막혔다. 능글맞도록 심보가 불량하게 생긴 '헥사건 수리점' 사장 녀석의 얼굴이 떠올랐다.

그래 이놈이 처음부터 꾸민 각본이란 말이지? 밥벌이를 이토록 비열하고 치사하게 해 처먹는 인간도 지구상에 있단 말인가? 이런 도둑놈의 자슥!

강직한은 즉각 그 자리에서 파출소로 전화를 걸어 정황을 다시 얘기했다. 음료수 대리점 주인이란 사람은 대단히 올곧은 사람인지 불의를 보고 가만히 있을 수 없다는 공분을 느낀 것 같았다. 그는 기꺼이 증인을 서 주겠다고 하는 것이었다.

초로에 가까운 두 사람의 나이 든 경찰관이 뒤늦게 현장에 출동했다. 그런데 그들의 행동이 참 가관이었다. 오자마자 강직한과 그의 아내 희선이 보는 앞인데도 증인인 대리점 사장을 우격다짐으로 윽박지르기 시작하는 것이었다.

"당신 말야, 눈으로 범인을 확실히 봤어? 봤어?"

"사진 찍어 논 거 있어? 있냔 말야?"

"여태껏 당신 세상 헛살았구만! 만약 아님 어떡할 거야? 무고헌 사람 노둑 만든 죄 당신 책임질 거여? 낫살이나 묵은 양반이 세상 그렇게 철없이 사는 거 아니제!"

그들은 증인에게 교대로 삿대질까지 해가며 마치 지금까지 증
언한 것을 무언중에 번복이라도 해달라는 투로 몰아붙이는 것이
었다. 그러나 대리점 주인은 눈 하나 깜짝 하지 않았다. 오히려 이
럴수록 앞으로라도 이런 류의 사건으로 또 다른 선의의 피해자가
나오는 것을 막기 위해서라는 듯 의분을 삼키지 못했다.

"사실이라니까요, 글쎄. 내 이 두 눈으로 똑바로 봤단 말이외다."

희선이가 분심을 억누르지 못하고 나섰다.

"아자씨들! 대체 경찰 맞아요? 파출소 가 조사를 하면 알 거 아
니에요. 지금 증인한테 겁박하는 겁니까? 공포분위기 심어준다는
거예요?"

희선은 4년제 대학을 나왔고, 임기응변에 강한 예리한 데가 있
었다. 강직한도 거들었다.

"나라의 녹을 먹는다는 양반들이 피해자는 무시하고 누굴 편드
는 거여, 시방?"

그 말에 찔끔 눌려 그들은 무전기로 파출소와 교신을 하더니 또
휴대폰으로 어디론가 전활 했다. 눈치를 보니 대단히 심각한 대
화가 오간 것 같았다. 경찰 한 사람은 어디론가 급히 사라지고 나
머지 경관 하나가 그들을 붙잡고 오토바이의 요모조모를 살펴가
며 대략 견적은 얼마 나오겠다는 둥, 어떤 부품은 가격이 어느 정
도일 것이다, 그래도 설마 수리점 사장이 그랬을 리는 없을 거라
는 둥 시간을 끌었다. 강직한은 그 경관이 괘씸한 생각이 들었지
만, 한편으론 측은한 생각을 했다.

저 모양이니 낼모레 오십을 바라보는 40대 후반의 나이에 아직
도 경장이라는 딱지를 벗지 못했구나. 지금 못해도 경사요, 잘하

면 경위는 됐을 나이 아닌가. 쯧쯧.

그는 속으로 한심한 듯 혀를 찼다.

마침 스쿠터를 끌고 왔기에 망정이지 '헥사건 수리점'에 맡겼더라면 영영 진범을 몰랐을 거 아닌가. 그리고 물건을 지척에 두고도 그래 엉뚱한 곳만 그동안 찾아 헤맸단 말인가. 나쁜 자식들. 헥사건 사장 녀석이 이런 일로 처먹고 산 것이 한두 번이 아니고 아주 상습적인 거 같은데 그런 작자를 끝까지 비호하려는 저 경찰관들의 저의는 뭐야?

이때 희선이가 뭔가 할 말이 있는 듯 강직한을 슈퍼로 끌고 들어갔다. 그녀가 캔 콜라를 따주며 속삭였다. 아니 또 예의 그 추리인가 뭔가를 해대는 것이었다. 물론 다 그런 것은 아니지만 이것은 사회 전체에 만연된 부패중의 한 단면이다. 곧 '헥사건 수리센터'의 범행도 그렇지만 일찍부터 고질적으로 오토바이 업자들과 일선 파출소간에 관행상 이루어져 온 일종의 동맹(?) 제휴관계에서 비롯된 사건일는지 모른다. 다만 오늘 연루된 파출소는 재수가 조금 없는 것으로 봐야 한다. 업자는 이렇게 해서 번 돈으로 경찰에 상납하면 경찰은 또 그들을 비호하고 사건이 벌어지면 그것을 축소하고 은폐하려 들 것은 당연한 일일 것이다. 결과적으로는 서로 짜고 한 짓이나 다름이 없이 된다.

그녀의 말을 듣고 강직한은 약간은 긴장하고 놀랐다. 자신도 그 정도를 전혀 예상하지 못한 바는 아니었다. 그러나 막상 아내의 일목요연한 말을 들으니 새삼 자신이 지금 엄청난 사건의 중심에 서 있다는 느낌이 들었다. 이게 만일 사건화 되면 신문방송의 토픽감, 아니 사안에 따라 매스컴에서 집중적으로 다룰 수 있는 중

대한 기사거리가 될 수 있는 요소를 다분히 지니고 있었다. 뿐만 아니라 '헥사건 센터' 수리점 사장 녀석은 절도를 비롯 남의 재물 손괴죄에다 사기까지 추가되고, 그 녀석 때문에 열다섯 명이나 되는 파출소 직원들도 줄줄이 연루되어 대단히 위태로운 지경에 처할 것이다.

더구나 혹 지난날의 여죄까지 밝혀지면 사건은 돌이킬 수 없는 상황까지 갈 수도 있다. 그는 얼핏 아내의 표정을 살폈다. 그녀가 입술을 지그시 깨물고 있는 것은 그 어떤 결단을 내릴 때의 모습이라는 것을 강직한은 잘 알고 있다. 따라서 그녀가 지금 기어이 일을 한번 치르겠다는 각오를 다지고 있음을 강직한은 눈치챘다.

아내 희선은 신학대학 사모과를 졸업한 여성이다. 따라서 전공대로라면 그녀는 지금 제2의 목회자 역할을 해야 할 교회의 목사 부인, 그러니까 사모님으로 살아야 옳았다. 그런데 어찌어찌하다 보니 지금의 자기를 만났다. 그래서 그녀는 속물근성이 된 탓일까. 아니면 역시 도량이 크지 못한 아녀자의 한계를 벗지 못해 이런 이율배반적인 행동을 하려는 것일까. 만일 그것도 아니라면 하나님은 사랑의 하나님이지만 한편으론 공의로운 분이시기에 자신이 앞장서서 불의를 용납하지 않겠다는 대국적인 차원의 입장을 견지하고 있기 때문일까.

강직한도 앞으로 닥칠 일을 어떻게 해야 할까를 고민해보며 다시 밖으로 나왔다.

경찰에서 페트롤카 두 대를 보내왔다. 그들은 경찰의 안내로 증인인 대리점 주인과는 따로 분승한 채 차에 올랐다. 저들은 저렇게 해서 또 증인을 살살 구슬리든가 아니면 강경책을 쓸 것이다.

파출소엘 도착하니 족제비처럼 언제 와 있었는지 오토바이 센터 사장 녀석이 보였다. 소장이하 나머지 직원들이 빙 둘러 앉아 늦은 점심을 먹고 있었다. 직원도 아니면서 태연스럽게 담소를 나누며 그들에 섞여 함께 식사를 하는 사장 녀석의 옆모습을 보고 강직한은 저런 낯짝 두껍고 뻔뻔스런 놈이 다 있나 하는 마음에 그가 퍽이나 얄미웠다.

파출소장은 들어서는 강 씨 부부를 보자 자리에서 훌떡 일어서며 넓은 소파에 자리를 권했다. 증인으로 나선 대리점 주인도 그들 부부 곁에 앉기를 권했다. 소장은 안경을 낀 지적인 얼굴에 인상이 퍽 선하게 보이는 이미지였다. 몸집은 키와 몸피가 크지 않았고 보통체격에는 조금 미달한 편이었다. 그러나 부하직원들은 한결같이 우락부락하거나 강인한 근육질에 덩치 크고 혈기 왕성한 젊은 경관들로 이루어져 거친 부하들을 어떻게 통솔해갈지 의심스러울 정도였다.

그러나 그것은 기우에 불과했다. 역시 인간은 하등동물과 달리 힘보다는 두뇌가 좋은 자가 리더가 되는 것은 분명했다. 소장이 식사를 그만하고 잠시 치우라고 했다. 그 말 한마디에 직원들 모두가 일사불란하게 한쪽으로 몰려가 식기를 정리하곤 각자 집무석에 앉거나 중간 간부급은 소장의 주위에 포진하여 강직한의 사건을 숙의하기 위해 모여들었고, 기타 순경이나 직원들은 다시 순찰을 돌러 밖으로 나가는 것이 참 신기하게 보일 정도였다.

소장이 오토바이 수리점 사장을 옆으로 불러 앉히고 강직한과 증인에게 물었다.

"강 선생님, 합의를 보시는 게 어떻겠습니까? 그리고 증인께서는 지금까지 말한 모든 것이 틀림없는가요?"

강직한은 생각할 시간을 달라는 듯 말이 없었으나, 증인으로 나선 사람은 잘 물었다는 듯이 덜컹 대답했다.

"사실이고말고요, 하면요! 제가 이 쌍 카메라 같은 눈으로 똑똑히 봤습니다."

갑자기 수리점 사장이 증인의 말을 듣고는 눈에 쌍심지를 돋우며 그의 멱살을 움켜쥐었다.

"뭣이여, 쌍 카메라? 이 새꺄, 난테 무슨 원한으로 누명을 씌워, 씌우긴, 뒈질 놈아!"

막말까지 해대는 걸로 보아 수리점 사장은 숫제 파출소장의 배경을 믿고 있는 모양이었다. 그야말로 안하무인이었다.

"이 손 놓지 못하겠소? 숨을 못 쉬겠소."

증인으로 나선 양반이 켁켁거리며 손을 뿌리쳤다. 그런데도 그 녀석은 멱살을 풀지 않았다. 그 광경을 보고 강직한은 순간적으로 화가 복받쳤다. 강직한은 우악스런 손을 들어 수리점 사장의 손목을 후려쳤다. 그리고 소리쳤다. 그는 성격이 불같았고 불의나 이치에 닿지 않는 것을 보면 참지를 못했다.

"뭐, 이런 시래비 같은 인간이 있어? 남 물건 훔친 것도 어딘디 사람까지 치려고 해? 도대체 당신 정신이 있는 인간이야?"

녀석은 이번에는 강직한을 향해 욕을 퍼부었다. 도무지 답이 안 나오는 인간이었다.

"씨팔! 좆도……. 난 당신 물건 돌른 적도 없고 건든 적도 없어! 길가에 있는 거 연락받은 사실뿐야."

이때 소장이 나서며 그를 나무랐다.

"떼엑! 아니면 아닌 거지, 그렇게 사람들한테 무례하면 쓰나!"

그러나 수리점 사장은 소장의 말에 오히려 용기를 얻어 강직한과 증인에게 씨부렁댔다.

"배운 사람들 같은디 무고죄가 얼마나 큰지 알아, 당신들?"

강직한이 버럭 소리를 질렀다.

"여기 증인도 있고 파손된 물건이 증거물이고 모든 정황이 백일하에 드러났는데 오리발 내민다고 될 일이 아니야!"

"자기야, 지금 당장 고소해, 집어넣어버림 될 거 아냐?"

아내가 덩달아 격분하여 소리쳤다. 그녀는 중년의 나이임에도 여보라는 말 대신 젊은 날의 호칭이 입에 붙은 탓에 밖에서도 이렇게 거리낌 없이 사용하는 것이었다.

소장은 찔끔했다. 안절부절못하는 기색을 애써 감추고 희선을 달랬다.

"아주머니, 이거 참 죄송하게 됐습니다. 뭐, 좋은 게 좋은 거 아닌가요? 성정 가라앉히시고 자아, 자! 될 수 있으면 좋은 방향으로 해결합시다. 툭하면 사람들은 법! 법! 하는데 법만이 꼭 좋은 건 아닙니다."

그러고는 좀 전의 기세와 달리 희선의 고소라는 말에 금세 풀이 죽어 있는 수리점 사장을 돌아보며 말했다.

"내가 왜 자네 때문에 욕을 봐야 하지? 이분들한테 사과해, 얼른. 미안하게 됐다고……. 한 번만 봐주라고 그래, 빨리!"

그래도 수리점 사장 녀석은 고분고분 하지 않고 고집스레 삐로통한 인상을 지우지 않고 투덜거렸다.

"똥고집 그만 피우고 잘못했다 그래 뿌러, 얼른. 성경에도 그랬어, 의인은 없나니 하나도 없다고……. 하나님은 죄인도 회개하면 용서해주신다고 했어! 이분들 아까 파출소 들어오자마자 기도한 걸 보니까 기독교 믿는 사람들 같더라고……. 아무렴 자넬 빵깐에까지 보내기야 하겠어. 시방 자네 땀시 여러 사람 탈나게 생겼는디 자꾸 그럴 거야, 엉? 말 안 들을려면 지금 이 순간부터 다신 날 안 척 마!"

소장은 다그쳤다. 보아하니 소장은 담배를 피는데다 여러 가지 말품이나 행동 하나하나가 교회와는 별 인연이 없게 보인다. 그런데 어디서 들은 풍월로 하나님의 이름을 팔고 성경을 인용하는 것이 어떡하면 이 위기를 벗어날까 고민 중인 모양이었다. 강직한은 소장의 행동이 우스웠다. 하지만 내색은 하지 않았다. 소장은 이번에는 한술 더 떠 강직한 부부와 증인으로 온 대리점 주인에게 각인이나 시키려는 듯 목에 힘을 주어 다시 말을 이었다.

"난 이 녀석하곤 잘 모른 사이올시다. 어쩌다 오다가다 인사나 하는 안면밖엔 없단 걸 알아주셨으면 합니다. 이 점 분명히 하셔야 합니다, 아시겠죠?"

소장은 뭔가 켕기는 것이 있는지 묻지도 않는 말을 주워 담는 것이었다. 그러자 주위에 둘러서 있던 다른 경관들도 우르르 나서서 이구동성으로 수리점 사장을 몰아붙였다.

"이봐, 빨리 빌어뿌러! 천 냥 빚도 말 한마디로 갚는다고 했어!"

"등신같이…… 저렇게 머리가 안 돌아가까?"

"시방 자네가 우리 파출소에 피해주고 있잖여!"

수리점 사장 녀석이 그들에게 일말의 배신감이라도 느꼈는지 그들 말에 토를 달았다.

"그동안 난테 밥 얻어묵은 것만 해도 골백번은 될 껀디 언제 내가 피해줬단 말이여?"

경관들은 그 말을 듣고 움찔하여 적당한 답을 찾지 못하고 조용했다.

잠시 후 경사 계급장을 단 차석주임이란 자가 소릴 질렀다.

"밥은 무슨 놈의 얼어 죽을 밥을 얻어 묵었다고 그래? 거 뭐시냐, 언젠가 정월대보름날 자네가 지역사회 치안유지에 노고가 많다고 짱게집에 짜장면 몇 그릇 시켜준 것밖에 더 있어? 그리고 시방 그런 소리 자체가 피해가 아니고 뭐여?"

그들의 수작을 보고 희선이 도무지 마음에 안 든다는 듯 참지 못하고 말했다.

"여기서 고소를 안 받아주면 검찰청에 고발조치하겠어요!"

그녀는 일어섰다. 그리고 강직한의 팔을 붙잡아 일으켰다.

"자기야, 우리 지금 검찰청 가자, 뭘 꾸물대?"

희선은 역시 여자였다. 비록 믿음의 선배이고 자신에게 전도도 해온 터이지만 무슨 일을 대할 때 순간의 기분에 취한다는 점에 있어서 평범한 여자에 다름 아니었던 것이다. 강직한은 희선이 일을 저지를 것만 같아 슬그머니 걱정이 일었다. 그는 주위사람들을 의식하고, 제법 근엄한 척 목소리를 낮게 깔았다.

"이 사람아! 자네 말시, 믿는 사람 아니여? 선한 끝은 있어도 악한 끝은 없다고 했네. 그냥 합의 보더라고, 잉."

"이건 믿는 깃과 싱관없는 일이어요. 도리가 아니잖아요. 사람 가지고 노는 게……."

그는 약간 언성을 높여 다시 만류했다.

"그래도 이 사람아, 좋은 게 존 거여! 법이란 건 최하 인간 말단들이나 찾는 것이여."

고발조치한다는 희선의 말에 매우 충격을 받아 멍멍한 얼굴로 놀랐던 소장이 다시 강직한의 말을 듣고 화색을 찾았다. 그는 더이상 시간을 끌었다간 무슨 낭패를 볼지 몰라 조마조마해서 두고 볼 수가 없었다. 스스로 재판장의 역할까지 하며 판결(?)을 내려 버렸다.

"그럼요, 암요, 암요! 우리 이렇게 합시다. 수리점 사장이 모든 부품 값을 변상해주는 걸로 하고 이 사건을 없던 걸로 일단락 짓기로 합시다. 세상에 이토록 간단히 해결할 걸 가지고 ……."

소장이 주선하여 그렇게 합의를 보았다. 강직한이 두말 않고 거기에 응했다. 소장은 해결을 보자 안도의 숨을 내쉬며 앞으로 다시는 이런 일이 없기를 바란다며 수리점 사장을 호되게 나무란 후, 몇 번이고 강직한에게 허리를 굽실굽실하며 미안하다, 고맙다는 말을 연발했다. 강직한도 괜히 열없었다.

강직한이 이처럼 되도록 사건을 무마하려고 노력했던 것은 기독교적 사랑에 입각한 관용의 정신 때문이었다. 그는 겉보기엔 성격이 괄괄했지만, 실은 마음이 모질지가 못했고 뒤끝이 없었다. 그는 아까 파출소장이 무심코 내뱉은 기독교적 발언을 흘려 듣지 않았다. 그렇다, 주 예수께서도 말씀하셨듯이 죄 없는 자만이 죄인을 정죄할 수 있다. 즉 신만이, 다시 말해서 오직 우리 주님만이 죄인을 진정한 의미에서 심판할 수 있다. 따라서 우리 모두는 죄인이다. 지금껏 살아오면서 우리가 지어온 죄가 얼마나 많은가. 양심에 거슬리고 도덕적이지 못하고 단지 실정법에 저촉되지 않고 법망에 걸리지만 않았을 뿐, 비열하고 치사한 온갖 죄란 죄는 몽땅 뒤집어쓰고 사는 존재가 우리네 인간들 아닌가.

수많은 언어폭력과 싸움질, 음란과 도박, 부모형제 이웃 친지간에 원망과 배신, 중상모략, 시기 질투 등 헤아릴 수 없이 많은 죄를 지금 이 순간도 범하고 살지 않는가. 따지고 보면 한정 없이 많은 죄를 잔뜩 짊어지고 사는 모순 덩어리가 바로 우리 사람이다. 우리가 이렇게 알게 모르게 지어온 죄를 우리가 스스로 범한 죄라 해서 기독교적으로는 자범죄(自犯罪)라 한다. 그런데 여기에 더하여 그보다도 훨씬 무서운 원죄가 우리에게는 있다. 인류 최초의 조상 '아담'과 '하와'가 에덴동산에서 금단의 열매인 실과를 따먹고 저지른 죄 말이다. 오스트랄로피테쿠스가 인류의 조상이 아니다. 유인원과 원인(猿人), 원인과 인간, 즉 이들 사이를 이어주는 존재의 두개골이 발견되지 않고 있다.

진화론은 완성되지 않은 이론으로 모순에 지나지 않는다. 이 말은 바꾸어 말하면 오직 영적인 눈이 뜨이지 않으면 즉, 영적인 눈으로 보는 우주관이나 역사관이 아니면 기독교의 창조론을 이해하지 못한다는 뜻이다. 만약 나를 만든 아버지가 나를 낳기도 전에 어떤 이유로 인하여 죽었다면, 나는 원인도 모르고 이유도 없이 죽어버린다. 그와 마찬가지로 아담이 범죄하였을 때 나는 그 안에 있었고, 아담이 죽었을 때 나는 이미 죽은 것이다.

당초에 영생하도록 지어진 아담이 지은 죄의 값은 사탄의 권세에 속한 사망이었다. 우리 인류가 생로병사의 형벌을 치러야 하는 것은 아담의 피를 유전 받아 원죄를 지니고 태어났기 때문이다. 사실 인간이 늙지 않고 영원히 살 수 있다는 것은 의학상의 이론으로 가능하다. 노화의 원인이 부분적으로 활성산소라고는 하나 대체 그것이 어떤 연유에서인지는 아직 밝히지 못하고 있다. 역설적으로 이 말은 그 옛날 낙원에서 벌어진 실과 절취 사건이 신빙성을 가지고 있는 대목이라 할 수 있다.

그런데 이처럼 엄청난 죄인인 내가 이깟 있어도 그만, 없어도 그만인 오토바이 하나 때문에 여러 사람을 줄줄이 엮어 전과자 만들고, 그들의 밥줄을 끊고 명예까지 빼앗아 못살게 군다는 것은 생각만 해도 끔찍하다.

어디 그뿐인가. 그들에겐 사랑하는 아들딸과 아내가 있을 것이고 또 부양할 부모가 있는 사람도 있을 것이다. 만일 내가 조그만 분심(憤心) 하나를 다스리지 못했다면 그 얼마나 나는 또 씻을 수 없는 죄를 지었을 것인가.

어쨌든 오토바이는 찾았고 사건은 매듭지어졌다. 결국 아내의 추리는 맞았던 셈이었다. 결정적인 단서인 범인의 세세한 윤곽을 파악하진 못했으나 도둑이 어른일 거라는 것과 전문털이범일 것이라는 점은 매우 근사치에 도달한 뛰어난 추리력이라 아니할 수 없었다. 강직한은 아내의 날카로운 직관력을 새삼 깨달았고 또 고마운 증인에게도 깍듯한 예의와 함께 후일 감사의 표시로 인사를 닦았다.

강직한이 예수를 믿는 이유는 우선 그가 일찍이 겪은 바 있는 신이(神異)한 체험 때문이었다. 그는 원래 전통적 유교 가치관인 조상숭배 사상의 가정환경에서 자랐다. 거기에다 적당히 불교적인 내용과 곁들여 모든 만물에 신이 있다는, 예컨대 당산신, 수신,

지신 등 반드시 그런 것을 숭배한다고 말할 순 없지만 그렇다고 전혀 부인하지도 않는 적당히 범신론적인 신앙을 가지고 있었다.

그러나 역시 기독교는 아우구스티누스의 예정론이 맞는가 보았다. 그는 배우자로 지금의 아내인 희선을 택했다. 그런데 그녀는 부모와 남편과 자식도 소중하지만 그보다는 몇 배나 더 '나사렛 예수 그리스도'를 사랑하는, 무지막지(?)한 주님의 종이자 하나님의 딸로 표현되는 이름 하여 크리스천이었던 것이다. 그는 연애시절 아내가 너무 참하게 보여 그녀에게 홀딱 반했지만, 그보다 더 그를 놀라게 한 것은 그녀가 독실한 기독교도라는 것을 당당히 밝히면서 하나님을 믿을 것이냐 아니냐를 양자택일하라는 주문이었다.

즉, 자신이 섬기는 하나님 외에는 그 어떤 신도 숭배할 수 없다, 기독교적 가치관에 행여 벗어난 것을 만에 하나 강요라도 하게 된다면 설사 결혼을 했더라도 과감히 이혼의 길을 택하겠다, 사랑하는 연인에게 아무리 전도를 해도 도저히 그 기미가 보이지 않을 때는 언제라도 헤어질 준비가 되어 있다는 것이 그녀의 변이었다. 그리고 거기에 관련된 성경구절을 자주 인용하여 청년 강직한에게 들려주는 것이었다.

"만일 어떤 아내에게 믿지 않는 남편이 있어 함께 살기를 원하거든 버리지 말 것이며, 어떤 남편에게 불신자 아내가 있으나 같이 살기를 좋아하거든 버리지 말라. 믿지 아니하는 남편이 아내 때문에 거룩하게 되고 아내가 남편으로 인하여 구원에 이를 것이다. 혹 믿지 않는 자가 갈리거든 갈리게 하라. 형제나 자매나 이런 일에 구속받을 것이 없다. 너희가 결혼하기 전에는 주님을 더 사랑하다가도 장가가고 시집간 연후에는 아내나 남편을 더 사랑하는 일이 있느니라. 무릇 이 세상의 형적(形迹)은 다 순간에 지나갈 것이니, 내가 이것을 말함은 너희의 유익을 위함이요 너희에게 올무를 놓으려 함이 아니다. 오직 너희로 하여금 이치에 합당케 하여 분요함이 없이 주를 섬기게 하려 함이라."

강직한은 그때 희선에게 당장은 아니로되 언젠가는 하나님을 믿을 거라고 그저 막연히 말해버린 것이 오늘날 이렇게 부부의 연으로까지 맺게 되었다. 당시만 해도 솔직히 자신이 후일 독실한 신앙인이 되리라곤 전혀 생각지 못했다. 다만 희선이 맘에 든 나머지 어떡하면 그녀를 확실하게 자기 것으로 만들까 하는 궁리에 골몰했던 것이다. 그러다 한 번 두 번 교회에도 본의 아니게 따라 나가고, 그녀가 하자는 대로 틈나는 대로 기도나 찬송을 따라했던 것이 결국은 그를 성령감화를 받은 신앙인으로 변모시키고 말았던 것이었다.

아내는 결혼하고 나서도 베갯머리에서 속삭이듯 잊어버릴 만하면 틈틈이 이런 말을 하여 그를 황홀하게 만들기도 했다.

"자기야, 난 자기하고 만남을 이렇게 생각해, 잘 들어봐! 우리의 만남은 우연이 아니야. 그렇다고 석가세존 불타의 교설(敎說)에 따라 영겁을 두고 되풀이해온 인연은 더더욱 아니야. 바로 카오스라 하는 태초의 혼돈에 창조를 뜻하는 로고스가 있었어. 이것을 말씀이라고 하는데, 이 말씀은 하나님과 함께 계셨고 만물이 그로 말미암아 지은 바 되었으되 이 말씀은 곧 하나님이시니라! 어때 자기야! 말씀이 누군 줄 알아? 곧 삼위일체 하나님이신 예수님이야. 그럼 자기하고 나하곤 어떻게 만났게? 그건 바로 창세 이

전부터 약속된 구주 예수 하나님의 예정이라는 걸 알아야 한다, 이 말씀이야!"

그녀는 여기까지 말해놓고 조금 쑥스러웠는지 그의 볼에 뽀뽀를 한 번 쪽 해대고는 "아이참, 내가 이렇게 박학한 줄은 나도 잘 몰랐네! 자기 있지, 내 말 알아들었어, 못 알아들었어?" 하며 남편의 심리상태를 확인하려 드는 것이었다. 강직한은 잠시 아내를 바라보았다. 아내 희선이 반쯤 몸을 일으켜 너무나 진지하게 자신의 눈을 뚫어져라 응시하고 있었기 때문이었다. 그는 순간 그녀의 빛나는 눈동자에서 수긍할 수밖에 없는 그 어떤 위력을 느꼈다. 강직한은 아내가 똑똑하고 아는 것이 많은데다 교태까지 넘쳐 너무나 사랑스러웠다. 결국 능청을 떨면서도 대체적으로 긍정한다는 뜻을 표했다.

"하이고, 어려워서 통 뭐가 뭔지 몰르겠다잉. 근디 당신, 그렇게 확신에 차 있는 걸 보니 하나님이 있긴 있는가벼?"

아내는 남편의 말에 너무 감격한 나머지 잠시 누운 채로 중얼대듯 주여! 하며 감사기도를 드리는 것이었다. 그리고 긴장했는지 숨을 한 번 크게 들이마셨다 내뱉으며 말을 토했다.

"고마워 자기야! 난 자길 무지무지 사랑하거든. 그래서 이담에 우리 늙어 죽거들랑 천국에서도 영원히 영생복락 누리며 함께 살아야 할 거 아냐? 근데 나하고 자식들만 구원받고 자긴 안 믿다가 천국 못 감 어떡해? 어떡할 거냐구? 근데 방금 대답한 거 보니까 자기도 하나님 자녀가 될 권세는 있는 거 같아. 난 방금 자기 말이 어떻게 나올지 얼마나 조마소마 했는 줄 알아? 이건 인간 이성과 의지로 해석될 수 있는 게 아니고 사탄과 대결하는 영적 싸움이란 말야."

그렇게 내가 가능성 없으면 이혼하고 새 신랑 만나면 되잖아? 뭐하려고 힘들게 전도해?

강직한은 웃으며 이런 말을 농담 섞어 던지려다가 그만 입을 꾹 다물었다. 비록 부부라 하더라도 실없이 보일 것 같아서였다. 그는 아내가 신앙적인 구원 문제를 가지고 지금까지 이토록 남편을 끔찍이도 고민하며 챙겨왔던가 하는 생각에 이르자, 믿고 안 믿고 문제를 떠나서 그만 눈시울이 뜨거워졌다.

그는 그만 와락 아내를 껴안고 그대로 침대에 나뒹굴었다. 어쩔 수 없이 그들 사이엔 뜨거운 정염의 불꽃이 지펴지기 시작했다. 탄력이 넘쳐 감칠 정도로 휘감아오는 희선의 육체는 말 그대로 매양 경험해오는 것이지만 강직한을 다시 한 번 황홀경에 빠지게 했다. 그들 부부는 신혼시절을 상당기간 보낸 뒤에도 이렇게 신앙문제를 화두로 삼을 때마다 희한하게도 별 충돌 없이 오히려 그렇지 않은 날보다도 영육 간에 합일된 기쁨을 누리며 살았다. 그리고 그것은 희선의 남편에 대한 사랑이 극진했던 때문과 강직한이 항상 그녀의 입장에서 사물을 보고 이해할 줄 아는 도량과 식견을 가졌던 때문이라고도 할 수 있었다.

농군 강직한은 '농자 천하지 대본'이라 하여 자기 직업에 대해 대단한 자부심이 있었다. 그는 K고을에서도 몇 안 되는 알아주는 영농 후계자였다. 오늘의 농업은 대부분 기계화로 이루어지기 때문에 과거처럼 주먹구구식으로 농사를 짓는 방식은 이미 옛말이 된 지 오래였다. 따라서 그가 무슨 많은 전답이나 수십 정보나 되는 야산을 가지고 있는 것은 아니었다. 다만 그는 임야가 많지 않은 대신 각종 농기계를 확보하고 있어서 모내기나 추수기 등 농번기에 남의 일손을 맡아 해주는 것이 주요한 업이었고, 비닐하우스 농사로 생업을 꾸려가고 있었다.

요즘은 갈수록 기계도 최첨단, 최신형으로 발전을 거듭해 그가 갖고 있는 이앙기만 해도 발에 물 하나 적시지 않고 가만히 운전석에 앉아 핸들만 조작하면 저가 알아서 척척 모를 심어주는 그런 시대였다. 이른 봄, 밭갈이는 대형 트랙터로 해결했고 다만 여름철 농약 칠 때만큼은 강력한 분사력을 지닌 경운기용 분무기가 있긴 해도 그 특성상 논을 일일이 헤집고 다녀야 하는 불편함이 있었다. 그것만 빼면 가을철 벼 베기 쯤이야 하루에 수십 마지기 정도는 거뜬히 해치우는 콤바인이 있어 그의 든든한 자랑거리가 되었다.

그러나 무엇보다 강직한이 고을 일대에서 이름 있는 영농인이 된 것은 그가 일찍부터 농고를 나와 농업 기술인으로서 일가견을 갖고 있었고, 대학에서 농기계학을 전공하여 그에 대한 정비 및 수리를 도맡아 해주기 때문이었다. 또 다년간 겨울철 오이, 토마토 등과 난대성 식물의 비닐하우스 재배농법을 익힌 경험을 바탕으로 틈틈이 독서에도 정진하여 교양인으로서도 이름이 높았다.

특히 어릴 적부터 농업잡지에 유난히 관심이 많아 아버지가 보는 「새농민」을 틈틈이 훔쳐보았고, 커서도 정기구독자가 된 탓에 농업 전반에 관한 지식과 정보에 밝았다. 때문에 주변 시·군청이나 읍·면 농협에서 주최하는 농민 대상의 문화 교양 프로그램에도 자주 강사로 출강을 나갔다. 그는 농민이긴 하나 고금과 동서를 자유로이 넘나드는 해박한 지식과 통찰력을 겸비하고 있었다. 그리고 비록 농업이란 게 과거 농경사회만큼 대접받지 못하는 게 현실이나 대신 국가와 지역사회로부터 선별적으로 인정된 영농 후계자라는 타이틀은 세상의 그 어떤 직업 못잖게 우수한 전문직종이며 명예라는 생각이 그의 뇌리를 지배했다.

이러한 그의 사고는 다소 오만함과 우월감이 지나쳐 고리타분하다는 느낌을 받을 정도로 그를 농업 근본주의자로 만들었다. 따라서 그는 본의 아니게 타인에게 간혹 겸손치 못한 사람으로 비춰질 때가 많았다. 실제로 그는 아내에게도 그런 일면을 보였다. 일례로 기독교는 무엇보다 교만한 사람은 쉬이 믿음을 받아들이지 못하는 특성이 있었다. 그래서인지 그는 신혼 때와 달리 해를 거듭할수록 연애시절의 약속을 어기고 교회에 나가는 일을 등한히 했던 것이다.

즉, 그는 신앙생활이 처음부터 아내의 권유에 의한 것이었고, 언제나 무조건 아내의 말에 고분고분 따라주는 스타일은 아니었기에 서서히 하나님으로부터 멀어져가고 있었던 것이다. 결국 이것은 부부간 신앙문제의 갈등을 예고했다.

흔히 기독교는 체험의 종교라고 한다. 이는 다른 종교가 그저 관념이나 철학에 주로 의지하는 것과 달리 실제로 독실한 크리스천들 가운데엔 현대과학으로도 도저히 설명되지 않는 천국을 직접 보았다거나 주님의 음성을 들었거나 천사의 옷자락을 손으로 만져보았다는 등 성령 체험을 했다는 사람들이 많았다. 그뿐 아니라 불치의 병을 앓았다가 치유되는 기적을 경험했던 사람들도 많았다. 또 경우에 따라서는 가난과 육신의 질고 가운데서도 열심히 기도하여 개인의 능력으로는 절대 불가능할 것 같은 일이 이루어져 세상이 놀랄 만큼 물질적 부와 성공을 거두고 건강을 회복했거나, 반대로 그것에 감사할 줄 모르고 교만에 빠져 믿음 생활을 저버렸다가 다시 원래의 상태로 떨어져 쓰라린 낭패를 본 사람들이 다시 하나님 앞에 회개하러 나온 이들이 대부분이었다.

특히 세상에 드러난 기적 가운데 1970년대 중반 전주 예수병원에서 의학적으로 58분간이나 호흡과 심장이 완전히 멈춰 영안실에 옮겨졌으며, 영혼이 빠져나온 자기의 시신을 천장에서 직접 보았고 천국 문턱까지 갔다가 다시 회생한 이경순 목사의 생생한 체험담이 그랬다. 또 아내와의 불화로 처갓집 식구를 다 죽이기 위해 다음날 떠나려던 차에 전날 저녁 방 안에 앉은 채로 육신에서 영이 빠져나가 놀랍고도 두려운 천국과 지옥을 보고 온 후, 사람이 180도 달라져 기독교에 귀의하고 일생을 전도와 회개에 목숨 건 사나이 박영문 장로의 간증이 그랬다.

무엇보다 일찍이 미국의 의사 무디가 의학의 제로지대라 하여 죽었다 깨어난 다수인을 대상으로 집대성한 영혼체험설의 개연성이 그랬으며, 『일어나 비추어라』라는 일종의 간증수기로도 유명한 여류소설가 오혜령 씨가 말기 위암으로 투병 중, 기도 가운데 주님께서 그녀를 한번 어루만진 후 정말 기적과도 같은 병 고침을 받았다는 것도 그랬다. 어디 그뿐인가. 우리나라 암흑가의 양대 산맥이랄 수 있는 조양은과 김태촌만 해도 그렇다. 1980년 초 신군부의 모략으로 광주항쟁을 배후에서 조종했다는 누명을 쓰고, 사형언도를 받아 생과 사의 기로에 있던 중 비몽사몽간에 주님을 만나 뵌 후, 형량이 무기로 감형되어 목숨을 건졌다는 그들의 기이한 경험담 역시, 그들이 아직도 기독교에서 완전히 발을 빼내지 못하고 있는 중요 원인이 되고 있다는 것이다.

그런데 강직한이 바로 그런 경우였다.

그는 아내를 사랑하고 존경했다. 특히 신앙인의 자질이나 품격을 놓고 볼 때 아내의 모습은 정말 존경스러운 데가 있었다. 그는 언젠가 약 7, 8가구가 함께 모여 금요 구역예배를 드린 후 잠시 다과를 즐기며 아내가 어느 권사님과 논쟁을 벌인 것을 본 적이 있었다. 당시 그 권사는 무슨 말끝에 기독교를 믿지 않는 자들은 악인이라는 말을 했던 것으로 기억한다. 그 때 아내가 의문을 제기했다. 그렇게 단도직입적인 흑백논리로 사람을 구분하는 것은 옳은 발상이 아니며 결코 기독교를 위해서도 득이 되는 것은 아니라고.

"그럼 집사님은 내가 되레 잘못했다는 것이여, 나쁘다는 것이여, 지금?"

권사는 대단히 기분이 나쁘다는 투로 아내 희선을 질타했다. 희선은 그때 집사직분을 맡고 있었다.

"그런 뜻은 아니구만요."

"아니긴 뭐가 아녀? 생각혀 봐, 같은 교인끼린 다 알아듣는 얘기 아녀?"

"불신자가 악인인가 아닌가는 하나님께서 판단하실 문제이고 우리는 그저 열심히 믿고 전도만 하면 된다는 얘기에요, 제 얘기는……."

"아따 자네 똑똑허네 그려, 안 믿는 자가 우상숭배하고 하나님 두려워할 줄 모르잖은가? 나쁜 일 하고도 양심의 가책 못 느끼고 회개 안 하니 악인 아니고 뭔가?"

권사는 급기야 상대방에 대한 호칭부터 집사라는 말 대신 자네라고 했겠다. 그녀의 말이 교리적으로 크게 틀린 것 같지는 않았으나 사람으로서 사람에게 할 말은 아닌 것 같았다. 강직한도 옆에서 듣자니 거북한 느낌을 솔직히 떨칠 수 없었다. 희선도 좀 격앙된 음성으로 반박했다.

"믿지 않는 자가 단지 하나님을 모르고 있을 뿐이지, 좋은 사람들이 얼마나 많은데요. 그런 편견은 대단히 위험한 발상이에요, 교만이라구요! 성경 말씀에 나중 된 자가 먼저 된다고 했듯이 하나님께서 그들을 예정하고 계시다가 언제 어느 때 불러들이실지 어떻게 알아요?"

"우리 교회에 인물하나 났구만, 났어! 앞으로 자네가 권사하고 목사 다 허게, 내가 믿음 생활한 지가 얼만데……. 참새믿음이 봉황믿음 따라 잡을라고 그러네 그랴!"

"요는 누가 먼저 믿고 나중 믿고가 중요한 게 아니에요. 주님께서 그러셨잖아요. 천국에서는 가장 낮은 자가 가장 크니라, 즉 자기를 낮추는 겸손하고 순한 자를 주님께선 바라셨잖아요. 누구든지 어린아이와 같지 않으면 천국엔 들어갈 수 없다고요."

드디어 권사는 논쟁에서 밀리자 참을 수 없다는 듯 분심을 터뜨렸다.

"이제 보니 자네, 우리 딸 나이밖엔 안 되는데 아주 형편없군 그래! 위아래도 몰라보고 말대답이나 하고……."

이때 희선은 더 이상 대꾸를 안 하고 심히 언짢은 기분을 또 주여! 하며 눈을 감은 채 기도로 추스르고 있는 것을 강직한은 분명

보았다. 그런 일이 있고부터 강직한은 교회엘 잘 안 나갔다. 그러잖아도 간혹 한두 번씩 예배에 빠지던 습관이 이젠 그때의 권사가 항상 위선자의 이미지로 떠올라 마치 그녀가 교회 모든 성도들의 성격을 규정한 바같이 되어, 왠지 교인들이 마음에 안 들었던 것이다.

강직한이 주일성수를 안 지키자 처음엔 그런대로 지켜보던 희선이 급기야 참지 못하겠다는 듯이 어느 주일 아침 예배 동참을 강력하게 권유했다. 거실 식탁에 앉아 지난 석간신문을 훑어보는 느긋한 분위기의 강직한 들으라고 그녀는 주방 일을 보며 성경의 몇 구절을 암송하는 것이었다. 내용은 기원전 400여년 전 구약시대에 이스라엘의 선지자 말라기가 말한 경고성 발언이었다.

"하나님을 섬기지 않는 자는 악인이다. 보라! 주께서 정한 날이 올 것이니 그때 악인은 풀무불에 던져진 나무처럼 태워져 재만 남을 것이다. 의인에게는 의로운 해가 떠올라서 치료의 광선을 비출 것이니 그들은 외양간에서 나온 송아지 같이 뛸 것이다. 그 크고 두려운 심판의 날이 오기 전에 하나님께서는 너희의 죄를 구할 그리스도를 보내실 것이다. 그때에도 너희가 하나님께로 돌이키지 않으면 저주를 받을 것이다."

강직한은 사뭇, 사이사이 숨고르기와 억양을 넣어가며 웅변조로 외쳐대는 아내의 행동이 심히 거슬렸다.

"뭐라구, 악인? 자넨 어째 그리 이중인격자야? 지난번 권사님한텐 만고에 성녀가 따로 없더니?"

"말씀이 좀 지나치시네요. 하나님이 보실 때 그렇다는 거예요. 생각해봐요, 자식을 낳아주고 키워줬는데 부모 말 안 들어봐요,

기분이 좋겠어요? 하나님은 세상 만물을 창조하고 지금도 주관하고 계시는 만유의 주 아닌가요? 우리가 그분으로 말미암아 지은 바 되고 이렇게 살고 있는데, 그분을 부인하는 것은 세상에서 가장 큰 죄악이니 바로 악인 아니겠어요?"

"누가 안 믿는다 그랬어?"

"불순종도 그래요. 우리가 세상에 난 것은 언젠가는 썩어질 육신을 살찌우기 위해, 단지 먹고 싸기 위해서가 아니에요. 하나님의 사명과 역사하심을 믿고 증거하기 위해 그분의 놀라우신 계획과 섭리 하에 태어난 것이란 말이에요. 우리 기독교가 다른 종교와 다른 건 내가 예배 가고 싶으면 가고 내키지 않으면 안 가도 되는, 엿장수 맘 종교가 아니라는 거예요. 날 세상 죄에서 건지고 구속하신……"

강직한은 짜증스레 소리를 버럭 질렀다.

"그만! 그만! 그런 소리는 귀에 못이 박힐 정도로 수백 번도 더 들었어! 그렇게 막연한 소릴랑 말고 하나님을 한번 난테 보여줘봐, 그럼 확실히 믿지!"

"보지 않고 믿는 자가 더 복되다고 했어요."

"봐! 그래서 내가 못 믿어. 요 핑계 저 핑계 잘도 빠져나가는 게 기독교라니깐 글쎄……"

"말 심하세요! 밖에서 안으로 들어간 것이 더러운 게 아니고 나오는 것이 더 가증하다고 했어요."

강직한은 정말 화가 났다. 자신도 누구 못지않게 논리에 강하다고 생각했는데 말 한마니 지지 않고 이론이 정연하여 괜히 부아가 치밀었고 그녀가 얄미웠던 것이다. 그는 평소엔 젊은 맛을 느끼고 산다는 의미에서 희선의 뜻에 따라 서로 간 호칭을 자기라고 했으나, 나이가 듦에 따라 왠지 무게가 없이 간지럽게만 여겨져 보통은 자네라고 하기도 했고, 싸울 때는 임마, 짜식이라는 애칭(?)을 쓸 때도 있었다.

"짜식! 말은 다 존데 여자가 너무 알아, 임마! 적당히 모른 척할 줄도 알아야지, 그게 미덕이라고!"

"미덕 찾을 게 따로 있지. 이건 구원이며 생명에 관한 문제잖아요? 정신 차리세요, 제발! 하나님은 사람의 중심을 본다고 했어요. 대통령이나 대기업 회장이 구원받는 게 아니고 비록 길가에 깡통 찬, 겉보기에 한없이 비루하게만 뵈는 불쌍한 거지라도 그가 주님을 영접하는 마음이 있으면 더 높이 들어 세우신다고 했어요."

강직한은 홧김에 아내의 말뜻을 번연히 알면서도 그녀의 비위를 건들려는 의도로 일부러 쓸데없는 소릴 했다.

"거지가 어떻게 대통령보다 높단 말인가?"

그러나 희선은 남편의 수작에 넘어가지 않았다. 그녀는 냉정했다.

"세상의 논리로 천국의 질서를 이해하려 하지 말아요. 일테면 도공이 있죠, 우리가 보기엔 수없이 좋고 태깔고운 도자기를 도예가는 성에 찬 것이 나올 때까지 가차 없이 부숴버리잖아요. 하나님이 보실 때 당신의 뜻에 합당한 사람이라면 그 하나를 챙기더라도 나머지 사람은 천 명이든 만 명이든 심판 날에 가차 없이 쳐버릴 수 있단 말이에요. 모든 게 주인 맘이고 하나님 맘이에요. 이 어찌 두렵고 끔찍한 일 아니겠어요."

“하나님인가 뭔가 하는 양반, 되게 사람 가지고 노네 그려! 하나님 때문에 우리 마누라 다 몬쓰게 됐구먼!”

“너는 너의 하나님을 망령되이 일컫지 말라. 망령되이 일컫는 자를 죄 없다하지 아니하리라 하는 십계명 중에 제3계명 몰라요? 명심하세요, 그리고 자기가 좀 전에 주님께서 뭔가 보여줘야 믿겠다는 말, 내 잊지 않겠어요. 자기를 위해 기도하겠어요, 사도 바울처럼 주님께 쓰임받기 위해…….”

강직한은 사도 바울이란 말에 귀가 번쩍 뜨였다. 바울은 예수의 1세대 제자가 아니다. 그는 예수가 부활하고 승천한 지 육십여 년 후에 예수를 자기의 주님으로 받아들였던 사람이다. 따라서 예수와는 직접적인 안면이 없었다. 그는 본래 예수쟁이들만 잡아다 문초하고 핍박하며 갖은 방법으로 괴롭힌 유대의 율법주의자로 말하자면 극렬한 기독교 반대파였다.

그런 그가 당시 예수꾼들을 체포하러 가던 중 다메섹(다마스쿠스의 히브리어 이름) 도상에서 예수님을 만났다. 공중에서 그를 질타하는, 주님의 눈[雪]보다도 더 희고 찬란한 광채에 삼일 밤낮, 앞을 못 보는 장님이 되고 만 혹독한 곤욕을 치렀다. 바울은 이 사건 이후, 누구보다도 예수를 증거하고 복음을 전하는 일에 앞장섰다가 끝내는 로마에서 순교했다. 바울은 당대 최고의 웅변가이며 문장가였고 따라서 그만큼 박식했고 논리가 정연했다.

그는 전도여행 중 제우스신을 비롯한 올림푸스 산의 우상숭배자들과 그리스의 난다 긴다 하는 스토아학파의 철학자들과 격렬한 논쟁을 벌였으며, 성령에 힘입어 신학적 논리로 그들을 누른 뛰어난 엘리트였다. 그리고 그러한 그가 이렇게 갑작스레 예수를 믿게 된 사건을 역사적으로는 유명한 '바울의 회심(回心)' 사건이라 한다.

바울은 코린트 지방의 교회에 보내는 편지인 「고린도 전·후서」, 성경의 다이아몬드라 불리는 「로마서」, 갈라디아 교회의 신앙을 반석처럼 튼튼히 하고 분규를 달랜 일명 기독교 대헌장이라 할 만한 「갈라디아서」 등 신약성서의 태반을 기록한 사람이었다. 그의 순교는 칼에 목이 떨어져 핏방울을 뿌리며 머리가 공중으로 세 번이나 튀어 치솟아 올랐다고 한다.

강직한은 사실 이러한 바울을 내심 위대하게 보고 있었다. 그런데 지금 아내 희선이 바울을 언급하고 있지 않는가. 강직한은 그녀에게 제법 아는 척을 했다.

"기독교사에 있어서 예수님이 메이저라면 사도 바울은 마이너라 할 만하지."

"지식으로 알기만 하면 뭐해요? 성령세례를 받아야죠. 담에 날 잡아서 기도원 한번 가야겠어요."

강직한은 아침부터 신앙 문제 때문에 원치 않는 말다툼으로 속이 상했으나, 그 와중에도 아내가 사도 바울 어쩌고 하며 자신을 추켜올려주는 발언에 괜히 어깨가 으쓱해졌다.

실제 시간은 새벽 한 시가 조금 넘었다. 그런데 느끼기엔 밤 열 시쯤으로 생각된다. 강직한은 자다가 잠을 깨었다. 어디선가 들려오는 찬송가 소리에 잠을 깨었다. 풍금 타는 소리, 아름다운 테너로 불러대는 목사님의 노래 소리가 강하지만 은은하게 그의 귓전을 치고 있었다. 비몽사몽간이었다. 바로 자신을 인솔해 온 목사님이 직접 오르간을 연주하며 부르는 노래였다. 평소 우리 목사님의 목소리가 저렇게 아름다웠을까 할 정도로 너무나 아름다운 미성이었다. 거침없이 구르는 오르간 연주 또한 그칠 줄 모르고 노래와 함께 계속 이어졌다.

강직한은 잠시 생각했다. 지금 이 찬송이 바로 옆에서 울려오지 않느냐 말이야. 그렇다면 눈을 떠서 확인해보아야지. 그러나 아무리 눈을 떠보려 해도 떠지지를 않는 것이었다. 순간 어렴풋이 느끼기에 여기가 분명 기도원일 것이라 생각되었다. 그는 이젠 일어나려고 했다. 그런데 몸이 말을 듣지 않았다. 그는 기를 쓰고 일어나려 했으나 몸이 일으켜지지 않았다. 혹시 이게 꿈은 아닐까 생각해보았으나 정신이 총총하고 주변상황이 뚜렷하게 인식된 데다, 판단력이 자유자재로 확실한 걸로 보아 분명 꿈은 아니었다. 말 그대로 생시였다.

그런데 도무지 눈이 뜨이질 않고 몸을 내 마음대로 할 수가 없는 것이다. 이런 현상은 생판 처음 겪는 현상이었다.

　─ 구원으로 인도하는 그 문은 참 좁으나 영생으로 인도
　　하는 그 생명 길 갑시다

이 곡을 끝으로 갑자기 찬송가 소리가 뚝 끊기었다. 사방이 조용했다. 강직한은 이제 그대로 잠시 누워있었다. 그런데 누가 바로 앞에서 명령조로 말했다. 난생 처음 듣는 목소리였다.

"일어나라!"

강직한은 어떻게 해볼 도리가 없었다. 누가 일어나고 싶지 않아서 못 일어나는가. 몸이 뜻대로 되질 않는데…….

그 음성이 다시 들렸다.

“일어나라!”

아까보다 더 강한 악센트였다. 말소리가 굉장히 강한 느낌으로 전달되어 왔다. 인간의 음성이라기보다 왠지 거부할 수 없는 위엄과 권능이 배어 있는, 말씀 그 자체였다. 어떻게 언어나 문자로 형용이 되질 않는 그 무엇이 있었다. 강직한은 지금 1미터도 안 되는 바로 앞에서 그 어떤 존재가 앉아서 소리침을 느꼈던 것이다. 그는 눈을 떠 음성을 확인하려고 했다. 그러나 그것은 불가능한 일이었다. 눈꺼풀이 본래부터 붙어 있는 장님인가 싶을 정도로 태산을 떠받치고 있는 것만큼이나 무거워 도저히 떼어지지가 않았다.

“일어나라!”

세 번째로 그 음성이 강하게 외쳤다. 강직한은 다시 한 번 일어나 보려고 했으나 마음뿐이었다. 그 순간, 누가 자신의 몸을 확 끌어당겨 일으켰다. 멱살을 잡았는지 가슴팍의 옷을 움켜쥐었는지 정확한 기억을 할 순 없으나 몸이 순식간에 자신의 의지와는 관계없이 쑥 들려 올라감을 느꼈다. 그가 그렇게 일어나 어정쩡 앉아 있으려니 다시 그 음성이 “다시 누워라!” 하며 큰 손바닥으로 가슴팍을 후려치는 것이었다.

그는 벌렁 뒤로 쓰러졌다. 그때서야 비로소 눈이 번쩍 뜨여졌다. 그는 눈을 뜨자마자 그 어떤 존재를 확인하려 들었다. 하지만 아무 것도 없었다. 다시 눈을 들어 주위를 살피니 약 70~80명의 사람들이 세상모르게 퍼져 자고 있었다. 90평 남짓한 그리 크지 않은 기도원은 낮에는 예배를 보는 집회소로, 밤에는 반으로 나누어 주방 겸 침실로 쓰고 있었다. 그리고 밤중 내내 밝은 형광등을 켜놓고 있었다.

강직한은 반대편, 그러니까 취침 시에는 여러 교회의 성도들이 가져온 취사도구와 식기를 놓아두는 장소로 쓰는, 아까 찬송이 들렸던 곳을 확인하고 싶었다. 거기는 형식적인 휘장으로 가려져 있었기에 그는 휘장을 걷어 젖혔다. 공허했다. 없었다. 오르간도, 목사님도, 아무것도 없었고, 오직 주방용 도구만 있었다. 그는 너무나 이상야릇한 경험에 고개만 갸웃한 채 한참동안 수사관 마냥 사방을 살피다가 벽시계가 이미 자정을 넘겼음을 확인하고 다시 잠이 들었다.

다음날, 그는 간밤에 겪은 일을 성도들에게 말했다. 모두가 그의 얘기를 듣고 놀란 가운데 강직한과 비교적 가까운 이로 그가 다니는 교회에서도 아주 독실한 신앙심으로 존경받는 장로 한 분이 이런 말을 하는 것이었다. 당신은 아무나 할 수 없는 성령체험을 했다. 그대를 일으키고 눕힌 사람은 바로 주 예수 하나님이셨다. 주님이 한번 어루만지고 지나가신 것이다. 그때 즉각 무릎 꿇고 주님을 부르며 감사기도를 했어야 마땅하거늘 왜 하지 않았느냐. 그건 평소 후배 성도들에게 신앙적 체험이나 신학적 문제를 잘 가르쳐주고 권면할 수 있는 이들이 당신 곁에 있었어야 하는데 그런 사람들이 없었기 때문이다. 그래서 엄청날 정도로 성스런 체험을 하고도 무심코 지나치는 실수를 범했던 것이다. 이제 그대는 주님을 위해 죽도록 충성하는 길을 가야만 한다. 그리고 목사님의 찬송과 오르간 연주는 주님께서 그 성도의 담임목사로 현신(現身)하여 성령의 능력을 나다내신 것이다……

강직한은 그 말을 듣자 온 몸이 떨릴 정도로 전율감에 휩싸였다. 그런 일을 겪은 후 정말 정신을 바짝 차렸다. 주제도 모르고 교만한 니체가 말한 '신은 죽었다'가 아니고 역시 하나님은 계셨다. 저 안마당에 화분이 있고 꽃과 나무가 있고 안방에 텔레비전이 있듯이 하나님은 확실히 있었다. 그는 살아계신 하나님이 실재하심을 비로소 믿었던 것이다. 그는 이제 삶과 죽음의 문제를 초월할 수 있는 진정한 대 자유인이 되었다.

스데반 집사나 바울 사도처럼, 아니 성경에 나오는 수많은 성자들의 삶같이 기회만 주어진다면 주님을 증거하며 기꺼이 순교도 할 수 있을 것 같았다. 그는 죽음이 죽음으로 여겨지지 않고 저 천성(天城)을 향해 가는 영생의 시작으로 보였다. 그에게 있어 죽음은 티끌보다 더 가벼운 것으로 그저 우리가 일상에서 코 풀고 똥 누고 밥 먹는 것처럼 아무것도 아닌 하찮은 것이었다. 그러나 안타까운 것은 이토록 명약관화한 참 신(神)을 세상 사람들이 너무나 많이 모른다는 것이었다. 생명 길을 마다하고 지옥과 사망으로 가는 세상 사람들을 보면 답답함을 넘어 무지한 세 살배기 어린애가 천 길 벼랑 끝에서 언제 추락할지 모르는 것 같은 위태위태함을 느꼈다. 생각하면 무서운 일이었다.

그렇게 알아듣기 쉬운 말을 못 알아듣고 음침한 골짜기를 뛰어다니는 가엾은 인생들을 예수는 감람산 달빛에서 우두커니 보았지 않았는가. 기어이 진흙 밭 가시넝쿨 속으로만 기어들어가려는 안타까운 인생들, 오히려 눈에 쌍불을 켜고 포학하게 달려드는 무리들 때문에 예수님은 얼마나 가슴이 쓰리고 억장이 무너졌으랴!

빛이 어두움에 비취되 어둠이 깨닫지 못하였다. 그 빛은 참 빛이었고 세상에 와서 각 사람에게 비취는 빛이었으며 세상이 그로 인하여 지은 바 되었으나 세상이 그를 알지 못하였고, 자기 땅에 오매 자기 백성이 영접치 아니하였다. 그러나 영접하는 자 곧 그 이름을 믿는 자들에게는 하나님의 자녀가 되는 권세를 주셨으니, 이는 혈통으로나 육정으로나 사람의 뜻으로 나지 아니하고 오직 하나님께로서 난 자들이니라.

강직한은 이렇게 지난날 자기가 얼마나 어리석고 무지몽매한 자였던가를 정확히 깨달았다. 그렇다! 하나님 나라는 보물찾기 게임과도 같아서 박사학위로도 알지 못하니 지식으로서도 알 수 없고 부귀와 명예와 권세를 가지고도 가지 못한다. 오직 성령으로 충만함을 입었을 때라야 발견해낼 수 있는 것이다.

강직한은 우선 아내에게 감사했다. 신앙충전 강화를 목적으로 그녀가 7, 8명의 멤버 속에 남편을 억지로 끌다시피 일 주일의 기도원 스케줄을 잡지 않았다면 그가 어찌 하나님을 알았겠는가. 아니 희선이 아니었던들 어찌 죄에서 자유를 얻었겠는가.

학자나 역사가들 중엔 예수를 사상 최대의 초능력자라고 하는 자도 있지만 이건 믿지 않는 자들의 삶에서 보는 해석일 뿐이요, 영적으로 개안(開眼)하고 보면 그것은 분명 전능하신 창조주 그분만이 할 수 있는 모든 권능 가운데 극히 일부에 다름 아니었던 것이다.

기록된 예수의 수많은 이적(異蹟)은 헤아릴 수 없이 많지만 보리떡 다섯 개와 물고기 두 마리를 가지고 군중 오천 명을 배불리 먹인 '오빙이어'의 기적이라든가 오늘날까지도 정복되지 않는 천형이라 할 수 있는 문둥병, 중풍병자, 앉은뱅이, 혈루증, 귀신들린

자 등 각종 불치병과 벙어리, 소경 등을 낫게 했던 일, 바다 위를 걷고 풍랑을 잠재우며 여인 마르다의 오빠인 죽은 청년 나사로를 사흘 만에 말씀 한마디로 다시 살려낸 그리스도의 엄청난 기사이변(奇事異變)의 행적은 억조창생(億兆蒼生)이 왔다 간 인류역사에 전무후무한 일이었다.

그러나 농부 강직한이 예수를 주라 시인한 것은 무엇보다 그리스도의 말씀과 기독교의 교리에 있었다. 따라서 그의 지론은 이랬다. 안 믿는 자들이 뭐라 하든, 그들이 믿거나 말거나 부인할 수 없는 사실이 있다. 즉, 기독교는 종교가 아니고, 예수는 4대 성자가 아니라는 것이었다. 이것은 바꿔 말하면 예수는 인간이 아닌 신이시고, 기독교는 관념의 대상인 종교가 아니고 참 진리 그 자체라는 것이었다.

역사상 그 어떤 인물도 예수처럼 자신이 창조주 하나님이라고 말한 자는 없다. "내가 길이요 진리요 생명이다. 나를 본 자는 이미 하나님을 보았거늘 누구든지 나를 통하지 않고는 하나님 나라에 들어갈 자가 없느니라"라고 설파했으며 "무릇 살아서 나를 믿는 자는 죽어도 살겠고 영원히 죽지 아니하리라"라며 단도직입적으로 말했고, 바이블에 이르기를 "이는 저를 믿는 자마다 멸망치 않고 영생을 얻게 하려 하심이니라" 하였다.

그런데 석가는 어떠했는가.

설산(雪山)에서 6년간 고행 끝에 깨달음을 얻은 그가 중생을 제도(濟度)하려 인도의 각 지방에 설법하고 다닐 때였다. 어떤 자가 와서 말하기를 "사후세계가 있느냐 없느냐? 이것을 말해주면 나는 당신의 가르침을 따르겠다" 했을 때, 석가는 애매하게 대답했다. "지금 여기 독화살을 맞고 죽어가는 사람이 있다. 그런데 의사가 와서 치료하려 하니 환자가 거부했다. 그때 환자는 외쳤다. 나에게 활을 쏜 자는 누구며 화살의 길이는 얼마나 되며 독의 원료는 무엇이냐? 이것을 알기 전엔 치료를 받지 않겠다. 자, 생각해보자. 당신의 물음은 방금 예로 든 환자의 말과 같다. 환자에게 시급한 문제는 의사의 치료이지 독의 재료나 화살의 길이가 아니다. 이것이야말로 번뇌와 고통에 시달리는 중생들이 깨달음을 구하진 않고 엉뚱한 물음을 하는 것이다. 니르바나(열반)에 도달하면 자연히 알게 될 것을……."

하지만 공자는 비교적 솔직했다. "죽음이란 무엇입니까?" 하고 제자가 물었을 때 "아직 삶도 제대로 모르겠는데 어찌 죽음부터 알겠는가?"라고 답했고, 어떤 어려운 문제에 봉착하여 중대한 결단을 내렸을 때, "내가 만약 잘못된 점이 있다면 하늘이 나를 버릴 것이다"라고 입버릇처럼 되뇌었던 것을 보면, 그는 나약한 인간의 한계를 일찍 깨달았던 것이다. 또 하늘을 경외한 것에서 그가 하나님을 몰라서 그렇지 그 어떤 절대자를 두려워했던 것이라고 볼 수가 있었다.

예수는 승천에 임박하여 제자들에게 "나는 알파와 오메가라 내가 세상 끝 날까지 너희와 함께하겠고 지금 이 모습대로 반드시 다시 올 것임이라" 하며 재림을 약속했다. 그러나 석가는 나이 구십이 다 되어 입적할 때 "이제부턴 나를 생각지 말라. 지금까지 밀했딘 설법을 니희들의 스승으로 삼고 살이기라"라고 했다. 얼른 보면 무심코 지나칠 수 있는 말 같지만 이는 예수와 석가를 신과 인간으로 구분 짓는 엄청난 차이에 다름 아니었던 것이다.

그러나 무엇보다도 그리스도가 다른 성자들과 확연히 다른 점이 있다.

첫째, 부활을 증명하신 하나님으로 무덤을 남기지 않았다는 점이다. 다른 성자들은 모두 무덤이나 유골을 남기고 말았다. 여기에서 부활은 무엇을 의미하는가. 유사 이래 예수님과 예수님이 살리신 나사로 외엔 그 어떤 사람도 한 번 죽었다가 삼일 만에 다시 살아난 사람은 없다. 그러므로 부활은 인류가 에덴에서 추방된 이후, 사탄의 지배 하에 놓인 사망의 권세를 이겼음을 말함이요, 그것은 믿는 자에게 생명과 영생을 선물로 주겠다는 주님의 언약을 실제로 보여준 증표였다. 또 불신자에겐 예언서인 「요한계시록」에 기록된 바에 의하면 인류 최후의 날에 모든 죽은 자가 심판대에 서기 위해 무덤에서 육신으로 부활할 수 있음을 예시한 사건이다.

다만 "주의 이름을 영접하는 자는 심판에 이르지 아니하나니……"라는 언약대로, 부활 후 사십일 만에 있은 예수의 승천은 마지막 심판의 날 주의 백성들이 땅위에서 있을 칠년 대 환란을 피하기 위한 '휴거'라 하는 공중 들림 현상으로, 삼차원적인 이 세상의 과학 법칙을 뛰어넘는 사건을 미리 보여준 하나님의 사역이라고 할 수 있다.

예수가 만일 부활하지 않았다면 베드로를 비롯한 열두 제자가 미쳤다고 목숨을 담보로 생업과 가족과 고향을 버리고 멀고먼 로마와 희랍(그리스)으로 이방인들을 위한 전도에 나섰겠는가. 만일 예수의 부활과 승천을 그들이 직접 목격하지 않았다면 무엇 때문에 기꺼이 순교를 감행했겠는가. 특히 베드로는 로마에서 십자가에 거꾸로 매달려 처형됐다고 전한다. 그들은 놀랍고도 엄청난 부활을 보았기 때문에 그 증인들로서 전율을 느끼면서 세계만방에 복음을 증거하지 않고는 배기지를 못했던 것이다.

따라서 예수의 부활은 유령의 부활이 아니고 물질적인 육체 그대로의 부활이다. 그러나 그 육체는 이미 지상에서 볼 수 있는 것이 아니고, 물질은 분명 물질이로되 하나님 나라의 섭리가 작용하는 그 어떤 초자연적이며 변화된 물질이었을 것이라고 주장하는 학자도 있다. 그리고 이러한 부활이 없었다면 그는 인류의 죄를 대속할 수 없었고, 결국 아무런 의미도 없는 십자가상의 죽음으로 끝나고 말았을 것이다.

둘째, 그리스도는 동정녀 마리아에게 성령으로 잉태된 성자로서 인간의 육신으로 화(化)한, 삼위일체 하나님이시다. 따라서 그는 죄가 없다. 그러나 다른 4대 성인의 반열에 오른 사람들은 한결같이 남녀의 정욕으로 잉태된 아담의 후예인 탓에 모두가 원죄를 지닌 인간일 뿐이다.

셋째, 그리스도는 서른 살에 세상에 나아가 공(公)생활을 한 후 서른셋에 십자가에 못 박히고 부활하고 승천했다. 하지만 석가, 공자, 소크라테스, 마호메트 등은 모두 천수를 누리고 살았다. 그럼에도 불구하고 현재 전 세계 육십억 인구 가운데 삼분의 일이 넘는 과반수 가까이가 기독교도이고, 또 그 국가나 민족 층도 거의가 경제적·문화적으로 축복받은 선진 강대국들이 대부분이다. 이것은 하나님이 살아계시고 역사하심을 나타내주는 확실한 표징인 것이다.

강직한이 농민들을 대상으로 교양강좌를 할 때, 그는 이런 식으로 4대 성자를 비교했다. 따라서 예수님은 하나님이니만큼 4대 성자의 반열에서 빠져야 되고 대신 조금 함량미달인 부분은 있지만 차라리 마호메트가 그 자리를 메워야 한다는 것이었다.

하지만 이렇듯 독실한 신앙심을 가진 그도 한 가지 해결 못한 문제가 있었으니 그것은 성서에 "온유한 자는 복이 있나니 저희가 땅을 기업으로 받을 것임이요"라는 구절을 머릿속으로는 받아들일 뿐, 자신의 급하고 불같은 성정을 잘 다스리지 못함에 있었다. 그리고 이것이 앞으로 그에게 신앙인으로서 바람직하지 못한 화로 닥칠 것을 예상하지 못하고 있었다.

구정이 닥쳐왔다.

지난 한파에 수도관이 동파되어 한참 애를 먹었는데 다시 오후부터 날이 쌀쌀해진다. 시베리아 기단과 북태평양 한랭전선의 교차로 인한 삼한사온의 전형적인 현상인 듯싶다.

형님 가족이 저녁 무렵 서울에서 내려왔다. 강직한이 이곳 K읍에서 노모를 모시고 있기 때문에, 또 이곳이 고향인 탓에 설을 쇠러 온 것이다.

강직한의 형님은 서울에서 조그만 사업을 하고 있는데 늘 어렵다는 소리를 밥 먹듯이 한다. 형님은 자기보다 훨씬 연상인 동업자와 합자를 하고 있었다. 그러나 본래부터 형님은 사업을 해선 안 되는 사람이었다. 사업은 아무나 할 수 있는 게 아니고 풍부한 경험과 수완이 밑바탕에 있어야 되고 또 타고난 능력도 지녀야 되는 것이다. 그런데 과거에 조그만 전기회사에 좀 다닌 것을 밑

천으로 자신보다 모든 면에서 한수 위인 사람과 일을 벌였으니 그게 잘 될 리 만무했다. 짐작컨대 수입의 30퍼센트밖에 차지하지 못하는 게 형님의 꼬락서니인 듯싶었다.

게다가 형님은 조금 답답했다. 별로 아는 것도 없고 모든 일에 어둡기만 하여 판단력이 혼미한 양반이 도무지 남의 말을 들으려고 하지 않았다. 대인관계에서도 진정 화를 내야할 때 아무런 노(怒)를 드러내지 않았고, 화를 안 내야 할 때 화를 내는 분이셨다. 부부는 닮는다고 형수도 혼암하기는 마찬가지였다. 한마디로 두 양주가 눈앞의 것만 볼 줄 알았지, 조금도 멀리 내다볼 줄 모르고 사는 양을 보면, 저래 가지고 어떻게 험한 세상을 사나 하는 생각에 마치 어린애들 소꿉장난을 보는 느낌이었다.

특히나 강직한을 울화통 터지게 하는 것은 형님이 지금까지 세상을 살아오면서 매사에 응당 자기가 찾아먹을 수 있는 것을 찾아먹지 못한다는 태만함에 있었다. 법률적인 용어를 굳이 갖다 빈다면 너무 무지하다 못해 주어진 권리행사를 하려들질 않고 소위 말하는 권리 위에 잠자는 자라고나 할까. 하여튼 황금을 손에 쥐어줘도 그것이 보물인 줄 모르고 남에게 곧잘 빼앗긴다는 것이었다. 부분적으로 남들에겐 귀가 얇팍하여 안 들어야 할 말을 잘 들은 나머지 낭패를 자꾸 보면서도 정작 형제들의 말은 아무리 득이 되는 옳은 소리도 귀담아듣지 않았다.

우선 종교적으로도 맘에 안 들었다. 형님은 군에 있을 때 세례까지 받은 몸이었다. 물론 멋모르고 받은 것이었겠지만 불교도인 형수님을 만난 뒤론 간간이 절엘 다닌 보양이었다. 왜? 형님의 답변은 기가 찼다. 자신은 이미 세례를 받았으니 죄 씻음을 받았고 구원을 받았다, 이제 천국 티켓은 따 놓았으니 이번에는 부처님을 한번 믿어 보겠다. 만약 기독교가 맞으면 다행인데 만에 하나 불교가 진짜라면 이 또한 낭패 아니겠느냐. 그러니 두 가지를 다 믿어놓고 봐야 그중 어느 쪽이 맞아떨어지더라도 자기는 탈이 없을 거라는 것이었다.

물론 무신론자보다야 낫겠지만 형님은 이처럼 줏대 없고 재가 넘었다. 아니 나쁘게 말하면 어리석었다. 왜? 다른 건 다 용인할 수 있어도 종교 문제만큼은 확실히 짚고 넘어가야 하기 때문이었다. 사랑은 진리와 함께 기뻐하는 것이다. 세상에 하나님이 그렇게 만만한 분인가. 형님은 뭘 잘못 알아도 한참을 잘못 알고 계신 분이었다. 그런 세례는 백번을 받아봐야 아무 소용이 없다는 것을…… 오히려 그렇지 않은 사람보다 죄가 더 크다는 신학적 교리를 그렇게 모른단 말인가. 세례의 의미는 주의 백성으로 앞으로 세상을 따르지 않겠다는 하나님과 나 사이에 맺어진 절대적인 약속이다. 그런데 그것을 어기는 것은 악마 메피스토펠레스에게 영혼을 팔아넘긴 파우스트와 다를 바 없고, 번데기를 쉽게 탈피하였다가 창공을 차오를 힘이 없어 일찍 죽을 수밖에 없는 가여운 잠자리의 운명에 다름 아니다.

성경에는 분명히 말했다. 모르고 죄를 짓는 자보다 알고 범한 자에게 더 무서운 형벌이 있다는 것을. 세례 받은 자가 우상숭배 등 하나님이 가장 미워하는 죄를 범했다면 그것은 생명책에서 삭제되고 무서운 게헤나(gehenna)의 불꽃으로 떨어지는, 애초에 불신자보다 못한 가련한 운명에 처해진다는 것을 왜 모른단 말인가.

강직한은 형님이 한없이 안타까웠다. 그런데 그런 형님이 모처럼 만난 자리에서 우라질! 또 하나의 짐 보따리를 풀어놓았다.

아래층에 택시기사가 살고 있었다. 그가 어느 날 주차를 하기 위해 형님의 차를 빼달라고 했단다. 아니 자기가 직접 빼겠으니 키를 달라고 했겠다. 그런데 이 작자가 형님 차를 급발진으로 운전하다 전봇대를 들이받은 통에 차는 형체를 알아보기 힘들 정도로 찌그러져 말 그대로 박살이 나버렸다. 이럴 경우 응당 그 운전기사가 형님한테 미안하다고 사과를 하는 것이 도리이다. 그런데 남의 재산상에 손해를 가한 그 운전자가, 뺨 때린 놈이 화낸다더니 스트레스 받아 죽겠다며 되레 적반하장으로 나왔다 한다.

이럴 때 좀 강하게 밀어붙였으면 어찌어찌 사건이 해결됐을지도 모르는데 형님은 순했다. 좋게 말하면 온유한 성격이고, 궂게 표현하면 좀 물러터진 성격이었다. 녀석은 그 점을 이용했음인지 막무가내로 자기 잘못은 하나도 없고 차 자체에 결함이 있었지 않느냐며 생떼를 썼고 엄포를 놓으며 두말도 못나오게 억눌러버렸다고 한다. 사람이 맹한 데가 있기는 형수도 마찬가지였다.

이튿날도 또 그 다음날도 형님 부부는 차량 손괴에 대한 배상을 요구했으나, 택시기사는 그들의 성격을 만만하게 보았는지 험한 인상에 욕지거리를 퍼부으며 공포 분위기를 조성했다. 그리고 어디 네 녀석이 재주가 있으면 차 수리비를 한번 받아봐라 그게 마음대로 되는가, 이런 식으로 나왔다. 이걸 보고 '미필적 고의에 의한 뻗대기 식 떼먹기 작전'이라 할지는 잘은 모른다. 하여간 형님은 이 일로 여러 날 스트레스를 받았단다. 결국 한 푼도 받지 못하고 폐차를 시켰다. 수리비 견적은 300만원이 넘게 나왔고, 차

종은 티코였으며 연식도 얼마 되지 않는 새 차였다.

강직한은 형님의 말을 듣자 주체할 수 없는 화가 복받쳤다. 세상에 그런 몰염치하고 예의도 모른 금수 같은 놈이 있단 말인가. 분통을 터뜨린 것은 당연했다. 팔은 안으로 굽는다고 형제 일신이란 말이 있잖은가 말이다. 그러나 지금 대 명절을 앞두고 형님 앞에서 노기를 드러낼 수는 없었다.

형님 말로는 위 아래층에 살면서도 고향이 어디인지 이름이 뭔지도 모를 정도로 정체불명의 인간이라 했다. 강직한이 화를 삭이지 못해 전화번호 좀 가르쳐달라고 하자, 이번 일을 계기로 휴대폰 번호만 알게 되었다며 그것을 가르쳐주고 구정을 보낸 후 상경했다.

강직한은 형님 내외를 떠나보내고 그날 저녁 녀석에게 전화를 했다. 드르륵! 신호가 갔다. 한참 만에 저쪽에서 전화를 받았다. 강직한이 일단 정중한 예로 물었다. 성도 이름도 모르는 인간이라 막연히 당신이라는 호칭을 사용했다. 그쪽도 강직한을 모를 것은 당연했다.

"나, 강일한 씨 동생 되는 사람이요, 근데 당신한테 뭣 좀 물어봅시다. 어떻게 사람이 그럴 수 있습니까? 남의 차를 못 쓰게 했음 변상을 해줘야 될 거 아니요?"

강직한은 목소리만큼은 낮게 위엄을 깔았다. 강일한은 형님 이름이었다.

상대방의 음성이 들려왔다. 경기도 말투 비슷했다. 말 맵시가 능구렁이 따리 틀듯 건방진 느낌이었다.

"누구? 강일한이? 걔가 누구더라? 제기 씨버럴! 정초부터 재수

없이……. 야! 난 너 따위는 볼일 없어, 전화 끊어라!”

강직한은 다짜고짜 무례하게 나온 상대방이 제 말만 하고 일방적으로 전화를 끊어버리자, 순간적으로 무지무지하게 열이 받았다. 그래서 다시 통화를 시도했다. 계속 벨이 가는데도 전화를 안 받는다. 그는 일단 전화를 끊었다 다시 걸었다. 이번에는 받았다.

“뭣 때문에 전활 또 하는 거야?”

저쪽에서 먼저 말을 해왔다. 강직한은 이번에는 언성을 좀 높였다.

“이보쇼, 동방예의지국에서 무슨 말을 그렇게 헌가요? 남의 물건을 못 쓰게 했으면 최소한 염치라도 있어야 될 거 아니요? 근데 당신 지금 뭐냔 말야!”

“뭐? 동방예의? 염치? 놀고 있네. 내가 말했잖아, 난 너와 관계없다구. 난 네 형님하고만 상관있지 너하고는 관계없는 일이야!”

“이봐요! 전화상이라고 말 함부로 하면 쓰겠소? 어찌 인간으로 이럴 수 있단 말이요? 우리 형님 차 말이요. 빨리 변상해주쏘, 알았소?”

“난 그런 어려운 말 잘 몰라, 제발 좀 귀찮게 하지 말라니까……. 앞으로 전화하지 마, 알았어? 알아들었으면 들어가 봐.”

상대방은 또 일방적으로 전화를 끊어버렸다. 강직한은 더 이상 두고 볼 수 없었다. 도저히 참을 수 없었다. 이 새끼는 인간도 아니다. 인간 대우해주면 오히려 더 사람을 우습게 보는 족속들이다. 어디 또 그런가 보자.

강직한은 다시 전화를 걸었다. 상대방이 내뜸 또 반밀이다.

“이거 사람 미치겠네. 아이야, 너 떡국 잘못 먹었어?”

"싸가지라곤 찾아볼 수가 없는 인간이구만 이거!"

"네가 말 듣게 안 하나. 아무것도 아닌 자식이 나서기는 왜 나서 자식이…… 제발 네 일 아님 좀 나서지 마라."

더 듣고 있을 수 없었다. 강직한은 폭발했다.

"요런 후레 쌍눔의 새끼! 뒈질라고 환장했구나! 삶아 먹어도 시원치 않을 새끼!"

"난 삶아도 맛이 없어, 아마 못 먹을 거야!"

돌아버릴 것 같았다. 뭐 징글맞도록 이런 자식이 다 있나. 강직한은 이젠 완전히 악이 받쳤다.

"너 이 새끼, 어디 계속 혓바닥 부지런히 놀려봐라, 개자식아! 죽여 버릴 테니까!"

"그래? 자신 있으면 어디 한번 죽여 봐라! 네 손에 한번 죽어보고 싶구나!"

침착할 정도로 차분하게 상대방은 여기까진 말하곤 전화를 다시 뚝 끊어버리는 것이었다. 환장할 노릇이었다. 참 세상에 별의별 놈 다 있다더니……. 강직한은 격분을 삼킬 수 없어 또 전화를 걸었다. 한참동안 벨이 간 연후에야 상대방이 전화를 받았다. 이번엔 전화가 떨어지자마자 상대방의 말을 기다리지 않고 강직한이 대포알 같이 퍼부어댔다.

"니 이 새끼 존 말할 때 차 수리비 빨리 물어내! 빨리 물어내 새꺄! 니가 안 물어내고 배긴가 보자, 한번!"

"안 주면 어쩔 긴데."

"뭐, 안 줘? 이 개돼지만도 못한 새끼야! 니가 인간이냐?"

"인간이 아니면 어쩔래?"

　도무지 말이 되질 않는 것이었다. 이 녀석하고 계속 싸워봤자 진땀만 빠지지 본전 찾기도 힘들 것 같았다. 상대방 전화가 휴대폰이어서 그 와중에도 전화요금만 쓸데없이 올라가는 것 아닌가 하는 생각이 들었다. 그러나 어차피 못 찾을 돈이라면 여기서 물러서면 더욱 안 된다. 강직한은 너무 흥분하여 말이 잘 나오지 않았다.

　"니, 니, 자꾸 그, 그 그럴래? 이 씨발눔아!"

　"뭣 땜에 내가 돈을 줘야하지?"

　이젠 이 자식이 아주 말장난하려고 작정 했남, 좋아!

　"도로교통법 108조 민법 740조 아니 746조에 의해서……"

　강직한은 하도 읽은 지가 오래되어 조항은 정확히 기억나지 않지만 어렴풋이 떠오르는 법 지식을 동원했다. 그런데 법 얘기가 나오자 녀석이 즉시 말을 가로채 비아냥댔다.

　"네가 누군데?"

　"뭐?"

　"네까짓 게 뭔데?"

　강직한은 눈이 확 뒤집혔다. 뭐 이런 새끼가 다 있노.

　"나? 전라도 망나니다."

　"오 그래, 잘났구나! 아마 법으론 힘들 것 같지?"

　"왜 힘들어, 새꺄! 또 있어, 자동차손해배상보장법 제3조, 운전자 책임야, 새꺄!"

　"나는 법 필요 없어! 너 능력 있으면 백날 팔짝뛰고 재주넘고 해봐라 법으로 되는가?"

　"뭐라! 법으로 안 된다고? 좋다, 그렇다면 법 말고 너 같은 놈 잡는 방법이 따로 있지."

"법이 아니면 어떻게 할 건데?"

"너 같이 짐승만도 못한 놈은 법이 필요 없다 하니 짐승 대우해 주마. 난 본래 너 같은 놈 족치는 데는 따로 특기가 있는 줄 모르는 모양이구나!"

"어떤 특기가 있는데?"

"너! 너! 여기 지방이라고 주, 주, 주둥아릴 함부로 놀리는데 너 언제고 내가 서울 올라가면 너 주, 주, 죽, 죽여 버릴 수 있어, 이 새꺄! 1년이고 2년이고……. 어디 한 번 뻗대 봐라. 니가 돈 안 주고 배긴가. 기어이 받아낼 테니까, 이 씨발놈아!"

강직한은 순간 전화에서 느껴지는 어떤 낌새로 보아 상대방이 녹취를 하고 있다는 생각이 들었다. 녀석이 말을 유도하는 눈치였고 또 정작 자신은 욕설을 퍼붓는데도 녀석이 아까와는 달리 말을 아끼는 것 같았기 때문이었다. 그러나 아랑곳하지 않았다. 강직한은 불을 당긴 듯 내키는 대로 죽이겠다고 욕지거리를 퍼부었다. 설사 그런다 한들 얼마든지 합법적으로 이길 수 있다는 생각이 들었다. 오히려 그는 배짱으로 더욱 큰소리를 쳐댔다.

"너 녹음하는 모양인데, 녹음해 새꺄! 니가 이기나 내가 이기나."

"그래 언제 올라올 건데?"

"이게 진짜 못 죽어서 환장했구나! 너 소원대로 해줄 테니까 그리 알고 있어! 이 돼지새꺄!"

강직한은 이쯤해서 전화를 끊었다. 겨울인데도 분노로 이글거려 이마에 땀방울이 송글송글 맺혀 있었다.

그 어느 해보다 유난히 무더운, 찌는 듯한 폭염이 내리쬐는 어느 여름날 오후였다. 강직한은 예초기(刈草機)로 논두렁 풀을 깎기 위해 긴 고무장화에 모자와 안면 보호망을 쓰고 막 채비를 서두르고 있었다.

밖에 놓아둔 전화벨이 울렸다. 강직한은 수화기를 들었다. 누군가 자신의 이름을 찾았다. 강직한이 누구냐고 하니까 대뜸 경찰서라고 한다. 곧 강직한이 서울의 아무개로부터 고소를 당했으니 될 수 있으면 가까운 시일 내에 나와서 조사에 협조 좀 해주었으면 한다고 했다.

강직한은 처음 어리둥절했다. 아니, 누가 날 고소했을까? 아무도 날 고소할 만한 사람이 없는데…… 그리고 담당경찰로부터 고소인의 이름을 재차 확인했는데도 그가 누구인 줄을 몰랐다. 나중에 형님 문제로 서울의 아무개와 전화상으로 다툰 일이 있었느냐는 질문에 그제야 어렴풋이 지난겨울의 일이 생각났다. 그런데 그때가 언제인데 이제사 일이 터진단 말인가. 자신은 그 일을 까마득히 잊고 있었는데 말이다. 무슨 죄목이냐고 물으니까 정보통신망보호법 위반이라 한다.

그는 다음날 열이 받아 소견서를 써가지고 경찰서에 자진 출두했다. 그리고 다른 피의자들과 달리 인정할 것은 인정하고, 아닌 것은 아닌 대로 미심쩍은 부분은 미심쩍은 대로 화끈하고 시원시원하게 수사에 협조했다. 담당형사가 소견서를 조서에 첨부하고 말미에 물었다.

"그럼 선생께서 전회로 상대방에 욕한 걸 어떻게 생각하십니까?"

　강직한은 잠시 어떻게 대답할까를 고민했다. 자신은 사실 고소인이 괘씸했지 그에 대해 조금의 미안함이나 죄책감은 없었다. 다만 자신의 인격관리 차원에서 수사기관에 대한 예의로 이렇게 답변했다.

　"전화상 에티켓은 잘못된 것 같습니다."

　그런데 이게 변호사로 있는 후배에게 뒷날 물어보니 자기의 죄를 인정하는 것처럼 된다는 것을 그는 미처 몰랐었다.

　조사를 마치자 담당형사가 녹취록을 보여주며 말했다.

　"녹취록 내용을 보니까 화가 날 만도 했겠구만요, 고소인이 좀 악질 같은데……. 그러나 저희들은 조사만 할 뿐 판단을 하는 것은 아니죠. 저희들 입장에선 어떤 결론이 날지 좀 헷갈립니다. 원래 이게 검찰청에 접수된 사건이거든요. 그런데 사안이 별게 아니다보니 서로 떠넘기느라 뱅뱅 돌다가 이제사 이곳 K읍으로 내려온 겁니다. 다음에 검찰에서 연락이 갈 겁니다. 억울한 게 있으시면 거기 가서 말하세요."

　나중에 사건 담당검사로부터 연락이 왔다. 그는 강직한을 확인한 후 대뜸 물었다.

　"전화상 언어폭력을 어떻게 생각합니까?"

　이때도 강직한은 순진한 일면이 있어 인격관리라는 차원과 검사에 대한 예의라는 차원에서 경찰조사 때와 비슷한 답변을 했다. 그는 당연하다고 생각한다고 말할 수도 있었다. 그러나 아무리 그것이 정당화가 된다고 해도 그렇게 말할 수가 없었다. 설사 그게 옳았다 한들 그건 속으로만 담아두어야지 양식 있는 인간으로서 내놓고 할 말은 못 되기 때문이었다. 만약 고소인이 물었다면 그리했을 것이다.

"예절은 아니라고 생각합니다."

사실 금수만도 못한 고소인 녀석에게 무슨 예절이 필요했을 것인가. 성인군자도 그런 무도하고 뻔뻔스런 인간을 참고 보고만 있지는 않았을 것이다. 검사는 강직한의 말이 떨어지자 "알았습니다. 벌금이 좀 많거든 법원에 가서 말하세요. 며칠 새 통지가 갈 것입니다" 하고선 전화를 끊으려 했다. 순간 강직한은 전화를 붙들고 늘어졌다.

"아니, 검사님? 왜 불러서 직접 조사는 안하십니까?"

"조사의 필요성을 느끼지 않아서요, 바로 기소하겠습니다."

강직한은 검사의 음성으로 보아 매우 오만하고 싸늘한 느낌을 받았다. 그는 검사의 이름을 물었다. 오남용 검사라고 했다.

"검사님, 탄원서를 낼려는데요."

"필요 없어요. 앞전에 소견서 냈던데 뭘, 정 내고 싶음 담에 법원에 갖다 내세요."

강직한은 검사란 인간이 어떻게 생긴 녀석인가 한번 보고 싶었다.

탄원서 애기는 앞서 후배 되는 김선직 변호사와 상담했던 차, 판사 손에까지 넘어가 해결되는 것보다 될 수 있으면 검사선에서 기소유예로 끝내는 것이 좋으니 되도록 탄원서를 빨리 제출하라는 말이 있었기 때문이었다.

강직한은 반문했다. 스스로는 죄를 인정 안 하는데 비굴하지 않겠느냐고. 그러나 후배는 그게 아니다, 억울하기 때문에 내는 것인데 그걸 내지 않으면 오히려 죄를 인정하는 결과가 된다. 또 탄원서 작성 자체가 노력성이 있기 때문에 만일 죄가 있더라도 시말서나 반성문처럼 일종의 죗값을 치르는 성격도 갖고 있다고 했다.

강직한은 그날 밤 내내 탄원서를 쓰느라 끙끙 머리를 싸맸다.

— 존경하는 오남용 검사님께

서두부터 시작되는 자신의 글을 보며 자존심이 상했다. 검사란 자식이 뭐기에 내가 이런 글을 써야 하나. 그러나 아쉬운 놈이 도랑 치고 우물 판다지 않는가. 따라서 프로든 아니든 어떤 글이라도 혼이 들어가지 않으면 글발이 나오질 않는 것이었다. 그는 그렇게 힘들여 쓴 그것을 가지고 다음날 검찰청을 직접 방문했다. '원칙과 공정이 바로 서는 검찰' 이란 표어가 붙어있었다.

그는 오남용 검사실을 찾았다.

아니나 다를까. 첫판부터 오남용 검사는 매우 고압적인 자세로 나왔다. 대뜸 법원에 서류를 넘길 텐데 뭐하려고 쓸데없이 찾아왔냐고 쏘아붙이는 것이었다. 그러나 강직한이 누군가. 이치에 닿지 않는 것을 보면 누구보다 올곧고 하고 싶은 말은 기어이 하는 사람이었다. 강직한이 아마 조금이라도 자신에게 잘못이 있다고 생각을 했다면 조금 저자세로 나갔을지 모른다. 그러나 그는 결백하다고 생각했다. 따라서 그도 목에 힘을 주고 테이블을 사이로 검사와 정면으로 보고 앉았다.

오남용 검사는 눈도 깜박이지 않을 정도로 냉기가 감도는 얼굴이었다. 나이는 30대 후반으로 보였다. 얼굴빛이 하얗다못해 창백했다. 아니다, 그게 아니었다. 늘 사무실에만 있어서 햇볕을 못 쬐어서 저러나 했지만 그것도 아닌 것 같았다. 섬뜩했다. 마치 분칠을 해댄 드라큘라의 얼굴빛을 연상케 했다. 지금까지 많은 사람을 만나보았지만 이렇게 독하게 생긴 얼굴은 만나지 못했다.

"탄원서 내러왔습니다."

"소견서가 이미 있던데, 무슨 시간 낭비를 또……."

오남용 검사의 말소리는 높낮이의 톤도 별로 없는 사이보그 같아 보였다. 강직한은 검사의 그런 태도가 역겨웠을 뿐만 아니라 그의 비위를 건드렸다. 이 새끼, 지금 세상이 어떤 세상인데, 상판때기나 몸짓, 태도를 보아하니 사람 많이 잡을 놈이로구나. 네가 군사정권 시절 공안검사가 아니길 다행이다. 그랬더라면 넌 이근안보다 한술 더 뜨는 고문기술자였을지도 모르니까……. 그러다 어느 놈한테 등에 칼침 맞고 고꾸라졌을 것이고…….

강직한은 잠시 본 사건의 부당함과 불합리한 점을 오남용 검사에게 핵심만 들어 설명했다. 그러나 오남용 검사는 그를 뚫어져라 응시하며 아무런 언질이 없었다. 마치 검사라는 직분이 천하를 움켜잡은 듯한 자리나 된 것 마냥 굉장한 우월감으로, 피고는 사람도 아닌 듯이 내려다보는 느낌이었다. 하지만 강직한은 오히려 그가 우스웠다. 나는 농부다. 아니다 전문 농업인이다. 더 나아가 이 나라의 영농 후계자이다. 네 놈이 검사면 검사지 나보다 나을 게 뭐란 말이냐. 각자 일하는 직분만 다를 뿐이다. 하나님이 보실 때엔 지금 네 꼬라지가 얼마나 우습겠느냐. 제발 그 오만 좀 버려라.

"검사에겐 기소재량주의가 인정되는 걸로 알고 있습니다. 검사가 이럴 때 공소재량권을 행사하는 것이지 언제 하시겠습니까?"

강직한은 보다 못해 이렇게 짚어주었다.

"죄가 된다고 보아서 공소를 제기하는 것입니다."

검사가 짤막하게 대답했다. 뭐야, 죄가 된다? 그게 죄라면 너는 죄 없냐? 너 수작하는 걸 보니, 지금껏 살아오면서 나보다 더한 죄를 엄청 지었을 놈이다. 좆대맛대 아닌 새끼가 감히 죄가 있네, 없네? 죄는 신만이 논할 수 있는 거야, 건방진 새끼야! 강직한은 울화가 치밀어 이런 말이 입 안에서 맴도는 것을 꾹 참았다.

"유추해석이라는 것도 있잖습니까? 설명을 안 해도 검사님께서 더 잘 아실 텐데……."

"큰일 날 소리……. 유추해석은 오늘날 법정에서도 전혀 인정하지 않고 있습니다."

강직한은 순간 아차 했다. 그러나 재빨리 머리가 돌아갔다.

"판결은 그렇겠지만 여긴 검찰청이고 조사의 방법에 있어서 유추는 가능하다고 봅니다."

"피해자가 워낙 강력한 처벌을 원해서……."

"뭐요? 강력처벌? 이보쇼! 내가 살인강도를 했단 말이오, 남의 유부녀 강간을 했단 말이오, 그러않음 폭력으로 남에게 전치 몇 주 상처를 입혔단 말이오? 그게 말이나 되는 소립니까?"

강직한은 화가 나 언성이 높아졌다. 검사가 마치 고소인과 무슨 친인척 관계나 되는 듯한 인상을 줄 정도로 편파적이라 생각했기 때문이었다.

검사라는 작자들이 직분 상 원칙을 고수한다는 것은 좋다. 그러나 이들이 기계적으로 6법전서나 달달 외웠지, 법조문 외에는 머릿속에 든 것이 별로 없어 참으로 진정한 원칙이 무언지를 모르고 있다. 그래서 이런 경우 피의자에게 종종 편파수사라는 오해를 받는 것이다. 강직한은 일단 오남용 검사를 그렇게 이해하고 넘어갔다.

"그럼, 지금 서울로 전화를 넣어줄 테니 피해자와 직접 통화를 해보시오. 고소 취하를 부탁해서 합의를 보든지……."

검사는 강직한의 의중은 묻지 않고 앞에 놓인 수화기를 들어 전화번호를 찍는다. 강직한은 즉각 만류했다.

"놔두세요. 나는 그런 작자들이 대략 어떤 부류의 인간들이라는 걸 알고 있습니다. 제가 그자에게 무슨 피해보상이라도 해줘야 한단 말입니까?"

"사건을 없던 걸로 하려면 피해자를 달래야죠."

"이따위 법이 어딨습니까? 이건 소크라테스 시대, 아테네의 악법보다도 더한 것입니다."

드디어 강직한이 문자를 썼다. 검사는 강직한이 유식한 말을 하자 '농군인 주제에' 하는 듯한 얼굴로 눈을 내리깔았다. 그리고 자르듯이 말했다.

"악법도 법입니다."

강직한은 평소 고대 희랍의 철인 소크라테스가 두 가지 말에 실수를 했다고 여겼다. 방금 검사가 내던진 말과 스스로를 의인이라고 했던 말이었다. 소크라테스는 당시 아테네의 젊은 청년들을 선동하여 불온한 사상을 심어주었다는 죄목으로 늘그막에 법정에서 사형을 언도받았다. 하지만 오늘날과 달리 소크라테스는 형집행이 있기 전까지는 구금된 상태가 아닌 일종의 가택연금 비슷한 상태에 있었다. 따라서 소크라테스가 마음만 먹으면 그는 어느 때라도 외국으로 탈출할 수 있었다.

제자들은 수시로 찾아와 아테네의 부당한 악법을 규탄하며 도주를 권유했다. 그러나 소크라테스는 듣지 않았다. 그는 나쁜 행동보다는 차라리 죽음을 택하기로 한 것이다. 그는 사형이 임박했을 때, 접견 왔던 아내와 자식들을 먼저 돌려보냈다. 그리고 제자들만 곁에 남게 했다. 슬피 우는 제자들 앞에서 그는 태연히 독배를 들이마셨다. 독이 온 몸에 퍼지자 그는 얼굴이 백납같이 하얗게 변했다. 그는 침대에 비스듬히 누우며 말했다. 아테네의 국법이 옳지 않다 해도 악법은 지켜져야 한다. 내가 가족들을 일찍 돌려보낸 것은 나의 이런 추한 꼴을 보이지 않기 위해서였다. 나는 지금까지 살면서 그 어떤 죄도 지은 바가 없다. 잘못을 한 적도 없다. 아무런 잘못이 없는데 나에게 있어 삶과 죽음이 무어란 말이냐. 도대체 죽음이 무슨 의미가 있단 말이냐. 그러니 울지 말아라.

강직한은 소크라테스가 인류의 위대한 스승임엔 틀림없지만 그가 죄가 없다는 데에는 동의할 수 없었다. 즉, 소크라테스도 피조물인 인간인 이상 죄인의 속성을 확실히 벗어난 존재는 될 수가 없다는 것이었다. 또 악법도 지켜져야 한다고 했지만 그렇게 되면 이 세상은 가진 자와 쥔 자만이 판을 치는 쑥대밭이 된다. 악법은 폭력이며, 민중봉기나 혁명을 통해서라도 뜯어고쳐야 할 대상이지 법이 아니다.

강직한은 방금 오남용 검사의 말을 듣고 그의 턱주가리를 한 대 쥐어박아 버리고 싶을 정도로 혈압이 치솟았다. 그는 분명하게 반박했다.

"악법은 법이 아닌 것이요, 법의 이름을 빙자한 폭력입니다! 그리고 그리스도께서 말씀하시기를 의인은 없나니 하나도 없다고 했습니다. 이 말씀을 검사님께서는 명심하십시오! 아시겠습니까!"

강직한은 그만 자리에서 일어섰다. 그러는 검사는 태연하게 얼굴빛 하나 변하지 않고 눈을 치떴다. 바로 뱀의 얼굴이었다. 뱀은 그 형태나 상판이 무구조하고 무표정하기 때문에 말할 수 없이 섬뜩하고 징그럽게 느껴진다. 그런데 지금 오남용 검사란 작자가 그렇다. 로봇이나 사이보그도 이보다는 나으리라. 그는 볼펜을 쥔 손을 튕겨가며 말했다.

"할 말은 더 없나요?"

강직한은 검사랍시고 앉아 있는 이따위 어리석고 돼먹지 않은 인간들에게 뭔가 단단히 잘못 알고 있는 그 무엇을 한수 가르쳐 주고 나가고 싶었다. 그는 선 채로 오남용 검사를 똑바로 응시하며 목소리를 깔고 무게를 잡았다. 그리고 위엄 있게 말했다.

"저는 원칙주의자를 존경합니다. 그러나 그 원칙이라고 하는 것은 공평무사해야 하는 것이고, 법률적 형평성이 고려돼야 하는 것입니다. 단지 법조문의 자구(字句)에만 얽매여서 억울한 사람을 만들어낸다면 컴퓨터에서 사주궁합 뽑아내는 것과 무엇이 다르겠습니까? 그럴 바에야 판검사도 차라리 자판기에서 커피 뽑듯 법조문이 입력된 컴퓨터로 대체하는 것이 훨씬 효율적이지 않겠습니까?"

강직한은 조금은 격앙된 얼굴로 검사실을 나왔다. 중천을 벗어난 여름의 태양이 아직도 길게 꼬리를 한 발이나 늘어뜨리고 서산마루에서 더운 입김을 뿜어내고 있었다.

벌금통지서가 나왔다. 약식 명령서였다. 판사 이름을 보니 검사와 성이 같은 오단정 판사였다. 그런데 당초 검사의 수작인지 액수가 70만원이나 되었다. 경미한 사건치곤 액수가 너무 많았다. 강직한은 열불이 일었다. 검사와 통화를 원했으나 바쁘다는 핑계로 받질 않고 경리로 보이는 여직원이 받았다.

"도둑놈이 제 발 저린다고 왜 검사가 전활 안 받는 거야?"

"좀 진정하시고 억울하시면 법원 약식계로 가서 정식 재판을 신청하세요."

"이따위 인간들이 검사라고 앉아 있으니 나라 세금 축내고 사회 일각이 이 모양이야! 빨리 바꿔 봐요!"

"방금 말씀드렸잖아요, 왜 저한테 그런 말을 하세요?"

"그럼 검사한테 전하시오! 아무개 전직 대통령, 재산 추징도 못 하면서 이런 건 무슨 원칙인 양 꼴값 떨지 말라고. 그리고 억울한 사람들 많이 엮어 넣고 담엔 변호사 개업하겠지. 그땐 중범들을 놓고 죄 없다고 떠들어댈 거 아냐. 이런 이율배반적인 직업이 어디 있어. 좌우간 법을 고쳐서라도 검사는 변호사를 못 하게 해야 돼. 이건 범죄야. 이따위 검사 나부랭이들 땜에 전관예우니 뭐니 법조 비리가 근절되지 않고 있는 것 아니냔 말야!"

그는 애꿎은 여직원만 닦달한 셈이었다. 그러나 오남용 검사가 바로 옆자리에 있으니 어쩌면 다 듣고 있을지도 모를 일이었다.

그는 이젠 고소인보다도 검사가 더 괘씸하고 미웠다. 고소인은 이미 잊은 지 오래였다. 그리고 강일한 형님도 그랬다. 민사소송을 해서라도 차 값을 변상 받으면 될 것을 아직까지 가만히 있는 것을 보면 답답함을 넘어 어딘가 좀 문제가 있는 사람으로 보였다. 아마 어리석은 생각으로 해보지도 않고 재판비용이 돌려받는 돈보다도 많을 거라는 지레짐작 아니면 그 녀석에게 온통 겁을

집어먹고 후환이 두려운 나머지 아예 손해배상을 깨끗이 포기했던가 둘 중 하나일 것이었다.

또 형님한테 화가 나는 것은 동생이 이런 일로 형사사건에 말려들었으면 하다못해 전화라도 자주 해서 안부라도 묻든가 해야지 강 건너 불구경하듯 하고 있으니 한심할 노릇이었다. 아이가! 아이가! 옛날 사람 말이 하나도 틀린 것이 없어! 미련한 사람들은 그저 쥐약이 보약이지. 강직한은 안 할 말이지만 속으로 이렇게 형님 욕을 했다. 그래서 그는 죽든지 살든지 더 이상 형님 일에 신경 쓰고 싶지 않았다.

말을 물가에까지 데려갈 수는 있어도 먹일 수는 없는 것을……. 또 자신은 크리스천 아닌가. 비록 고소인이 나빴기로서니 나의 마음도 강팍했기 때문에 사건이 터진 것 아니었느냐 말야. 그는 이런 생각을 했지만 기실 하나님께는 이번 사건을 회개하진 못했다. 왜냐하면 쓸데없는 세상일에 집착한 나머지 요즘 들어 신앙생활이 나태해지고, 해야지 해야지 하면서도 기도를 게을리 한 때문에 자꾸 잊어먹은 탓이었다.

그는 이번 일로 하나님의 사람으로서 다신 이런 실수를 안 해야지 하는 각오를 새롭게 다짐하는 계기가 되었다. 그러나 한번 사건이 터진 것은 끝까지 매듭을 짓고 수습할 필요는 있었다.

그는 법원에 정식 재판을 신청했다. 공소사실을 전면 부인한다는 것과 벌금이 너무 많다는 것이 그 이유였다. 답변서와 정상관계 진술서에 하고 싶은 말을 다 썼다.

특히 공소사실을 인정하지 않는 구체적인 내용과 이유를 장장 여덟 개 항목으로 나누어 별지까지 첨부하여 조목조목 반박했다.

그중 몇 가지 주요 골자는 다음과 같았다.

1) 상대방(고소인)이 본 피고의 감정을 의도적으로 격분시켜 계획적인 녹취를 유도하였음. 구구절절 설명하지 않아도 이에 대한 명백한 증거는 당초의 녹취록을 면밀히 분석 판단하여 그 전후본말(前後本末)의 정황을 유추해 보면 알 수 있을 것임.

2) 본 사건을 무조건 형사상의 문제로만 구분하여 그 실익(實益)을 구하는 것은 법 이전에 도덕적 양심과 사회적 정의를 구현하는 법질서와 가치기준의 제시에 의문이 있고 특히 법률적 형평성에도 문제가 있다고 생각함.

3) 형님이 무능하고 못난 탓에 불량한 인간에게 응당 찾아먹을 권리행사도 못 해보고 정신적 스트레스와 과다한 경제적 손해를 당했는데 이를 보고 어느 형제가 격노하지 않겠는가? 이것이 부모형제의 정이요 우리네 정서가 아닌가? 그리고 형님 사건으로 꿈에도 보지 못한 전혀 일면식(一面識)도 없는 생면부지의 인간과 이곳 지방에서 서울까지의 장거리 전화상으로 벌어진 다툼을 가지고 얼토당토않은 정보통신망보호법 운운하여 가혹하게 법률적 잣대를 들이대는 것은 우리네 정서와 상식에 배치되는 면이 있음.

4) 상대방(고소인)의 공포심이 유발되었다 하나 이에 대한 확증이 없음. 즉, 본 피고의 형님 강일한에게 차 수리비 명목의 반대급부가 이행되지 않았고, 또는 그리하겠다는 의사표시가 아직까지 없을 뿐만 아니라 자동차 손괴 사건 이후 지

금까지 미안하게 됐다는 사과 한마디 없는 인간이 어떻게 공포심 발생이란 주장을 펼 수 있는가? 본질적으로 악질이 아니고서야 이런 말을 감히 할 수 없는 억지일 것이며 그야말로 인면수심(人面獸心)의 후안무치(厚顏無恥)한 인격 장애인들이 통상 주장하는, 상식 이하 인간의 상투적인 수법이라 생각됨.

또 강직한은 정상관계 진술서에 사건과는 관계없는 잡다한 사항을 꼭꼭 채웠다. 예컨대 농가 부채가 많다는 것으로 현재 재산상 마이너스 효과를 가져왔다는 등 재판에서 참작해주었으면 하는 사항 등이다. 또 숲을 보지 못하고 나무만 보며 사람에 따라 골라 적용되는 허술한 성문법 등 오늘날 법체계의 문제점을 지적했다. 원래 이런 것을 그의 성격상 안 적으려 했는데 희선의 종용으로 마지못해 적었다. 신앙인이고 비 신앙인이고를 떠나서 여자들은 현실주의자였다. 희선도 금전문제에는 대단히 밝아, 쓸데없는 손해를 안 보려 했던 것이다. 그러나 더 웃기는 것은 과거의 '선행사실 란' 에서였다. 강직한은 꼭 이런 것을 자랑거리로 써야 하나 했는데, 자꾸 아내의 채근 때문에 쓸 수밖에 없었다. 내용은 지난날 총각 때의 이야기였다.

선행: 지난 날, 죽을 사람을 살려준 적이 있음. 당시 친구를 만나러 가다가 K읍 ○○리 한 후미진 철로 변에서 밧줄로 양 레일에 머리와 다리를 꽁꽁 묶고 지살하려는 사람을 발견, 놀라 저지하려 했으나 두려움과 역부족으로 친구를 부

리나케 데려와 같이 그 자살 기도자를 풀어내고 차를 태워 여분의 차비까지 주어 돌려보냈음. 자살기도인은 ○○시 ○○동 사람이었고, 그때 연령이 추정컨대 20대 후반에서 30대 초반의 나이였음. 이에 대한 증인으론 친구 선찬배(K읍 ○○리 현, ○○시 모 군부대 육군상사로 재직 중)와 그의 형수(선찬 용의 부인)가 있음.

　여기까지 다 쓴 강직한은 후우 하고 한숨을 쉬었다. 이제 따로 판사에게 보낼 탄원서만 쓰면 된다. 아, 힘들다 힘들어. 재판이 이리 까다로울 줄이야. 나 같이 좀 안다는 사람이 이 고생일 때, 배우지 못하고 없이 사는 사람들은 얼마나 억울한 일을 많이 당할까. 그는 이미 할 말은 다했으므로 탄원서엔 사적인 감정에 호소하는 내용을 주로 썼다.

　특히 그는 신앙인으로서 이런 사건에 말려들어 그리스도의 명예를 실추시켰다는 점을 회개하고 있으며, 그리스도께서 "내가 너희를 사랑함과 같이 너희도 서로 사랑하라" 하셨기에 인간적으로 생각하면 자신을 고소한 상대방이 괘씸한 면도 있지만, 주님의 가르침에 따라 상대방을 용서하고 그를 위해 기도하려고 노력하고 있다고 적었다. 그리고 저번 검사에게 쓴 탄원서가 좀 뻣뻣한 부분이 있었기에 이번 탄원서는 토씨 하나하나 등 같은 말이라도 그 뉘앙스에 신경을 쓰며 최대한 예우를 다해 겸손하게 썼다. 그리고 마지막으로 '국선 변호인 선정서'에는 몇 사람의 예시된 변호사 가운데 김선직 변호사가 나와 있는 것을 보고 그를 선택했다.

　그리고 곧바로 후배 되는 김선직 변호사에게 전화를 했다.

"어이, 동생! 미안하시. 내가 이런 일로 자꾸 전화를 해서……."

"괜찮습니다, 형님! 재수가 좋으면 선고유예로 없던 일처럼 유야무야로 끝나고 운 때 사나우면 30만원 내지 50만원 벌금이 선고될 것입니다."

"재수는 뭐고 운 때는 뭔가?"

"판사가 식견이 있냐 단순하냐, 그 말입니다."

"별 돈벌이도 안 되는 국선 변호를 떠넘겨서 어쩌까이……."

"그건 말로만 나와 있는 형식이에요. 판사가 나중에 최종 지명을 하는데 불구속사건은 대개 변호인 없이 진행하는 경우가 많습니다."

"그래도 변호사 없이 재판하는 건 민주국가에서 인권유린 아닌가?"

"그런 문제가 있죠. 아무리 경미한 사건이래도……. 하지만 구속사건이 아닌 경우 대개 판사 맘이더라구요."

강직한은 간단히 통화를 끝냈다. 만에 하나 판사가 변호사를 지명하지 않는다 해도 이 정도로 서류를 완벽하게 구비했으면 걱정이 없다. 재판장이 미련퉁이가 아니라면 틀림없이 나의 손을 들어줄 것이다. 그는 이번 재판에서 꼭 이길 것 같은 확신이 들었다. 더구나 형사재판은 민사와 달리 원고가 검사이다. 어디 보자 검사 이 녀석! 그 오만한 콧대를 확 꺾어 놓으리라.

아! 한편으론 재판이 이래서 마약인가 보구나!

강직한 부부는 박 타는 흥부 부부처럼 싱글벙글하며 벌써부터 승소는 다 따 놓은 당상이라는 듯 승리감에 도취되어 활짝 웃었다.

재판은 다시 개정되고 있었다. 오단정 재판장의 눈치를 보니 판결에 불만을 품고 법정을 소란케 했던 아까 그 노파에 가까운 여인네에게 가중처벌의 조치를 취해놓은 모양이었다. 노파는 낌새를 눈치 채고 집으로 갔는지 조용했으나 이미 엎질러진 물이요, 술 깬 뒤에 후회한들 소 잃고 외양간 고치는 격이 될 것이었다.

피고들이 차례로 불려 나갔다.

소록도 선착장에서 고약, 연고 등을 팔아 약사법 위반으로 적발된 환갑이 가까운 중년노인은 재판을 신청한 보람도 없이 당초 300만원 벌금형이 한 푼도 깎이지 않고 그대로 선고되었다. 그는 축 늘어진 어깨로 재판정을 나갔다.

이번엔 음주운전으로 벌금 200만원이 부과된 사람이었다. 그는 기껏 오단정 재판장이 2만원을 깎아주자 투덜거리며 법정을 빠져나갔다. 아마 먼 데서 올라오느라 하루 품 버리고 차비 제하면 더 손해라는 생각을 했을 것이다.

이번엔 강직한의 차례였다. 변호사 석을 보니 변호사는 한 사람도 없었다. 김선직 변호사도 나타나지 않았다. 과연 김 변호사의 말대로 변호인 없이 재판을 진행하는 것 같았다. 강직한은 잠시 재판에 앞서 주님께 기도를 올렸다.

'이 재판을 주님의 뜻대로 하소서! 주님이 하신 일에는 승패에 연연하지 않겠습니다!'

강직한은 주님에게 함부로 자신의 이기적인 생각을 말할 수 없어서 기도는 그렇게 했다. 그러나 내심으론 인간적인 생각이 더 앞섰다. 그는 재판에서 기어이 이기고 싶었다. 그 검사 녀석이 이제 나오겠지 하고 검사석에 시선을 보냈다. 예상과 달리 오남용 검사는 보이지 않았다. 처음부터 다른 검사가 혼자서 계속 재판에 참여하고 있었다. 아마 여러 사건의 서류를 몽땅 위임받아 공장에서 물건 뽑듯 5분 내지 10분마다 한 사람씩 일괄적으로 처리하는 모양이었다.

강직한은 약간은 김빠진 생각이 들었다. 오남용 검사 보는 데서 멋지게 이겨 한방 날리고 싶었는데……. 그러나 상관없었다. 오남용이가 나오지 않아도 재판에서 승소하면 시원히 엿 먹이는 꼴이 될 터이니까. 그런데 지금 나온 검사가 참 가관이었다. 인상은 그런대로 선하게 보였다. 안경 낀 얼굴에 선비풍은 아니고 그렇다고 일상속의 매력적인 학구파로 뵈지도 않고 언뜻 자동차 정비사 같은 이미지로 보였으나, 그것도 아닌 참으로 어정쩡한 인상으로 철이 없어 보였다. 얼른 보면 삼십대로 보였으나 찬찬히 보니 사십대로 보였다. 어디를 그렇게 쏘다녔는지 얼굴은 검게 그을렸다. 그런데 더 우스운 것은 목소리가 가늘어 그런지 제 딴에는 논죄를 해대느라 무어라 막 빠른 말로 주워대는 걸 보면 마치 강아지가 깨갱거리는 소리처럼 들렸다. 게다가 빼빼 마른 체격에 사이즈가 맞지 않아 두 사람은 능히 들어갈 만큼 헐렁한 법복을 입고 있는 광경은 마치 마대 속에서 고갤 내민 닭 모가지마냥 멀뚱해 보였다.

음주운전자가 퇴정하고 강직한은 자기 이름을 부르기만 기다리며 나갈 준비를 하고 있었다. 그리고 머릿속으로 오단정 판사가 물어올 질문에 대한 답변을 정리하고 있었다. 판사는 나오는 피고들마다 성명, 주소, 주민등록번호, 직업, 죄목 등을 확인하고 "정식 재판을 신청한 이유가 뭡니까?" 하고 물었다.

하지만 엉뚱하게 다른 사람이 불려나갔다. 강직한은 다음번엔 부르겠지 하고 다시 기다리기로 했다. 이번에도 음주운전자였다. 적발 시 혈중 알코올 농도 수치가 0.3이었다. 이 정도면 엄청난 수치라고 오단정 판사는 결론을 내리고 이렇게 만취상태에서 차를 운전한 것은 살인미수 행위이며 일벌백계 차원에서 벌금 300만원을 한 푼도 깎아줄 수 없다는 선고를 내리고 말았다. 당사자는 어떤 기대치를 갖고 왔다가 대단히 실망했는지 잘 알아듣지 못할 소리로 씨부렁대고 나갔다.

오단정 판사가 재판장 석에서 내려다보며 피고들을 향해 말했다.

"이 싸람들이! 아까 어떤 여자가 난릴 치니까 배웠나? 따라서 땡깡을 부릴라 그러네!"

음주운전은 물론 음주로 인한 교통사고의 실태로 보아 동정의 여지는 없을 것이었다. 그러나 오단정 판사는 지금 여러 사람들을 재단하며 어린애 다루듯이 하고 있었다. 그는 굉장한 쾌감을 느끼고 있었다. 가정주부가 도마 위에 생선을 올려놓고 이걸 한 토막을 칠까 세 토막을 칠까 아님 네 토막을 낼까 고민하듯, 그도 지금 공소장을 올려놓고 피고들을 요리하고 있었다.

강직한은 이번엔 틀림없이 자기겠지 하고 있는데 재판장은 그를 부르지 않았다. 왜 날 부르지 않지? 15시까지 입정, 그러니까 오후 3시까지 오라 해서 왔는데 지금 30분도 넘게 초과됐지 않았는가. 게시판 진행순서는 이게 아닌데, 진작 불렀어야 하는데…… 에라, 더 기다려보자.

이번에 나간 사람은 음주측정 거부자였다. 음주에 관련된 사람들이 상당히 많은 모양이었다. 판사가 벌금 300만원에서 5만원을 깎아주었다. 피고가 애원했다. 측정거부 좀 했다고 이렇게 액수가 많은 법이 어디 있느냐, 좀 억울한 감이 있다, 생활하기가 어려우니 많이 좀 깎아 달라.

오단정 판사가 답변했다.

"지금 피고 사정을 봐주면 그동안 걸린 도시 일대 수많은 운전자들이 나도 좀 봐주라며 벌떼같이 달려들 거요. 그리고 음주 후 30분이 경과하면 수치가 0.05씩 떨어지는데 그걸 계산해서 벌금을 매긴 것이오. 피고는 측정을 거부하고 한 시간 이상을 뻗댔으니 결코 액수가 많은 것이 아니오. 그러니 이런 경운 음주운전보다 측정거부가 더 손해라는 사실을 알아야 합니다."

뒤이어 계속 피고들이 불려나갔다. 폭력으로 벌금 300만원의 약식 명령을 받은 자, 경찰관이 음주운전 했다고 허위사실을 유포하여 경찰지령실, 신문사, 방송국에 칠십여 차례나 전화질을 한 무고죄로 400만원 부과 받은 자, 돈 많은 졸부가 첩 계약을 맺었다가 파기한 후 위자료 문제로 사기혐의를 받고 피소된 자 등 그야말로 각양각색이었다.

강직한은 법정에 와서 짧은 시간에 실로 많은 것을 알 수가 있었고 참으로 다양한 삶의 모습들을 깨달을 수 있었다. 아, 세상은 참으로 천차만별이구나. 이러한 별천지(?)의 사람들이 이렇게 많은 줄도 모르고 잠자듯이 세상을 살아 왔구나. 그러나 아무리 기다려도 오단정 판사가 자신의 이름을 부르지 않는 것이 이상했다. 곁에서 눈치 빠른 아내 희선이 자그맣게 속삭였다.

"자기야, 자기서류민 일부러 맨 뒤로 빼놓은 거 같아."

"글쎄? 뭐 때문에……"

"뭔가 꿍심이 있는 거 아닐까? 원래 자기 뒤로 20명 이상이었잖아? 근데 봐! 서너 명도 안 남았지 뭐야."

과연 주위를 둘러보니 몇 사람 안 남았다. 결국 내 차례가 오겠군.

그런데 오단정 판사는 참으로 대단했다. 지금껏 판결을 위한 판결이 아니고 말 그대로 벌금에 의한, 벌금을 위한, 벌금의 판결을 하고 있었다. 윤전기에서 신문지가 무더기로 인쇄되어 나오듯 몇 분 간격으로 한 사람도 빠뜨림이 없이 마구잡이로 벌금 전과자를 찍어내고 있었다. 그는 참으로 국가에 충성(?)하고 있었다. 나라 예산이 부족함을 걱정했음인지 세금 걷듯 돈을 걷어 들이는 것 같았다. 진정한 나라의 주인이 지금 이 자리에 모인 국민들이라는 것은 모르고, 상말로 말하면 아주 저 꼴린 대로 재판을 하고 있었던 것이다. 저 자존심과 저 잘났다 재판이었다. 아무런 절차도, 법적제약도 없이 옛날 사또 나리가 재판하는 것과 크게 다를 바 없었다.

재판이 거의 끝나갔다. 나머지 사람들은 모두 퇴정했다. 오단정 판사는 마침내 강직한을 호명했다. 강직한은 "예!" 하고 정중히 대답하고 앞으로 나갔다. 그는 피고석에 앉지 않고 똑바로 서서 판사와 시선을 마주했다. 자리에 앉고 안 앉고는 피고의 자유였다. 오단정 판사는 그에게 여태까지 다른 사람들에게 했던 것과 같은 질문을 하지 않았다. 직업만 물어봤다.

"영농 후계자입니까?"

판사의 물음에 검사와 함께 배석한 실습 나온 시보 및 법원서기와 속기사 등 오륙 명의 직원들이 일제히 강직한을 쳐다보았다.

강직한은 무엇보다 재판을 신청한 이유를 물을 줄 알고 머릿속에 정리한 답변을 생각하고 있었다. 그러나 오단정 판사는 판결하는 일에는 단순했지만 그런 일에는 단수가 높은 것 같았다. 적어도 강직한이 기대하는 따위의 질문은 하지 않았다.

"피고는 ○○년 ○월 ○일 자신의 집, 일반 전화를 이용해 서울의 고소인 하수구 씨를 죽여 버리겠다고 한 적이 있죠?"

오단정 판사는 앞뒤 사건의 개요나 흐름은 전혀 묻지 않고 언급도 하지 않은 채 '죽이겠다'라고 한 용어만 강조하여 물어왔다. 적어도 여기에서 판사가 제대로 재판을 하려면 비록 편파적이긴 하나 최소한 검사의 공소장에 적힌 대로 "형님 강일한의 차량손괴 사건으로 인하여 고소인 하수구 씨가 손해배상을 하지 않는다는 이유로 다투다가……" 이렇게 시작했어야 옳았다.

"예! 하지만 그것은 고의가 아니고 사람이 다투다가 격분하면 누구나 다 통상적으로 할 수 있는 말입니다. 또 검사의 기소장 내용은 지나치게 고소인의 입장과 편리만 고려한 내용이라고 봅니다."

"아, 알았어요, 알아! 피고가 제출한 모든 걸 다 봤습니다. 아주 조리 있게 잘 썼더군요."

오단정 판사는 강직한 입에서 무슨 말이 튀어나올지 몰라 미리 입막음을 하려는 의도를 보였다. 이때 재판장 밑에 앉은 검사가 소리쳤다.

"아, 1년이고 2년이고 기어이 겨누고 있다 죽여 버리겠다고 했잖아요?"

판사도 검사의 말이 떨어지기를 기다려 다짐이나 받으려는 듯 말했다.

"그렇죠, 사실이지요?"

"처음부터 그랬던 게 아닙니다. 시종일관 검사가 공소장을 아주 작위적이고 직설적인 표현으로만 나열한 부분이 많습니다."

"아, 글쎄 그랬냐 안 그랬냐예요."

강직한은 순간 대답하고 싶은 마음이 싹 달아나버렸다. 이건 재판이 아니고 마치 수사나 조사를 다시 받는 느낌이 들었기 때문이었다. 그는 오단정 판사의 말을 무시하고 다른 말을 했다.

"판사님께 여쭙겠는데요. 법 이전에 도덕적 양심과 사회적 정의가 우선시되어야 하고 또 그것을 바탕으로 판결이 되어야 하는 건 아닙니까? 본 사건을 단지 민·형사상의 문제로만 구분하여 평가한다는 것은……"

강직한이 여기까지 말했을 때, 검사가 끼어들어 방정맞게 소리쳤다.

"국회의원들을 잘못 뽑아서 그래요, 그건 국회 가서 말하세요 옷!"

강직한은 그만 말문이 막혀버렸다. 아니 어이가 없었다. 기가 막혔다. 소위 검사란 작자가 수준이 저 모양이라니. 강직한은 그만 화가 치밀었다. 그래 너희들은 잘하면 제 탓, 못하면 정치가들 탓만 하는 모양인데 그건 국회의원을 농(農), 공(工), 상(商), 노(勞) 등 직능 대표로 뽑질 않아서 그런다. 후진국 마냥 만날 너희 같은 법조인들 과반수가 국회에서 판을 치니 나라꼴이 이 모양 이 꼴이다. 꼭 느들만이 법 잘 만드는 건 아니다. 우리나라 사람들 얼마나 유식하냐. 동창회다 향우회다 하여 회칙 만든 것 봐라. 얼마나 잘 맨들더냐. 하다못해 친목모임 계군들이 계칙 만든 것만 해도 국회의원 뺨친다. 장가 보내놓으면 다 서방노릇 할 줄 알고 뒷간 맨들어 놓으면 다 뒤 볼 줄 알듯이 국회 보내놓으면 국회의원 노릇 다 할 줄 안다. 아는 놈이 도둑질한다고 오히려 너희 같은 법조인들이 어중간하게 법은 알아가지고 법을 오물딱조물딱 느들에게 밥 벌어 먹고 살기 좋도록 유리하게 만들어놓고 힘없는 백성들은 옭아매기 좋게 해놨으니 지금 내가 이 욕을 본 것 아니냐.

그러나 강직한은 아무 말도 못했다. 왜? 지금 희선이 뒤에 있기 때문이었다. 잘못하여 판사의 비위라도 건드려놓으면 아까 그 노파에게 하듯이 벌금을 더블로 매길지 누가 알 것이며, 그럼 모든 게 수포로 돌아가는 거고, 난 또 아내의 바가지에 얼마나 시달릴 것이냐. 잠시 그렇게 강직한이 어정쩡하니 있는데 뒤에서 아내가 소리쳤다.

"그걸 국회 가서 말할 정도면 지금 당신들은 그 자리에 뭐 하러 앉아 있는 거예요? 판검사가 이럴 때 써먹으라고 있는 거 아니냐구요?"

역시 희선은 어려울 때 나타나는 구세주였다. 아니 아내는 위대했고 예리하였다.

오단정 판사와 그 검사 녀석은 잠시 기습을 당한 듯 어리둥절했다. 그리고 당황해하였다. 오단정은 더 이상 피고에게 빌미를 주어서는 안 된다는 생각에 재판을 빨리 끝내려고 하는 기색이 역력했다.

"배운 사람이 그렇게 막 함부로 사람을 죽인다고 해서야 쓰겠습니까?"

사건의 본질을 자꾸 회피하려는 판사의 질문에 강직한은 정작

하고 싶은 말은 제대로 해보지도 못하고 끌려가는 듯한 느낌이 들어 초조해지기 시작했다. 그렇다고 지난번 오남용 검사에게 했듯이 강하게 밀어붙일 수도 없었다. 검사는 최종 결정권이 없기 때문에 아니다 싶으면 함부로 대할 수도 있지만, 판사란 존재는 민주주의의 마지막 보루인 사법부를 대표하는 기관이라는 교과서적인 얘기를 빼더라도 오로지 그의 뜻에 따라 좌우 흑백이 가려지는 판결권이 있기 때문에 얘기가 사뭇 달라진다. 강직한은 판사의 수작이 여러 가지로 마음에 들지 않았으나 그래도 판사는 검사와 뭐가 달라도 다르겠지 하는 일말의 기대감에 다시 부풀었다.

"재판장님! 애초에 담당검사가 묻지도 않았는데 자꾸 법원에 가서 따지라며 먼저 말을 했고 또 수차례 했던 걸로 보아 본 사건이 선험적(先驗的)으로 온당치 못하다는 걸 그분도 느꼈던 것 아니겠습니까? 이점을 참작해주시면 어떠실는지요?"

판검사가 동시에 물었다.

"선험? 선험적이 뭡니까?"

강직한은 그들이 의심스러웠다. 설마 저들이 몰라서 묻는 건가, 날 시험하려는 것인가? 이놈들아! 책 좀 읽어라 책! 소위 법조인이란 녀석들이…….

"선험이라고 하는 것은 우리가 후천적으로 경험하지 않아도 이미 알고 있거나 알 수 있는 것 즉, 태어나기 이전부터 인간의 본성에 내재되어 옳고 그름을 분별할 수 있는 능력입니다. 쉽게 말하면 하나님이 주신 양심이라고 설명하면 되겠습니다."

그 말이 떨어지자마자 검사가 또 방정맞게 소리쳤다.

"하나님 필요 없어요! 그런 건 교회 가서 말하세요웃!"

맙소사!

강직한은 아찔했다. 하나님이 필요 없다니? 저 검사가 너무 무지하구나! 말이 씨가 된다는 속담이 있다.

강직한은 순간 담임교회 목사의 이야기가 떠올랐다. 목사님이 어느 날 장로, 권사, 집사로 구성된 교회 제직들을 이끌고 시골마을에 전도를 나갔다. 동네회관 앞에 이르니 많은 사람들이 모여 있었다. 목사님은 교회주보를 손수 전해주며 "예수님 믿고 천국 갑시다. 우리 모두 구원 받읍시다" 하고 권도했다. 그런데 한 노파가 목사님이 다가가더니 못 볼 사람을 보기나 한 듯 손을 홰홰 젓고는 뒷걸음질로 달아나며 외치더라는 것이었다.

"예수 필요 없어요! 나 지옥 갈라요, 지옥 갈라요오!"

많은 사람 앞에서 면박을 당한 목사님은 좀 무안하기도 했으나, 그것보단 주님을 모독하는 그 인간의 무지함 때문에 불덩어리 같은 노기가 솟구침을 느꼈다. 그러나 소위 목회자가 되어서 남을 저주한다는 소릴 들을까봐 차마 저주는 못 하고 마음속으로 외쳤다.

'당신, 지옥이 얼마나 무서운 곳인지 아오? 당신 말대로 될 것이오.'

그 노파는 저쪽 골목 모퉁이를 돌아 안 보일 때까지 손을 휘젓고 구시렁거리며 사라졌다는 것이다.

강직한은 검사의 말에 일일이 대꾸할 필요를 느끼지 않았다. 그는 검사를 무시했고 판사하고만 눈을 마주쳤다. 그러나 방청석의 아내는 검사의 신성모독 발언에 참지 못하고 소릴 질렀다.

"그 말에 책임 질 수 있습니까? 주님이 필요가 있는지 없는지는 언젠가 죽어보면 알 겁니다!"

아내는 신통하게도 꼭 필요할 때 말을 하는 사람이었다.

사태가 이리 되자 판사는 서둘러 마무리를 지으려고 했다.

"그럼 피고! 피고에게 지금 선고를 내려도 될까요?"

아니? 선고를 내리려면 내리고 말면 마는 거지 왜 그걸 나한테 물어보나? 그리고 선고유예라면 모른다. 선고를 내린다는 것은 벌금형을 매기겠다는 소리겠지. 뭐 이런 재판이 다 있노?

"재판장님께서 알아서 하십시오. 선고를 내린다 한들 제가 항소를 하겠습니까, 어쩌겠습니까?"

오단정 판사는 강직한의 말에 선뜻 선고를 내리지 못하고 망설였다. 그는 뭔가 확실하게 강직한을 한 번 더 꼬투리를 잡으려는 듯 다음과 같이 물어왔다.

"왜 밤에 전활 했습니까?"

"그야 그……"

느닷없는 물음에 강직한은 답변을 못 하고 얼버무렸다. 어디서 많이 듣던 소린데……. 이번엔 검사가 역시나 같은 질문을 해왔다.

"왜 밤에 전화해서 죽이겠다는 소릴 했습니까?"

맞다!

형법에 보면 같은 범죄라도 낮과 밤이 죄질이 다르다는 소릴 들었다. 이들은 그 함정을 노린 거구나!

"그건 고소인이 낮에는 전화를 안 받았기 때문이고, 저녁 무렵 퇴근시간을 상정해서 전활 했기 때문에 밤은 아닙니다."

"저녁이 밤 아닙니까? 밤에 작살내버리겠다고 공포분위기 조성한 것이 옳다 이 말입니까?"

"……."

판사의 말에 강직한이 답변이 궁해 말을 못하자 검사가 또 밤! 밤! 어쩌고저쩌고 하면서 판사와 교대로 집중 추궁해왔다. 이미 그 자리에 판사는, 아니 재판장은 없었다. 오직 두 사람의 검사만 존재할 뿐이었다. 강직한은 그렇게 힘겹게 그들을 상대하고 있었다. 그 광경을 보고 희선이 분이 나 소릴 내질렀다.

"아니, 판사 어디 갔어요, 판사! 세상에 이런 법이 어딨냐구요? 법치국가에서 피고 한 사람을 갖다가 두 명의 검사가, 농부 한 사람을 데려다 세상에 2대 1로 몰아치는 법이 어딨당가요? 아니 변호사가 없으니 3대 1이라고 해야겠군요. 재판장은 화장실 갔나요?"

역시 아내 희선은 결정적인 순간에 강직한을 구출해내는 수호천사였다. 변호사가 따로 없었다. 그녀가 바로 변호사였다. 강직한은 절규하는 듯한 아내의 음성에 저절로 눈물이 날 뻔했다. 아내를 바라보니 그녀가 분노를 못 이겨 스스로의 성질을 주체하지 못하고 눈시울이 뿔긋뿔긋해 있었다. 그녀는 남편이 안쓰러웠던 것이다. 아, 희선은 내가 가엾게 보였던 모양이로구나. 강직한은 가슴이 그만 뭉클하였다. 그는 진한 부부애를 느꼈다. 그러나 한없이 감상에 젖어 있을 수는 없는 노릇이었다.

재판장과 검사가 무의식적으로 놀란 듯 움찔했다. 그들은 열없었던지 추궁을 거두어들였다. 판사는 체면을 챙기느라 서둘러 말했다.

"재판 당사자가 아닌 방청석의 제3자는 정숙을 좀 요합니다. 그럼 이 공판은 다음달 ○월 ○일로 연기하겠습니다. 피고는 혐의 사실에 대한 결백을 백 퍼센트 증명할 수 있는 확실한 자료를 다시 확보해가지고 오기 바랍니다."

　법원 주차장이었다. 강직한 부부는 한물 간 승용차 크레도스에 올랐다. 아내가 조수석에서 말했다.

　"자기야, 아무래도 안 되겠어. 그냥 우리 다시 가서 선고 내려 달라 하자!"

　"왜?"

　"칼자루 쥔 판검사들이 자기를 저렇게 벼르는데 또 재판한다고 이기기나 하겠어?"

　"그럼 이번 재판도 사전에 만류하지 않고 뭘 했어?"

　강직한이 다소 불만스럽다는 투로 말했다. 희선은 미리 준비했던 말인 양 비교적 간단한 논리로 대꾸했다.

　"일단 일을 겪어볼 필요는 있는 거지 뭐. 태초에 인류가 저지른 선악과 사건이 뭘 의미하겠어요. 그것은 온갖 죄의 근원인 세 가지 범죄 아닌가요. 도둑질, 거짓말, 살인 말이에요. 지금 저들이 저지르고 있는 죄악이 그것 아니겠어요."

　"하기야 내가 순진한 거지. 판사나 검사나 다 한통속 아니겠어. 지네들끼리 땅겨주고 챙겨주고 법조계가 다 그렇고 그런 거지."

　"자기, 이제야 그거 깨달았어? 난 진작 알았는데."

　강직한은 은근히 화가나 씨부렁댔다.

　"아니, 그럼 저 같잖은 인간들을 어떻게 할까? 억울한데도 그냥 두고 보란 말인가?"

　"기원전 하박국 선지자가 주 하나님께 다음과 같이 부르짖은 걸 아시나요? 여호와여! 내가 부르짖어도 주께서 듣지 아니하시니 어느 때까지리이까? 내가 세상의 포악무도함으로 인하여 외쳐도 주께서 구원치 아니하시나이다. 어찌하여 나로 간악을 보게 하시며 패역을 목도하게 하시나이까? 대저 겁탈과 행악이 내 앞에 있고 변론과 분쟁이 일어났나이다.”

강직한은 격한 기분 중에도 미처 관심을 못 가졌던 내용에 대한 호기심이 일었다.

“그럼, 하나님께선 뭐라고 응답 안 하셨어?”

“하나님은 다만, 너무 조급히 굴 건 없다, 악을 징벌하는 것은 오직 하나님께만 달려 있다, 하지만 언젠가 직고(直告) 할 수 있는 기회를 주신다고 했지요. 때가 이르면 악은 반드시 멸망할 것이라고 분명하고 단호하게 말씀했거든요. 그니까 자기야, 오늘은 그만 진정하고 나 하자는 대로 해, 응?”

강직한 부부는 다시 차에서 내려 법정 안에 들어섰다.

아직 오단정 판사는 서류를 정리하느라 퇴정하지 않고 있었다. 강직한은 들어가서 바로 말했다.

“재판장님, 도저히 귀찮아서 안 되겠습니다. 까딱 잘못하면 배보다 배꼽이 클 거 같으니 그냥 선고 내려주십시오.”

오단정 판사는 고개를 끄덕거리며 만족한 듯한 미소로 물었다.

“그럼 벌금을 얼마 깎아드릴까요. 70만원이면 많지 않은 건데…….”

“그걸 제가 어떻게? 재판장님 처분에 따르겠습니다.”

“20만원 깎아드리겠습니다. 통지 가면 50만원 벌금 내십시오. 이 정도면 많이 깎이준 것입니다.”

오단정은 꽤나 인심을 쓰듯이 말했다.

　원래 강직한은 이런 금전문제에서 주변머리가 없었다. 이것을 자존심이라고 해야 할지 모르지만 다른 피고들처럼 많이 깎아달라고 하면 될 것을 왠지 비굴하게 보여 그는 천성적으로 그런 말을 못했다.

　그는 이 문제로 아내에게 잠시 추궁을 당하기도 했다.

　"그런다고 판사가 깎아줄 거 같아? 판사 행동을 봐! 말만 그런 거지."

　"그래도 말은 해봤어야 하는 거 아녜요?"

　저녁 때 집에서였다.

　강직한은 낮의 재판 과정을 생각할수록 꾸역꾸역 화가 치밀어 올랐다. 세상에 도둑놈 천국이라더니 니들 안 봐도 훤히 알겠다. 뒷구멍으로 눈먼 돈 얼마나 처먹고 사는지……. 그는 울분을 달랠길 없어 후배 김선직 변호사에게 전화를 했다. 그리고 오늘 있었던 판결 과정을 간략히 설명했다. 김 변호사는 어디에서 술을 걸치고 있는지 술 힘을 빌려 수화기 저 너머에서 외쳤다.

　"형니임, 하나 배왔어어! 하나 배운거여어, 배운 거!"

　"그런가? 자네 말 듣고 보니 나도 좋은 경험 한 것 같네. 그리고 보니 스트레스가 좀 풀리는구만. 언젠가 모 변호사가 쓴 수상집에서 본 구절이 있네. 10년의 변호사 생활을 돌이켜보면 도저히 이해할 수 없는 재판진행이나 그 결과에서 느꼈던 좌절, 내가 더 이상 아무 것도 할 수 없다는 왜소함에서 느꼈던 끝 모를 절망, 부조리한 세상을 향한 알 수 없는 분노가 지금도 가슴 저 밑바닥에서 일렁거린다. 이런 글이 있드만……."

　그는 괜한 울화를 그런 식으로 풀고 김선직 변호사와 통화를 마쳤다.

　며칠이 지났다.

　강직한은 이제 그 사건을 잊었다. 잊었다기보다 세상을 이해했
다. 그러고 나니 한결 후련했다. 그는 K군청 회의실에서 다음 주
에 있을 농어민을 위한 교양 강좌에 출강할 예정이었다. 그는 강
의 노트에 무언가를 기록하기 시작했다.

　이 세상은 크게 '예수 그리스도'로 대표되는 신국(神國)의
질서가 있고 '줄리어스 시저'로 상징되는 국가(國家)의 논
리라는 게 있다. 다시 말하면 하나님의 사랑과 공의가 발
현되는 천국의 섭리는 끊임없이 이 지상에서도 교회를
통하여 시도되고 있으나 아직 메시아의 재림은 오지 않
았고 따라서 신국도 도래하지 않고 있다.
그리고 흔히 국가로 대비되는 이 사회는 하나의 거대한
생물체로 유기체적인 결합조직으로 형성되어 있고, 전설
상에 등장하는 불가사리처럼 온갖 부정과 부패의 먹이사
슬 속에서 그 몸을 살찌우고 부풀려 이곳에서 저곳으로
끊임없이 옮겨 다니며 닥치는 대로 먹어 치운다. 또 이
괴물은 앞으로도 상당 기간을 살아갈 것이다. 그러나 불
가사리가 어느 순간 천적 같은 지팡이 한 대에 그 생을
마감했듯, 신국이 오게 되면 그 활동을 멈출 것이다. 그
때까지만이라도 불가시리에게 먹히지 않고 빛과 소금의
역할을 해야 하는 의로운 사람들이 많이 살아남아야 세

상은 새로운 나라에의 소망을 버리지 않을 것이다.

세상의 모든 정치권력과 논리 및 변칙적인 수단은 궁극적으로 사단(사탄, 타락한 천사장 루시퍼와 그의 무리)으로부터 나오고 또 그의 지배를 받고 있다. 죄의 삯은 사망이요, 사단의 권세는 사망의 권세이다. 반대로 믿음의 의와 소망과 사랑은 부활과 영생으로 가는 권능이며 천성(天城)의 권세이다. 하나님 나라의 권세는 생명의 권세인 것이다.

그러므로 온갖 악행과 음란과 불의가 판을 치는 소돔과 고모라로 표현되는 이 세상에 진정 롯과 같은 의인은 드물지라도, 우리는 성령으로 거듭난 거룩한 삶을 살아가야 한다는 메시지를 던져야 할 의무가 있는 것이다.

결국 신국과 국가의 대결에서 세속의 상징인 국가는 그 언젠가 신의 진노로 말미암아 파멸할 수밖에 없고, 인류 역사의 종착지는 하나님의 사랑과 공의가 강물처럼 흐르는 신국의 승리로 돌아갈 것이다.

한참을 고민하며 강직한이 겨우 강의 메모를 완성했을 때, 곁에서 사과를 깎으며 지그시 지켜보던 희선이 말을 걸어왔다. 남편이 사랑스러워 죽겠다는 표정이었다. 그녀는 남편 옆으로 바짝 기댄 채 과일조각을 입에 넣어주며 말했다.

"그날, 자기 진가를 재판 때 알았지 뭐야."

"자네가 위기 때마다 날 구해줬잖아. 난 판사 눈치 보느라 쩔쩔맸는데……. 자네 아니었음 그날 난 떡 반죽 되었을 거야. 근데 왜 날 가장 나중에 불렀을까?"

  말은 그렇게 했지만, 강직한은 헤벌쭉하니 기분이 풀어제껴졌
다. 세상에 뭐니 뭐니 해도 자기 마누라한테 인정받는 사람이야
말로 가장 행복하고 위대한 사람이리라. 그는 희선만큼 영리하고
어여쁜 여자가 세상에 다시없을 것으로 보였다.

  "자기가 두려우니까 여러 피고들 앞에서 망신살 뻗칠까봐 그랬
겠지. 변호산 몰라도 판검사 할 건 아니더라. 하나님 앞에 죄짓는
직업이 따로 없던데 뭐. 한데 자기, 법을 어떻게 그렇게 잘 알아?
법학전공도 아니잖아?"

  "공자가 말했지, 농사를 꼭 지어봐야 반드시 농사를 아는 것은
아니라고. 세상 이칠 터득하면 자연히 알 수 있다고. 성경 많이 보
믄 법도 알 수 있어요."

  "난 자기가 사도 바울이 희랍의 기라성 같은 철학자들을 당당
하게 누른 것처럼 진짜 늠름하게 보였지 뭐야."

  강직한은 희선이 또 비행기를 태우자 언제 추락할지 모른다는
생각에 바람을 쐬기 위해 얼른 밖으로 나갔다. 그는 나가면서 아
내 들으라고 소리쳤다.

  "나는 재판은 졌지만 그들의 양심을 단죄하였다! 영농 후계자
강직한의 말씀 중에서…… 어때? 유명한 명언이지!"

여호와의 말씀이 스가랴에게 임하여 이르시되 만군의 여호
와가 이미 말하여 이르기를, 너는 진실한 재판을 행하며 피
차에 인애와 긍휼을 베풀며 과부와 고아와 나그네와 궁핍한
자를 압제하지 말며 남을 해하려 하여 심중에 도모하지 말
라 하였다. 하지만 그들이 청종하기를 싫어하였다. 등으로
향하며 듣지 아니하려고 귀를 막았고 그 마음을 금강석 같
이 굳게 하였다. 때문에 율법과 만군의 주이신 여호와가 신
으로 이전 선지자를 빙자하여 전한 말을 해도 듣지 아니하
므로 큰 노(怒)가, 나 만군의 여호와께로서 나왔도다.

❋ 2004년 작 ❋

갈릴레이의 변

(辯)

나는 그때 동창생들의 이중적인 얼굴을 보았다. 겉으로는 수환을 안쓰러워하면서도 내심은 은근히 자신들이 그토록 공부 잘했던 수환에 비해 인생의 선각자요, 성공한 사람들인 양 스스로 위로받고 있었던 것이다. 특히 강포는 아예 수환의 인격모독을 노골적으로 즐기는 편이었다.

돌이켜보면 세월이 참 많이도 흘렀다.

무엇 때문에 그랬을까? 태풍 쥬디호와 어빙호가 차례로 수마를 몰아 그 격렬한 몸짓으로 한반도를 휩쓸고 지나간 것은……. 예부터 치자나 군왕이 치세를 잘못하면 미리 하늘이 천재와 지변으로 경고한다는 말이 있다. 또 민심은 천심이라고 했다. 그러므로 참으로 지혜로운 군주는 하늘의 뜻을 잘 헤아리고 백성의 마음을 살필 줄 알아야 한다. 그것이 대의를 밝히고 소아(小我)인 자신을 보전하여 덕을 쌓는 일일 것이다. 그러나 지금 정·경·사·문(政經社文) 등 여러 복잡한 얘기는 하지 말자. 그건 다 알만한 내용이니까……. 인간의 삶은 다양하여 생각하기에 따라서 보다 더 흥미 있는 얘깃거리가 얼마든지 있으니까 말이다. 그래, 그런 화두는 접는 게 좋을 것이다. 그럼 이제부터 슬슬 이야기보따리를 풀어볼까나…….

　　1979년 늦봄, 순천 문무고등학교 3학년 복도에는 5월 중간고사 석차가 나붙었다. 갑자기 왁자하는 학생들의 함성이 좀 조용해진 듯싶더니 각자 순위를 확인하며 탄성과 한숨이 반복된다. 그러나 잠시 후 다시 웅성대며 시끄러워진다. 그들의 눈에 전체 1등 성수환, 32등 이영준 그리고 반대편에 최하위 석차인 537등 조강포가 클로즈업 되어왔기 때문이다.

"야아! 성수환이가 전체 1등이구나!"

"이영준이 봐라. 32등이 머다냐? 열 좀 받겠다."

"영준이 왜?"

"수환과 영준인 본래 1, 2등을 다툰 라이벌 아니냐? 근데 작년부텀 계속 30등 알로 맴도니 하는 말이다."

이때 한쪽 복도에서 와아! 하는 소리와 함께 폭소가 터진다. 맨 끝 쪽 조강포의 이름 앞에 모여선 학생들이 내지르는 웃음소리였다. 심리 저변에 뭐가 그리 시원한 것이라도 있는지 여기저기서 강포의 이름을 가리켜가며 비아냥댄다.

"저 자식 저러다 기네스북 오르겠다."

"대체 꼴등을 계속허기도 힘들 텐데……. 재주도 좋아."

"야! 꼴찌는 아무나 하냐? 하여간 5반 애들 명물들 많아. 모두 한반 아니냐?"

이렇게 번갈아 끼어들어 낄낄대며 학생들이 강포를 조소하는 데 정신을 팔고 있을 때였다. 갑자기 저쪽 복도입구에서 강포가 들어왔다. 신발을 벗어들고 들어온 손이 또래의 학생들보다 우악스럽게 거칠고 크게 뵌다. 그렇지 않아도 상당한 인상파인 그의 얼굴이 잔뜩 우거지상을 쓰고 보니 무척 험상궂다. 나머지 학생들이 그를 보고 긴장감에 두려운 듯 상대방의 옆구리를 살짝 건드리거나 눈짓을 하며 주의를 준다.

"쉿! 조용, 소용. 강포닷!"

강포는 곧장 들어와 신발장에 신을 정리한 후 이미 자신을 두고 숙덕담론을 벌인 그들을 눈치 챈 듯 험하게 인상을 그으며 대뜸 욕지거리부터 해댄다.

"느들 뒈질래? 내가 꼴등하는데 니들이 보태준 거 있냐?"

강포의 고성에 학생들이 모두 놀라 각자 교실로 우르르 흩어진다. 그 광경이 마치 석양이 물든 원야에서 누우 떼가 사자에 쫓겨 박진하는 장관을 연상시킨다. 아마 공부는 모르되 우격다짐이나 폭력으로는 조강포가 문무고의 일인자임에는 분명한 사실이라는 것을 지금 이 상황만 보아도 단번에 알 수가 있다. 강포는 쫓겨 들어가는 친구들을 보며 꽤 만족한 듯 득의만면한 표정으로 자기 이름 앞에 서서 발로 복도 벽을 텅! 소리가 나도록 걷어찬다.

"이런 드런 놈의 학교, 공부만 잘험 뭐 장땡이냐?"

강포는 성적 따윈 지극히 하찮다는 기색으로 아예 귀찮은 듯 포켓에서 조그만 커트 칼을 끄집어내더니 돋움발로 서서 자기 이름을 위에서부터 죽 그어 도려내버렸다. 평소부터 상습적으로 칼을 잘 사용하는 강포에게 기가 질린 학생들은 그저 멍하니 잔뜩 겁먹은 얼굴로 교실입구에서 고개를 내민 채 기웃기웃 그런 그를 바라만 보고 있었다.

교실에서의 일이었다.

역사과목을 맡고 있는 담임 길전국은 아침부터 열이 좀 받았다. 싹수가 있게 보여 늘 관심을 갖고 있는 이영준의 전체 석차가 생각과 달리 좀 부진한 데다 사고뭉치인 조강포가 이번에도 전체 꼴찌를 차지했다는 것이 기분이 나빴다. 그렇게 돌머리가 아닌 바에야 최소한 숫자상 의미만이라도 537등이 아닌 536등이라도 해서 꼴등은 면해야 했지 않는가 말이다. 물론 성수환이가 좋은 성적을 내서 기쁘기는 하다. 그러나 그것은 매번 있는 일이라 당연히 여기던 바다.

그런데 강포의 경우는 다르지 않는가? 고3이면 대입 준비생인데 이 녀석이 장차 뭐가 되려고 이리 태만하나! 이건 도대체 제자들 앞에서도 물론이요 다른 반 선생님을 보더라도 마치 자신의 능력이나 실력에 무슨 흠집이라도 나는 양, 영 체면이 서지 않는 일이었다. 길전국 선생은 일단 반 애들을 앉혀놓고 잠시의 훈화를 하며 수환과 영준을 바라보았다. 기특한 녀석들! 길전국 선생은 속으로 그런 생각을 하며 말을 이었다.

"에, 수환이와 영준이는 전체수석과 상위권을 차지해 우리 반의 명예를 높여주었다. 자아, 그런 의미에서 우리 힘차게 박수 한 번 쳐주자!"

길전국의 말이 떨어지자 학생들은 자기들이 칭찬이라도 받은 양 멋쩍어하는 수환과 영준을 싱글벙글 번갈아 바라보며 박수를 쳐댄다. 그런데 담임은 이번엔 교실 한구석 맨 뒷자리에 앉아 있는 강포를 바라보자 슬그머니 화가 치솟는다.

"그리고 강포 너! 허구한 날 맨 꼴찌가 뭐야? 너 땜에 내가 직원실에 얼굴을 못 들고 다닌 다!"

선생님의 말이 떨어지기 무섭게 강포가 고갤 뻣뻣이 들고는 당돌하게 대꾸를 했다.

"제가 공부 못한 거하고 선생님하고 무슨 상관이 있습니까?"

길전국 선생은 기가 찼다. 어이가 없있다. 아직 귀떼기에 피도 안 마른 녀석이 선생의 말에 감히 말대답이야 말대답은…… 생

각 같아서는 흠씬 두들겨 패서라도 정신 좀 차리게 해주고 싶지
만은 절대 제자들을 감정을 갖고 대해서는 안 된다는 것이 교육
의 기본 방침이라는 것을 그는 누구보다 잘 안다.

"저, 저? 저런 못된 녀석 봤나? 그래 너 말 잘했다. 네 녀석이 공
불 못하면 내 근무성적에도 차질이 있다, 이눔아!"

강포가 귀동냥은 많이 했음인지 제법 논리적으로 따져온다.

"아니, 선생님. 공부 잘 헌다고 하늘에 가서 별 따온답니까, 달
따온답니까? 공부만 헌다고 이순신 장군이나 유관순 누나가 나오
기라도 헌답니까?"

급우들이 의외의 눈짓을 하며 웃었다. 길전국 선생도 제법 그럴
싸한 강포의 말을 듣고 적잖이 놀랐다. 저 녀석이 기본 머리가 있
긴 한데 꼭 모로 터지는 게 탈이야 하며……. 그러나 인생의 가장
중요한 시기인 청소년 시절, 제자들의 올바른 가치관 형성을 위
해서라도 반드시 짚어줘야 할 말이 있음을 깨달았다.

"못된 송아지 엉덩이 뿔난다더니, 어디서 주워들은 건 있어가
지고. 그건 네 녀석이 할 소리가 아닌 줄 안다. 그리고 네 나이가
몇이기에 아직도 유관순 누나야? 열사라고 해야지. 유관순은 열
여덟이었고 지금 넌 열아홉이야, 녀석아!"

급우들이 다시 와르르 웃었다. 강포는 무안했다. 담임은 계속
말을 이었다.

"말이 나왔으니까 말이지. 인공위성은 별이 아니냐? 또 1969년
아폴로 11호의 달 착륙 성공은 그냥 저절로 뚝 떨어진 것이라든?
그게 다 갈릴레이라든가 뉴턴, 아인슈타인 같은 과학자들의 피나
는 노력이 있었기 때문에 가능했던 거야? 강포! 너 도저히 안 되

겠다. 당장 앞으로 나왔!"

길전국은 결국 강포를 불러 세웠다. 강포가 못마땅한 얼굴로 마지못해 비실비실 앞으로 나가 선생님 앞에 선다. 길전국은 강포가 얄미워 그의 머리를 쥐어박았다.

"그래 선생한테 말대꾸하는 버릇은 어디서 배워먹은 거야? 이순신 제독이 한산도 해전에서 대승을 거둔 건 평소 병법에 관한 공부를 게을리 하지 않았던 때문이고, 유관순 열사가 조국을 위해 목숨을 바친 건 신학문을 배운 신여성으로 나라와 겨레의 소중함을 깨달았던 때문이야? 뭘 알아도 똑바루 알구 말을 해야지, 인석아!"

담임이 제자들의 학업성적에 대해 반드시 지나칠 정도는 아니라 해도 강박관념을 갖다시피 하는 데는 교사로서의 소명의식도 있었겠지만, 보다 근본적인 이유는 이 지방만이 갖고 있는 오랜 관습과 특수성 때문인지도 몰랐다.

남도의 한 끝자락 여수반도를 미처 못 빠진 육말(陸末), 유서 깊은 교육도시로 이름 높은 순천은 원래 호남에서도 해방과 함께 시(市) 된 지가 상당한 역사를 가진 지방의 하나였다. 그래서 예로부터 이 지역 사람들에겐 하나의 속설처럼 퍼진 유명한 말이 있으니 그것은 '여수에서 돈 자랑, 벌교는 주먹자랑, 순천에 가거들랑 인물자랑 하지 말라'는 것이다.

그렇다. 이 지방은 확실히 왜정 때부터 옛 자유당 치하의 이승만 시대를 거쳐오면서 타 지역에 소문나기를 산 좋고 물 맑아 빼어난 미인이 많고 겸하여 각 방면에 뛰어난 수재들이 많기로 유명한 곳이었다. 무진기행이나 태백산맥의 작가가 다 이 고을 출신이고 일세를 풍미한 마라토너 남승룡, 복서 서정권, 그리고 이조로 거슬러 올라가 『지봉유설(芝峯類說)』을 남긴 실학자 이수광과 「강남악부(江南樂府)」를 쓴 조현범, 세종 임금 때 두만강변의 북동 육진을 개척한 김종서 장군이 다 이곳이 고향이었다.

또 비록 이 지방에서 태어난 인물은 아니라 해도 충무공 이순신[1]과 병자호란의 영웅인 임경업[2]도 이곳 순천에 적을 두고 살았던 인물이었다. 그래서 어떤 시인은 이 지방의 상징인 삼산(三山) 이수(二水)의 아름다움을 보고 "맑은 하늘 바라보면 선비들은 저절로 청백리 되고 날마다 정화수로 태어나는 여인들의 미색을 어찌 이상타 하랴!" 했다지 않은가.

요즘의 순천은 사람 자랑 말고도 민속촌인 낙안읍성과 철새 도래지로 유명한 순천만 등 풍광 수려한 명승과 고적으로도 이름이 높다. 하지만 역시 단감으로 이름 높은 N세대 처녀들의 피부 미인이 유난히 돋보이고, 일장일단은 있으나 아직도 고교 평준화가 완전히 되지 않은 탓에 전국에서 몇 안 되는 특별한 지방색이 이 지역을 상징적으로 대변해주고 있기도 하다. 그러니까 이곳은 전통적으로 학업에 정진하여 출세한 이들이 많아 해마다 서울대를 비롯한 여러 유명 대학에 전국에서도 가장 많이 합격시켜 왔고 또 그것을 자랑으로 여기는, 어찌 보면 다른 지역보다는 시대에 뒤떨어진 듯한 좀 답답한 사고방식이 여전히 생존경쟁의 상황윤리로 철두철미하게 받아들여지는 유별난 고장이기도 했다.

따라서 이 지방은 K고, K여고, M고, M여고, S고, S여고 등 수많은 중·고등학교가 한때 경쟁적으로 학생들을 유치하고, 그래서 그렇게 독특한 정체성을 가지고 있는 곳이었다. 그리고 이러한 지방적 특성이 지금도 크게 변한 것은 없지만, 어차피 그러한 환경과 여건을 숙명으로 받아들이며 젊은 날 자신들의 꿈을 불태우며 살아 온 지역민들의 애환은, 지난날의 팔공(80)학번인 성수환과 이영준, 조강포의 얘기에 그대로 이어지는 것이며, 또 그들을 맡은 고교 담임 길전국 선생의 초조한 경쟁의식이나 긴장은, 바로 이곳 순천 사회의 특수성이 가져다준 그들 모두의 고민이요, 딜레마였던 것이다.

수환과 강포는 화장실 청소담당인 같은 조였다. 그러나 청소 시간만 되면 대부분 조원들은 강포와 어울려 놀기에 바빴다. 대개는 수환이 혼자 청소를 하는 일이 태반이었다. 특히 강포와 그를 추종하는 그룹들은 일찍부터 담배를 피울 줄도 알았다. 청소할 때쯤이면 이때다 싶어 흡사 너구리 소굴처럼 연기가 화장실 안에 자욱해 수환은 매워서 기침을 하기 일쑤였다. 강포는 행여 선생님들께, 특히 학생들의 비행을 단속하는 학생과장이나 군대식 권위주의로 걸핏하면 목총으로 체벌을 가하는 교련 선생에게 들키기라도 하는 날이면 한편 큰일이란 생각을 많이 했다.

그래서 다른 친구에게 망을 보게 한다든가 담배를 한 모금씩 돌아가며 들이켰다가 훅 내뿜음과 동시에 여러 친구들과 휘휘 손을 휘저으며 연기가 환기구 밖으로 새기 전에 흩어지도록 코믹스런 장면을 연출하기도 했다. 그러면 수환은 친구들을 바른말로 깨우쳐 줘야 한다는 생각에 담배는 몸에 해롭다느니 특히 성장기의 끽연은 스스로 파는 무덤이며 시금부터라도 금연은 다시 찾은 생명이나 다름없다는 둥 도덕군자 같은 말을 간혹 해 그들로부터 고리타분하고 융통성 없다는 인상과 함께 선행과장이란 별명까지 얻었다. 보통 수환이 청소를 하는 방식은 당시만 해도 화장실이 재래식이어서 칸마다 문을 일일이 열어놓고 양동이에 물을 받아다 조금씩 뿌려가며 솔질을 하는 것이었다. 그럴 때면 도와주지는 못할망정 강포는 대개 두세 명의 친구들과 한쪽 통로에서 소변을 보며 그를 빈정대는 것이었다.

"야, 선행과장! 우리 조에서 네가 뭔 청소반장이라도 되는 거야? 우리 몫까지 다 하게?"

"강포야 내버려 둬. 대신 우린 놀 수 있잖아."

수환은 하던 일을 계속하며 이렇게 대꿀 했다.

"너네들은 청솔 잘 안 하잖냐? 나라도 해야지."

강포는 별 같잖은 녀석도 다 보겠다는 듯 수환을 조롱했다.

"저 자식 저게 되게 웃기네. 공부 잘 헌 것도 부족해 똥 청소까지 해뻐리면 누가 선행과장 월급 준다던?"

그러면 수환은 그저 묵묵히 대걸레와 양동이를 들고 나가는 것이었다.

한번은 이런 일도 있었다.

수환이 화장실 근처 수돗가에서 양동이에 물을 받고 있을 때였다. 강포는 여전히 하라는 청소는 안 하고 몇몇 급우들과 화장실 밖에서 동전 따먹기 놀이를 하며 놀기에 바빴다. 얼마나 익힌 솜씨인지 급우가 던진 동전이 땅에 떨어지는 족족 강포가 던진 동전은 자로 잰 듯 맞은편 시멘트벽을 정확하게 맞고 튕겨져 나와 상대방의 그것을 맞추어 낸다.

친구들의 탄성에 강포는 더욱 의기양양했다.

"뭘, 이 정도야 숙달된 조교의 기본 실력 아니냐?"

이번에는 강포가 먼저 던질 차례였다. 그런데 일은 이때부터 터졌다. 그는 조심스레 자기 손에 쥔 동전과 벽 사이의 거리를 가늠한 후 힘껏 동전을 던졌으나 빗맞아 데구루루 화장실 통로로 굴러간 것을 강포가 집으러 들어가고 마침 수환이 들어와 물을 엎질러대는 순간 물방울이 강포의 바지가랑이에 튀었던 것이다. 순간 당황하여 어정쩡한 폼으로 서 있는 수환이 미안하여 어쩔 줄 몰라 한다. 강포의 눈엔 수환이 매사에 좀 덜떨어진 인간으로 보였다. 바짓가랑이를 내려다보며 수환의 띨띨함에 그만 부아가 치밀었다.

"엣, 퉤퉤. 요런 쌍! 야이 새꺄! 니는 눈도 없어? 이 바지 어떡할 거야? 니가 세탁해줄 거야?"

"미안하다 강포야. 난 니가 갑자기 들오길래……."

"어휴! 이걸 그냥, 허는 짓거리하고는."

학년 초에 있었던 일이었다. 문무고등학교엔 미모를 자랑하는 처녀 교사로 독일어 선생님이 한 분 있었다. 여학교엔 으레 총각 선생님이 인기가 좋듯이 남학교엔 처녀 선생님이 인기가 좋은 건 당연지사. 특히 그 여선생님은 엉덩이가 유난히 매끄럽고 볼륨감이 넘쳐 한창 혈기 왕성한 십대 후반의 엉큼(?)한 학생들에겐 그야말로 인기연예인이 무색할 정도로 사랑을 많이 받았다. 그런데 이 여자 선생님은 대학을 갓 졸업하고 부임한 첫날부터 한참동안 투피스 정장에 스커트 차림으로 출근을 시작한 것이 화근이었다.

118교련조회 시산에 교장 선생님의 소개로 온 학생들의 시선을 집중시킨 것까지는 좋았으나 우연찮게 수업을 들어오던 중, 강포가 친구들과 지껄이는 소릴 들었던 것이었다.

"와아! 끝내준다."

"흐이그, 내 미쳐! 저 히프, 맛있겠다, 그치? 딸딸이라도 한번 칠까 부다."

될성부른 나무는 떡잎부터 알아본다는 말이 있다. 딸딸이란 말은 본래 전라도에서만 통용되는 남학생들 사이의 은어인데 그것은 수음행위인 마스터베이션 즉, 자위행위를 뜻하는 것이었다. 강포는 그런 애였다. 그 대상이 누구이건 장소가 어디이건 기회다 싶으면 아무 말이나 막 해대는 조금 저속한 말을 빌리면 훨씬 전부터 발랑 까진 애였다.

생물학적인 보고에 의하면 원래 인간은 다른 동물과 달리 성행위만큼은 반드시 듣고 보며 학습하는 가운데 터득한다고 한다. 이것은 인간과 비슷한 영장류에 속하는 유인원들의 생태실험에서도 입증된 바가 있다. 일찍이 일본의 한 동물원에서 어렵사리 구한 고릴라 새끼 한 쌍이 있었는데 이것들이 발정기가 되었는데도 도무지 짝짓기를 할 기미가 보이지 않는다는 것이었다. 즉, 수컷이 암컷을 올라타 인서트와 스라스트를 해야 하는데 도무지 그것을 할 줄 모른다는 것이었다. 유인원이 아닌 보통의 동물들은 그저 본능에 내장된 프로그램대로 움직이기 때문에 그게 자연스레 가능한 일이지만, 고릴라는 사람을 닮은 유인원인지라 야생상태에서 선배나 동료들로부터 그것을 배웠어야 하는데, 터득할 기회가 전연 없어 동물원 관계자들이 무진 애를 먹었다는 것이었다.

그런데 강포는 중학시절부터 어디서 배웠는지 그 자위행위 하는 법을 가까운 친구들에게 전수시켜줌으로써 그들의 인기를 독차지

해 일약 영웅대접까지 받았다. 그리고 유행처럼 강포에게 그것을 배운 친구들은 거기에 중독되어 평소 괜찮게 하던 공부마저 이젠 아예 바닥을 치며 부진을 면치 못한 경우도 많았다. 그도 그럴 것이 이때만 해도 성교육이라곤 꿈도 꾸지 못하던 시절이라 그나마 알고 있는 성에 관한 지식도 엉터리기 일쑤였고, 또 그것이 와전되어 심지어는 여자가 아기를 낳을 때 성기가 아니라 항문으로 출산한다는 둥 그걸 가지고 갑론을박 싸우는 애들도 많았다.

그건 그렇고……. 하여튼 순진하기만 한 여선생님. 눈을 동그랗게 뜨고 잔뜩 궁금한 표정으로 "딸딸이가 뭐예요? 여러분?" 하고 묻는 게 아닌가. 그러자 순간 학생들의 와! 하는 탄성과 동시에 교실이 떠나갈 듯 폭소가 터졌다. 별 희한한 비명까지 지르는 애들도 있었다.

책상을 치고 배꼽을 잡고 혹은 짝꿍의 어깨를 쳐가며 너무 우스워 심지어 어떤 애는 흡사 사람의 웃음소리를 닮았다는 하이에나의 울부짖음 같은 소리를 내기도 했다. 순간 강포가 외쳤다.

"엉덩이가 너무 예뻐요, 선생님!"

정확하게 뭔지는 몰라도 애들이 음담패설 같은 말을 하고 있진 않나 하는 것을 직감적으로 느낀 그녀는 아직 이런 분위기에 어떻게 대처해야 하는지를 잘 몰라 홍당무가 된 얼굴로 어쩔 줄 몰라했다. 그러자 학생들은 그 모양새가 또, 너무 즐거운 탓에 교실 상황은 통제 불능 상태를 방불케 할 정도로 한참 동안 폭소의 도가니가 되었다. 그런 일이 있은 후엔 독일어 여선생님은 주로 바지를 입고 다녔으나 그것도 효과를 거두진 못했다. 일은 얼마 안가 다시 터졌다.

벌써 한 주간이 가고 다시 독일어 시간이 왔던 것이다. 때마침 여선생님은 성수환에게 책을 읽게 했다. 수환이가 거침없이 독어를 독해하는 동안 그녀는 고개를 끄덕이며 만족해하는 얼굴로 막 강포의 책상 옆을 지나가고 있었다. 강포는 아까부터 잉크병에 펜대를 담그며 빛나는 눈으로 여선생의 눈치를 살피고 있었다. 그리고 때는 이때다 싶어 잉크가 묻은 펜을 들어 여선생의 엉덩이를 향해 확 뿌려 대었다. 그 광경을 보고 강포의 짝 순두가 우스워 죽겠다는 듯 키득거리는데도 전혀 눈치를 못 채고 수환을 칭찬하는 그녀 왈, "네! 좋았어요. 다음은 레슨 3과를 볼까요." 하고 계속 수업을 진행하는 것이었다.

그러나 이런 소행이 금방 들통 나게 될 것임은 정한 이치였으니 강포가 일을 저지른 데는 아마 뒷감당에 자신이 있어서라기보다 자신이 해보고 싶은 그릇된 행동은 꼭 하고야 마는 못된 성격, 그러니까 나중에 삼수갑산 가더라도 무턱대고 처녀 선생을 한번 골려나 주자는 짜릿한 느낌의 의도를 갖고 나온 행동이었다.

그녀는 수업을 끝내고 교무실에 가서야 결국 주위 동료 교사들의 웃음 섞인 시선을 엉덩이에 모으면서부터 알았다. 이제 대학을 갓 졸업한, 선생이기 전에 한 숙녀로서 얼마나 창피했겠는가는 그녀가 벽에 걸린 거울에 뒷모습을 비춰본 후 너무 분해 그만 자신의 책상 앞에 앉아 울어버렸다는 사실에서 그 심정을 충분히 깨닫고도 남았다. 곁에 있던 선생님들은 위로하느라 바빴으나, 난감한 일은 그녀가 당장 갈아입을 바지가 없다는 것이었다. 할 수 없이 강포의 담임 길전국이 책임의식을 느끼고 체육실에서 여분의 체육복을 가지고 왔다. 하지만 이 또한 남자 교사의 것이어서 사이즈와 스타일이 맞지 않아 헐렁한 핫바지를 연상케 했다. 그래도 어쩌랴? 그녀는 도리 없이 이거라도 입고 다음 수업을 들어가야 하는 코믹스런 소동까지 벌어졌던 것이다.

"원래 애들 가르치다 보면 아랭이자랭이가 있는 줄 알지만 그래 장난헐 일이 따로 있지 내 인석들을 그냥……."

드디어 강철봉 학생과장이 나서기에 이르렀다. 어찌 보면 단순한 해프닝으로 돌릴 수도 있는 문제였으나, 일선에서 학생들을 훈육하는 그의 입장에선 앞으로 그녀가 학생들을 원만히 다루어야 하는 교사로서 권위회복 문제가 걸려 있기 때문에 절대 그냥 넘어가서는 안 될 일이었다.

강철봉 학생과장은 마침 점심시간이라 책상 위에 도시락을 올려놓고 앉아 있는 학생들을 옥죄며 다그쳤다.

"좋은 말 할 때 나와 얼른. 누가 독어 선생님 엉덩이에 잉크 뿌렸어?"

그는 체벌 봉을 쥐고 반대편 손바닥을 가볍게 탁탁 내려쳐가며 엄포를 놓았다. 그러나 학생들은 꿀 먹은 벙어리마냥 조용했다. 강포는 걱정되는 얼굴로 옆자리의 순두를 바라본다. 순두는 강포를 보며 실실 웃다가 강포가 인상을 쓰며 노려보자 그만 움찔하여 입을 굳게 다물고 굳은 표정이 되고 말았다.

"지금 점심시간이라 너희들 체할까봐 이따가 다시 오겠다. 식사 후라도 자수하여 광명 찾도록……. 정 안 나오면 단체기합이다."

강철봉 학생과장이 그렇게 어르고 곧바로 나가자 급우들은 걱정되는 얼굴로 잠시 웅성대며 상포를 한 번씩 돌아본 후 다시 밥을 먹기 시작하는 것이었다. 단체기합이라면 보나마나 교련선생이라면 낮은 포복으로 축구골대를 몇 번이나 왕복시키는 것이요, 체육선생이면 오리걸음으로 다리에 알이 배어 맥이 빠질 때까지 운동장을 몇 바퀴고 돌리는 것이겠고, 학생과장인 경우 그 지긋지긋한 머리를 땅에 처박는 원산폭격이겠다.

강포는 피가 거꾸로 솟는 듯한 원산폭격만큼은 진짜 싫었다. 아니 그것보다는 또 이런 불미스런 일로 학생과장 강철봉과 맞닥뜨린다는 자체가 시쳇말로 '존심' 문제 상 맘에 걸렸다. 그를 생각하면 알레르기 반응이 날 정도로 괜히 부아가 끓어올랐다. 그렇다면 이 일을 모면할 달리 좋은 방법은…….

그는 퍼뜩 짝꿍 순두를 희생양으로 삼을 생각을 했다. 순두는 본래 공부도 잘하지 못하고 싸움도 잘하지 못하여 소위 말하는, 그들 세계에서 통용되는 문(文)과 무(武) 중에 어느 하나도 두각을 나타내지 못한 데다 그렇다고 달리 특별한 재주나 잡기도 없는 그야말로 평범한 애 가운데 하나였다. 따라서 단순히 이런 것을 가지고 강포가 순두를 만만히 볼 이유는 되지 못했다. 보다 근본적인 원인은 순두가 시내에서 가장 멀리 떨어진 H면의 산간벽지에서 살아온 순박한 성격 탓도 있고, 무엇보다 집이 가난하여 영양부족으로 체육시간, 체력테스트에서 턱걸이를 하나도 제대로 못한다는 것과 집중력이 없어 교련 과정 중 극히 초보적인 도수각개훈련 기본동작을 아직까지 익히지 못하여 순두 덕(?)에 지난날 강포를 비롯한 반 애들이 덤태기로 전체기합을 몇 차례 받았다는 기억 때문이었다.

뭐 묻은 개가 뭐 묻은 개 나무란다고 강포 자신은 비록 공부는 못할지언정 관심 있는 부분은 아이큐가 제대로 능력 발휘를 한다는 생각을 갖고 있었다. 즉, 이론적으로 엄폐와 은폐라는 말을 구별하는데 반해 순두는 아직도 그 개념이 어둡고 좌향좌와 우향우도 헷갈려 제식훈련 때 몇 명의 애들과 함께 곧잘 반대방향으로 서너 발짝 갔다가 다시 대열에 합류하곤 하는 걸 강포는 여러 번 보아왔다.

결국 강포는 순두를 자수시키려 했으나 말을 듣지 않자 난폭하게 멱살을 움켜쥐고 교실 벽에 밀어붙이며 협박했다. 순두는 반항했다.

"니가 범인이잖아. 왜 내게 뒤집어 씌워?"

"뭐 범인? 이게 무슨 강력범처럼 얘기하고 있어, 신경질 나게. 너 아까 실실 웃었지. 그 대가다."

"내가 젤 멧맞허니까 그런 거 아냐?"

"짜샤! 무슨 이유가 그리 많아? 대를 위해 소를 희생하는 거지."

불의를 보고도 양심의 가책을 느끼지는 못할망정 뚜렷한 가치관도 없이 강자에게 빌붙는 기회주의자들. 슬플 정도로 불쌍하기만 한 못난이들의 부화뇌동은 바로 이를 두고 말함인가. 평소에 강포와 잘 어울리며 못된 짓 잘하기로 유명한 다른 두 명의 급우까지 나서서 겁박까지 하는 통에 순두는 결국 울상을 지으며 그들의 요구에 굴복하고 말았다. 하루 일진이 사납다고 순두는 그날 내내 교무실 학생과장 집무석 옆에 꿇어앉아 두 손을 들어 벌을 섰다. 그의 속사정을 전혀 모르는 다른 선생님들은 오갈 때마다 순두에게 꿀밤을 먹였고.

강포와 학생과장 강철봉과의 악연은 일약 강포를 문무고교의 스타로 만들어버린 이른 바 은성관 목탁 사건으로 거슬러 올라간다.

강포는 본래가 중3 때에 벌써 시내의 모 불온서클에 가입하여 활동하고 있었다. 그리고 선배들로부터도 그 능력을 인정받아 또래 집단으로부터 이미 우상이 되어 있었다. 당시만 해도 순천의 조폭은 훗날 전국의 주먹세계를 평정한 양은이파 보스 조양은의 지방 예속부대인 시민파가 맘모스 극장과 나중에 판코리아라는 유흥업소로 바뀌었으나 당시 시민극장이 있었던 시민다리를 근거지로 득세하고 있었다. 그리고 이를 견제할 세력으로 1960년대 한창 전성기를 구가하던 칠성파의 후신으로 역사와 전통의 토착세력 중앙파가 웃시장으로부터 국도극장과 옥천의 중앙시장을 무대삼아 용호상박으로 대립하고 있었고, 또 여기에 가세하여 지금은 이미 없어진 역전파가 순천 역 광장과 죽도봉 부근 동순천 역사(驛舍)를 배경으로 그 명맥을 간신히 유지하면서 삼국시대를 형성하고 있었다.

이런 와중에 강포가 여기에 뛰어들어 그 실력이 돋보였던 것은 그가 무슨 초인적인 격투기 실력이나 사람을 사로잡을 만한 뛰어난 언변술이 있어서가 아니었다. 단지 학교 공부엔 관심이 없었다 하나 선천적으로 타고난 두뇌로 좀 똑똑한 구석이 있는데다 그들 세계의 말로 흔히 연장질이라고 하는 칼부림을 어린 나이에도 걸핏하면 잘한다는 것 때문이었다. 거기에다 강포의 아버지가 그 지역 문방구와 소규모 구멍가게를 거의 독점하다시피 한 사탕공장과 군납업체인 오뎅공장을 운영하여 당시로서는 손에 꼽을 정도의 부자로 지방 유지였다. 그래서 그는 늘 주위의 부러움을 샀고 금전적으로나 배경으로나 든든하다보니 조직 내에서만이 아닌 일반 친구들도 강포를 따르는 애들이 많았다.

이런 환경에서 자라온 그인지라 문무고교에서도 그는 마치 제 세상인 양 활개치고 다녔고 도대체 무서운 것이 없었다. 그러던 차에 강포가 2학년 되던 무렵 강원도 설악산으로 수학여행을 갔다가 그곳 낙산사라는 절에서 기념품으로 목탁을 하나 사오면서 그 유명한 전설 같은 은성관 사건이 터져버린 것이다.

문무고는 전통적으로 국립학교인 S고와 함께 가장 오래된 역사를 가진 이 지방의 대표적인 고등학교로 일제 치하에 우리 민족에게 기독교 전파를 목적으로 미국인 선교사가 설립한 사립학교였다. 따라서 이 학교의 특성은 무엇보다 설립취지에 따라 성경 과목이 추가, 일 주일에 한 번씩 수업이 있었고 매일 아침 학급조회 시에는 하나님께 기도를 올렸으며, 매주 금요일마다 등교와 동시에 믿는 자든 아니든 불문하고 전교생이 예배당으로 쓰는 엄청나게 큰 강당에 모여 의무적으로 예배를 봐야했다. 그런데 이 예배를 집전하는 건물 이름이 바로 은성관이었고 또 그 설교하는 목사를 학생들은 교목이라고 불렀다.

특히 이 무렵이 되면 교장을 비롯한 전 교직원이 자리에 배석해야 하며 같은 기독재단인 문화여고생까지 참석해 다른 학교에선 쉽게 볼 수 없는 광경으로 근 이천여 명이 넘는 사람들로 장관을 이루었다.

하여간 그 사건의 전말은 이랬다.

이윽고 설교를 마친 목사님이 다음으로 하나님께 문무고의 발전과 학생들의 밝은 장래를 기원하는 축도를 드리고 있을 때였다. 어디선가 목사님의 기도 중간 중간 말끝마다 청아한 목탁소리가 '땅—' 하고 들려오는 게 아닌가. 처음에는 아무도 그 소리의 정체를 몰랐다. 그도 그럴 것이 아직껏 유사 이래 그런 일은 없었으며 또 그런 곳에서 감히 어느 누가 목탁을 두드리리라고 상상이나 했겠는가.

그런데 목사의 기도 소리는 계속되고 잠시 후 '따앙—' 하는 소리가 또 여운을 길게 끌었다. 목사의 말소리 외엔 모두가 눈을 감고 고개를 숙인 채 묵도를 드리던 터라 너무 조용한 탓에 그 목탁소리는 실내를 공명시켜 워낙 맑고 크게 들렸다. 그래도 그때까지는 그 소리가 어느 방향에서, 왜 나는지도 몰랐다. 그런데 이후론 리드미컬하게 딱! 딱! 딱! 하는 소리가 연달아 들렸다. 교사와 학생들은 그제야 그 소리가 비로소 예사롭지 않은 것이란 걸 깨달았다.

목사님이 기도 내용의 결구를 맺으며 "이 모든 것 받들어 살아 계신 우리 주 예수님의 이름으로 기도드렸습니다." 하고 마지막 멘트를 할 때였다. 전교생이 일제히 아멘! 하려던 찰나, 그보다 먼저 갑자기 '뚜루루루—' 하는 가히 산중 스님이 하산한 듯한 속칭 프로급 뺨칠 정도의 목탁소리가 힘차게 들리더니, 말미에 가서 다시 '따앙—' 하며 악센트 주법을 한 후 "아미타하!" 하는 소리가 우렁차게 강당에 울려 퍼졌다. 순간 지축을 흔드는 폭소가 터져 나왔다. 말 그대로 강당이 떠나갈 듯한 전교생들의 웃음소리는 한참동안 그칠 줄 몰랐다.

이후 어떤 상황이 벌어졌음은 구구절절 설명할 필요조차 없다. 앞에서 뛰쳐나온 강철봉 학생과장은 분노가 머리끝까지 치솟아 강포의 양 볼따구니를 사정없이 잡아 늘리며 뺨을 후려친 후 목탁을 빼앗아 바닥에 내동댕이쳐 부숴버렸다.

그러나 어쨌든 강포는 이 일로 인해 문무고의 영웅이 되었다. 왜냐하면 솔직히 당시만 해도 아직 복음화가 덜 되어 교직원이나 학생들 태반이 기독교 반대파가 많아 강포가 그 가려운 부분을 긁어주었던 셈이 되었기 때문이었다.

뿐만 아니라 좀 튀는 짓을 하긴 했지만 문화여고생들에겐 담대하고 매력적인 사내 중의 사내로 스타처럼 되어 조금 저급한 유행어로 '그를 모르면 간첩'이라는 말이 나올 정도였다. 그러나 모든 일엔 반대급부가 있기 마련이어서 그 일로 인한 부작용 또한 만만치 않았다. 우선은 독실한 신앙심으로 시내 모 교회 장로직분을 맡고 있는 강철봉에게 찍혀 반드시 무기정학은 아니더라도 이런 경우는 일벌백계로 다스려야 한다는 교칙에 따라 유기정학을 당했던 것, 물론 실질적으로는 근신처분으로 계속 학교에 나오기는 하되 급우들과 함께하진 못하고 복도 한쪽에 책상을 갖다 놓고 구경거리가 되면서 혼자 공부하는 식으로 그런 벌칙을 받았던 것이다. 그리고 한번은 강철봉에게 노골적으로 대들다가 젊은 날 태권도와 유도로 단련된 그에게 허벌나게 두들겨 맞은 적도 있었다. 따라서 강포가 강철봉을 본능적으로 싫어 할 수밖에 없다는 것은 충분히 이해가 갈 수 있는 일이었다.

한편, 그날 강포가 내질렀던 '아미타하'라는 용어는 강포가 가끔 결과(缺科)를 하거나 땡땡이를 치면서 외국영화만 상영하는 시내 중앙극장에서 중국 무협영화를 많이 본 데서 나온 말이었다. 예컨내 「불타는 소림사」 등과 같이 중국 스님들이나 협객들이 통이 큰 소매에 팔짱을 끼우고 상대방에게 목례를 하며 '아미타하!'

라고 한 것을 한번 풀어먹어 본 것이었다.

아무튼 강포의 영웅심이 본질적으로 어디에서 비롯되었는가는 여러 가지로 생각해볼 수 있겠으나, 일단은 매사에 어려움 없이 커온 성장 환경과 동물 세계적 본능이 지배하는 어린 시절에나 먹혀들어갈 수 있는 주먹질이 자라면서도 계속 통용이 된다는 이치와 또 그것을 믿고 세상 모든 일이 해결될 수도 있다는, 두려움 없는 그릇된 가치관과 폭력성에 있는 것만큼은 틀림없는 사실이었다.

그는 틈틈이 만화대본소 즉, 만화방에도 자주 들락거렸는데 거기에서 성인만화만 주로 골라본 탓에 과거 건달들의 주먹세계에 관한 일화나 여자들과의 성관계에 대해서 비록 정통한 지식은 아닐망정 상당한 일가견을 가지고 있었다. 따라서 그는 일명 방석집으로 불리는, 웃장터에 즐비한 유곽에도 들른 경험이 많았고, 만 16세에 그런 곳에서 동정을 빼앗긴 것을 무척 자랑삼아 얘기하고 다니기도 했다. 그리고 어디서 구했는지 갖가지 음란한 자태로 남녀가 교합하는 장면의 춘화를 여러 장 입수해 순진한 친구들의 가슴을 벌렁벌렁하게 만들어 얼을 빼놓기도 했다. 그러나 그런 것은 아무래도 좋았다. 문제는 보통의 애들과 달리 세상을 바라보는 인식의 차이에 있었다.

예를 들어 당치도 않게 역대 대통령과 일명 주먹계의 보스들을 곧잘 비교하길 좋아했는데 그것까지도 괜찮았다. 놀랄 일은 이승만 건국 초대 대통령을 하찮게 보고 당시 자유당 소속 감찰부장으로 야당 테러에 앞장섰고, 4·19혁명 때 고려대에 난입해 학생들에게 무자비한 폭력을 감행한 악명 높은 정치깡패 이정재와 그 행동대장 유지광을 우상으로 섬긴다는 것이었다. 뿐만 아니라 박정희를 무시하고 대신 광주 지산동 출신으로 1970년대 말엽, 전국 최대 폭력조직 서울의 신상사파를 일거에 격살하여 암흑가의 제왕으로 떠오른 조양은을 더 높이 우러러 보았다.

그는 또 갱 영화를 많이 본 덕분에 20세기 전반부, 미국 마피아의 원조 격이며 경찰 서장과 교도소장을 부하처럼 다루고 수많은 살인을 자행한 무시무시한 갱 두목 알 카포네를 존경한 나머지 언젠가 담임 길전국의 세계사 시간에 엉뚱한 질문을 던진 것으로도 유명했다.

"나폴레옹이 영웅이면, 시카고의 깽 두목 알 카포네도 위대한 정복자 아닙니까? 근데 왜 선생님은 역사를 제대로 가르쳐주지 않습니까?"

길전국은 교과서에도 나오지 않은 인물을 들먹이며 쓸데없이 튀는 물음을 해온 강포에게 황당함을 느꼈다. 하지만 짜증을 억누르며 그를 깨우쳐주려고 노력했다.

"이놈아! 무식한 소리 좀 작작해라. 그게 당최 비교가 될 만한 인물이냐? 나폴레옹은 시저, 알렉산더와 함께 천하를 호령한 세계 3대 정복자이거늘, 야사에나 포롭시 나올까 말까한 일개 파락호를 거기에다 들어 얹혀? 분명히 말하지만 알 카포네란 녀석은 너같이 순진한 민초들이나 겨우 기억을 해줄랑가는 몰라도 나는 잘 모른 놈이야. 까놓고 말해 그는 나만도 못한 녀석이지. 또 역사적 가치로 보더라도 강포 너보담도 결코 낫다고 볼 수 없는 인간이야! 알간?"

이렇게 선생님과의 문답에서도 알 수 있듯이 강포의 의식과 사고의 발상은 경우에 따라 여러 가지 문제를 야기할 수도 있는 위험한 문제아적 기질을 다분히 안고 있었던 것이다.

수환과 영준은 시외 지역에 집이 있는 관계로 등하교 문제가 원만치 못해 학교 근처에서 방을 얻어 자취를 하고 있었다. 둘은 경쟁의식을 갖고 있긴 하지만 일찍부터 뜻이 맞아 학생방 전용의 다가구 주택에서 생활하고 있었다. 단, 방은 각자가 따로 썼다.

어느 날 저녁때였다. 벌써 여름이다 보니 하루가 다르게 날씨가 후덥지근했다. 수환과 영준은 무더운 탓에 방문 앞 툇마루에 걸터앉아 마당을 사이에 두고 서로 마주한 채 공부를 하고 있었다. 그럴 수밖에 없었던 것이 집 구조가 디근자 형태의 한옥 구조로 되어있고, 약 일고여덟 개의 자취방이 즐비하게 붙어 있긴 하지만 그들의 방이 좁은 마당을 가운데 두고 정 방향을 보고 있었기 때문이었다. 방마다 불이 켜져 있고 한번 흘러가면 다시는 돌아오지 않을 학창시절만이 향유할 수 있는 운치가 바로 이게 아닐까 싶다.

반바지를 입은 수환과 영준이 약속이나 한 듯 세숫대야에 발을 담근 채 한 손에 책을 들고 다른 한 손으론 연방 부채질을 해댄다.

수환이가 책을 보다 말고 영준에게 말을 붙였다.

"영준아, 너 집에 언제 내려갈래? 난 모레 토요일, 집엘 좀 다녀와야 쓰겠다."

"난 담주나 내려 갈란다."

"그때까장 뭘 먹고 학교 다닐래? 내가 본게로 맨날 단무지에 김치 쪼가리뿐이드마."

영준은 아까부터 책만 보며 이번에는 묵묵히 말이 없다.

"아니 내 말 안 들려?"

"자꾸 말 시키지 말어야. 내가 지금 먹는 걱정하게 생겼냐?"

영준이 마지못한 듯 시큰둥하게 말하는 거였다. 수환은 영준의 반응을 보고 뭔가 알겠다는 듯 웃음이 나왔다.

"왜? 저번 성적 32등 한 거 땜에?"

마치 아픈 곳을 찔리기라도 한 듯 영준이 즉각 반응을 보이며 조금 큰 소리로 대답한다.

"그래 임마! 너 시원하겠다, 1등 했응게."

수환이 빙그레 웃는다.

"자슥 샘은 있어가지고. 야, 내가 1등이래 봐야 평균점수 환산하면 별 차이가 있겠냐? 괜히 등수 매긴담서 숫자놀음이지 뭐."

"한가한 소리 하네. 요는 총점이 중요한기다. 이건 엄청난 격차야, 임마! 선배들 말 못 들어 봤어? 서울의 유명대학 시험 치다가 0.1점 차로 떨어졌다는 거."

수환이 고개를 끄덕였다.

"일리가 있는 말이다."

영준이 갑자기 책을 덮고 수환에게 뭔가 궁금한 것을 물어온다.

"참! 미영인가 하는 계집애 있잖아? 널 좋아하는 눈치더라?"

별안간 무슨 귀신 볍씨 훑어먹는 소리라는 투로 수환이 눈을 둥그렇게 뜨며 오히려 능청스레 되묻는다.

"미영이라니?"

"저 자식 저, 시침 뗀 거봐. 가끔 니 반찬 갖다 주는 애."

영준이 말한 미영은 그들의 자취방 근처, 여중학교 2학년에 다니는 다섯 살 연하의 애였다. 본래 영준과는 인연이 없었지만 수환의 초등학교 후배인 데다 수환과 한 동네에 사는 관계로 동생이나 다름없이 가깝게 지내는 사이였다. 미영 역시 집과는 거리가 먼 관계로 시내에서 자취를 하고 있었으며 가끔 수환의 자취방에 들러 놀다 가곤 했었기 때문이다. 그런데 그녀는 사춘기가 되어선지 공부 잘하고 모범생이라는 소문이 자자한 수환을 은근히 짝사랑하고 있었다. 그것을 영준이 알아차리고 내던진 말이었다.

"난 또……. 동네오빠라고 한 번씩 놀러온 걸 가지고 뭘 그러냐?"

순간 위잉 하는 모깃소리가 나고 영준이가 허벅지에 모기를 물려 손바닥으로 따악 소리가 나도록 내리친다. 영준, 다리를 문지르며 계속 입을 연다.

"그러지 말고 잘 키워봐라. 꽤 이쁘던데……. 담에 처녀 되면 탈렌트 감은 되겠더라!"

"아서라 아서. 갠 내 국민학교 후배, 그 이상 이하도 아냐. 난 연상의 여인이 더 좋더라."

사실 이 말은 전혀 빈말이 아니었다. 이맘때면 청소년 대개가 한 번쯤은 연상의 여인을 이상적인 여성상으로 꿈꿔볼 수 있듯이 수환도 예외는 아니었던 모양이다. 그러나 영준은 그런 수환이 좀 못마땅한 생각이 들었다. 영준은 아직 이성 문제에 관심을 갖고 있진 않으나, 적어도 이론적으로 여자를 보는 관점은 수환보다 더 냉철하고 조숙한 면이 있었다.

영준이 보기에 미영은 참 귀엽고 아담한 스타일로 게다가 앙증맞다는 표현이 적절한지는 모르나 하여튼 말 한마디 하는 것만 봐도 야무지고 영리하다는 느낌을 받았다. 게다가 공부는 잘 몰라도 음식이나 반찬 만드는 것을 보면 되게 부지런하고 사람한테 대하는 자세도 퍽 싹싹한 면이 있었다. 그런데 수환이 저 녀석! 지 앞에 놓여 있는 보석을 못 알아보다니. 미영인 집도 부농 축에 든 다는데, 아둔한 자식 같으니라고……. 영준은 수환이 괜히 얄미워 핀잔을 주었다.

"연상의 여인? 웃기고 자빠졌네. 그건 니가 아직 어리단 증거야. 담에 나이 들어봐라. 쭈글쭈글한 마누라 무슨 재미로 데리고 사냐?"

수환이가 놀란 표정으로 감탄했다.

"햐! 영준이 네가 그런 말도 다 하냐?"

호랑이도 제 말하면 온다는 속담이 있다. 이때 마침 대문에서 미영이 보자기로 감싼 바구니를 품에 안고 들어오고 있었다.

"쟤 양반 되긴 틀린 모양이다."

수환과 영준은 그렇게 웃으며 반가운 듯 대야에서 발을 빼 슬리퍼를 신으며 일어섰다. 미영은 환하게 웃었다.

"오빠들 내 얘기하고 있었구나! 욕 했어, 안 했어?"

미영은 곧장 수환의 방문 앞 툇마루에 앉으며 보자기를 풀었다. 대바구니 안에 새빨간 자두들이 빛깔 고운 형태로 담뿍 눈에 들어온다. 미영의 집은 논농사와 밭농사뿐만 아니라 따로 야산도 가지고 있어 과수원을 일구고 있었던 터라 살구, 단감 등 잊어버릴 만하면 그녀는 이렇게 한 번씩 과일을 들고 찾아오는 것이었다.

수환과 영준이 침을 삼키는 것을 보고 그녀는 "오빠들. 방으로 들어가. 내 씻어 가지고 들어갈게" 하며 수환의 방에 딸린 부엌으로 들어갔다. 그리고 쪼그리고 앉아 수도꼭지를 틀고 자두를 양푼에 쏟아 문질러대며 씻는 것이었다.

그들은 수환의 방 안에 모여 앉았다. 모기장을 붙인 문 한쪽에 각종 참고서와 교과서가 꽂혀 있는 책걸상이 놓여 있어 학생 방 특유의 단출함이 엿보인다. 수환을 비롯한 영준과 미영은 선풍기를 틀어놓고 서로 장래희망에 대한 의견을 나누며 자두를 맛있게 먹고 있다.

"수환 오빠 앞으로 포부가 뭐야?"

미영은 유독 수환에게 관심이 많은 모양이다. 그러나 수환은 선뜻 대답하지 않고 상대방의 의중부터 떠본다.

"너부터 말해봐."

"나? 응, 난 있지, 퀴리부인! 아냐, 백의의 천사 나이팅게일 같은 그런 간호사가 되고 싶어. 이왕이면 전장터에서 적군 아군 가리지 않고 돌봐주는 그런 간호사 말야!"

그랬다. 미영은 크리미아전쟁 때 러시아의 남하정책을 저지하기 위해 자신의 나라가 터키와 동맹을 맺고 전쟁을 벌이자 종군 간호사로 활약한 영국 출신의 그녀를 흠모했다. 중학생이 되면서는 교과서에 실린 마리아 스클로 도프스카라는 폴란드 소녀, 그러니까 후에 파리의 소르본 대학을 나온 수재로 그 남편 퀴리와 함께 라듐이란 원소를 발견하여 노벨화학상을 탄 퀴리부인을 존경하기도 했지만, 역시 어린 시절 그토록 멋있게 생각되었던 나이팅게일이 지금까지 뇌리 속에 남아 있었던 것이다.

수환은 자신의 속내는 여전히 내보이지 않고 다시 묻는다.

"미영아! 그럼 영준 오빠는 뭘 것 같으냐?"

미영은 그제야 영준에게 관심이 쏠렸다. 영준은 여태껏 아무런 말 없이 자두만 부지런히 먹고 있었다.

"어머! 오빠 혼자 자두만 다 먹어버리네. 오빠 뭐야?"

영준은 물어오길 기다렸다는 듯이 곧바로 대답하는 것이었다.

"나는 법대에 가 사법고시에 합격하여 장차 변호사가 되고 싶다. 그래서 돈 많이 벌어 잘살고 싶다."

"오빠 무슨 돈에 걸신들린 사람처럼 얘기하고 있네."

"울 아부진 가난한 농부거든. 논이라곤 기껏해야 네 마지기밖에 안 된다. 위로 형과 누나들이 넷이나 있는데다 내가 막내라 국민학교 땐 도시락도 못 싸고 학굘 다녔다. 미영이 넌 좋겠다. 너네 집 부자라며? 수환이 말론 논이 스무 마지기가 넘는다더라?"

영준이 이렇게 실속파가 된 것은 그의 말처럼 가난이 그 이유라면 이유였다. 밭과 달리 논은 200평을 한 마지기로 친다. 그러니 기껏해야 팔백여 평, 영준의 집은 농사짓는다는 말도 하기 어려울 정도로 빈농인 셈이었다. 때문에 남매들 가운데 장남인 큰형님과 유일하게 자기만 중학에 진학했다.

물론 당시의 시대적 상황으로 보아 초등학교 동기들 가운데는 거의 반수 가까이가 중학교에도 못 들어갈 정도였던 터라 거기에 비하면 축복받은 축에 든다고 할 수 있으나 분단 별로 나흘 만에 한 번씩 돌아오는 급식 빵으로 오찬을 때운 것을 생각하면 지금도 가슴이 사무친다. 따라서 자신이 키도 작고 체격도 왜소한 편에 속한 것은 한창 커갈 때 못 먹었기 때문이 아닌가 한다. 그래서 그는 미영이 부러운 것이다.

미영은 영준의 말을 듣자 쑥스러워하며 수환을 보며 입을 삐죽였다. 우리 집이 부자면 얼마나 부자기에 영준 오빠한테 그런 소리 다 했담! 미영은 수환이 조금 얄미운 모양이다.

"논만 많다고 뭐 부잔가? 오히려 수환 오빠 집이 더 나아. 왜냐구? 오빠 아버진 교육자시거든! 월급생활 하시니까 우리 집보담 씀씀이가 더 낫단 말야!"

영준이 미영의 속마음을 들여다보고 웃었다.

"수환이한테 무슨 감정 있는 투로 얘기한다 너? 그럼 이제 수환이 말 한번 들어보자."

수환이 드디어 자기에게로 화두가 넘어오자 말하기가 좀 뭐하다는 듯이 멋쩍게 웃었다.

"나야 뭐, 장래 포부랄 것까진 없고……. 꼭 말한다면 나는 큰 바위 얼굴이 되고 싶다."

"큰 바위 얼굴?"

미영이 의아해했다. 영준이 또 물었다.

"큰 바위 얼굴이라니? 중학교 때 국어책에 나온 미국작가 나다니엘 호손의 소설 말이냐?"

"맞아. 주인공 어니스트 같은 그런 사람. 내용을 보면 그렇잖아. 어느 한 고을에 대재벌 개더 골드, 백전노장의 장군 오울드블럿 앤드던더, 그리고 대통령후보 올드 스토우니 피즈, 또 유명한 시인이 차례로 나왔지. 그때마다 사람들은 한없이 귀품 있고 온화한 산꼭대기의 큰 바위 얼굴을 보며 열광했지 않냐? 그러나 사람들은 얼마 안 가 세파와 욕심에 찌든 그런 사람들을 보며 실망하고……."

영준이 중간에 말을 잘랐다.

"알았다 알았어! 그래서 니도 결국은 어니스트 소년이 노년기에 자기도 모르게 큰 바위 얼굴을 닮아버린 것처럼 그런 사람이 되고 싶다는 거야? 그럼 목사가 돼야겠다?"

"꼭 목사랄 것까진 없고."

영준이 다소 궁금해 하며 말했다.

"난 네가 교회 열심히 다니길래……."

수환은 평소 공부만 열심히 한 것은 아니었다. 어머니가 교회 권사였던지라 주일예배를 거르지 않고 잘도 다녔다.

"난 커오면서 꿈이 자꾸 바뀐 게 탈이지만 중학교 땐 화가였다. 빈센트 반 고흐나 밀레처럼……. 불후의 명작으로 인류의 눈을 즐겁게 해주고 싶었거든."

수환은 참으로 미술과목을 좋아했다. 그중에도 회화 분야 즉, 그림에 남다른 소질이 있어 신문사 주최 미술상도 많이 탔다. 지금은 고3이라 그럴 틈이 없지만 작년까지만 해도 캔버스와 이젤을 가지고 곧잘 야외에 나가 좋은 풍광이 있으면 화폭에 담아오곤 했다.

그는 그림에 도취되어 노르웨이 화가 뭉크가 그린 「절규」에서 꿈틀거리는 인간 내면을 폭발하듯이 표현한 그의 신기에 가까운 솜씨를 보고 일상의 모든 스트레스가 날아가 버린 듯한 시원함을 느꼈다. 또 흔히 빛, 그러니까 광선의 화가로 불리는 렘브란트의 「야경」에서 어둔 밤 등불을 들고 가는 한 무리의 사람들 모습이 어쩜 이렇게 사진보다 더 절묘하게 보일 수 있는가에 놀랐고, 단순명료한 깃 같으나 실은 앞과 옆모습을 모두 보여준 고난도 입체파 화가 피카소의 「꿈」을 통해 실제로 잠이 오는 듯한 착각에 빠져보기도 했다. 수환의 이런 모습을 보며 그가 법관이 되기를 희망한 아버지는 물감 등 화구를 압수하며 꾸지람도 많이 했다.

"와아! 수환 오빠, 진짜 매력적이다. 오빠 파이팅!"

미영은 감탄했다. 곧잘 수환의 말에 도취되긴 했지만 오늘만큼 수환 오빠가 멋있게 보인 적은 없는 것 같았다.

주말이면 수환과 미영은 한 마을인 터여서 항상 함께 집엘 갔다. 시외버스 맨 뒷좌석에 앉아 덜커덩거리며 모처럼 시골의 비포장 길을 달리는 상쾌함을 어디다 비하랴.

여름방학을 며칠 앞둔 시점, 늘 그렇듯 그들은 또 동행했다. 방학이라 봐야 수환 같은 고3의 경우 보충수업이라 해서 밤 열 시까지 학교에서 공부를 계속해야 하기 때문에 별 의미는 없지만…….

수환과 미영은 승강장에서 내려 사오십 호 가량 되는 동네를 바라보며 동구 앞 마을 길을 걷고 있었다.

"미영이 넌 언제 올래? 난 지금 반찬만 갖고 바로 갈란다."

수환이 집에 들를 목적은 그의 말대로 부식거리가 떨어졌기 때문이었다. 비록 내일이 휴일이라 하나 그럴 마음의 여유는 없었으며 다만 부모님을 만나보는 데 중점을 두었다. 미영은 아쉬운 마음이 든다.

"낼 가믄 안 돼?"

"하루 쉬면 뭐하냐? 따분만 할 텐데."

"그럼 나도 오빠 따라 다시 나올래."

"그렇게 할 일이 없냐? 차라리 네 엄마 일 좀 도와줘라."

그들은 동네 회관 앞에서 양 방향으로 헤어졌다. 미영이 걷다가 돌아보며 소리친다.

"오빠! 이따 같이 가!"

"시끄럽다. 내 시킨 대로 해!"

수환이 집에 들어가자 낯선 아가씨가 하나 와 있었다.

수환의 집은 주위에 벽돌담이 쳐 있는 제법 깔끔한 전형적인 기와집이었다. 대문에 들어서자 어머니가 우물가에서 콘크리트 바닥에 도마를 올려놓고 생선내장을 따고 있었다. 그런데 그 옆에서 블라우스에 미니스커트를 입은 처녀애가 펌프질을 해가며 함지에 물을 퍼 담고 있는 게 아닌가.

연유를 알고 본즉 그 아가씨는 하동댁이라고 하는 어머니 친구의 딸이었다. 이름은 황민숙이라고 했다. 그녀는 마침 자기 어머니의 심부름으로 수환의 어머니를 만나러온 것이라 했다.

민숙의 어머니는 본래 각 시·군 소재 읍·면 단위의 오일장만 찾아다니는 장사치였다. 주로 의류를 취급했다. 특히 순천장을 비롯 광양, 하동, 남해 등의 장바닥을 돌아다녔다. 섬진강을 사이에 두고 전남과 경남의 접경지역을 왕래하는 비교적 반경이 넓은 편에 속한 쉽게 말하면 장돌림이었던 것이다. 그런데 그녀는 언제부터 알았는지 목포가 친정인 수환 어머니와는 근 20여년 가까운 교분이 있었다. 따라서 간혹 돈이 궁할 때마다, 예를 들어 직업상 대구 서시장 같은 의류 도매상이랄까 그런 곳으로 옷을 떼러 갈 때 형편이 좀 어려우면 수환의 집으로부터 음으로 양으로 많은 도움을 받고 있었다.

민숙이가 온 것은 그러니까 이번에도 어머니의 특명을 받고 온 전권대사였던 셈이다. 민숙은 고등학교를 나온 후 줄곧 어머니를 따라다니며 장사를 배운 터였다. 수환보다는 한 살 많은 이제 갓 스무 살로, 아직 많지는 않은 나이였으나 상업수완에 상당히 눈이 뜨여 있는 처녀였다. 그러니까 일찍부터 경제관념이 싹튼, 진보적인 생각을 많이 가진 아가씨로 생활력이 강한 여성이라고 볼 수 있었다.

달리 표현하면 약간은 엉뚱한 데로 생각이 터진, 속된 말로 닳아진 구석이 없잖아 있었다. 하지만 그녀의 외양은 아름다웠다. 얼굴과 몸매만큼은 어디에다 내놓아도 큰 손색이 없을 정도였다. 흠이 있다면 말씨가 매끄럽지 못하다는 데 있었다. 하동이 고향인 어머니 덕에 억양은 경남사투리였다. 그러나 성장기를 광양에서 보낸 탓에 광양말씨가 보태져 정확한 족보가 없는 영남 말을 하고 다녔다. 따라서 듣기가 거북한 면이 있었다. 광양 말 얘기가 나왔으니 말인데, 광양은 호남에서도 유독 말씨가 특별했다. 투박하고 거친 악센트가 정겹고 구수한 데는 있었으나 영·호남의 말이 한마디로 뒤죽박죽 버물려져 참으로 독특한 억양과 어감을 전해주는 탓에 특히 이곳 출신의 여학생들 말을 듣고 있을라 치면 웃음을 참지 않고는 못 배길 정도였다. 그래서 인근 고을 사람들은 그 말 맵시를 중화요리점에서나 곧잘 볼 수 있는 짬뽕 맛에 비유하곤 했다.

그러나 민숙은 영남 쪽에 더 많이 기울어진 광양 말을 하고 다녔다. 즉, 조금 더 세련된 말씨임엔 분명했으나 그래도 경우에 따라 우스운 구석이 있음은 어찌할 수 없었다.

그런데 수환은 그게 좋았던 모양이었다. 왜냐하면 고1 때 여름방학을 맞아 아버지와 부산의 친척집을 다녀온 적이 있었다. 그때만 해도 고속버스의 안내양 전성기였다. 요즘의 스튜어디스나 고속전철의 여승무원보다도 주가가 높은, 영화배우 못지않은 쭉쭉 빵빵 늘씬한 미녀들을 보고 수환은 놀란 적이 있었다. 특히 서울, 경북 방면의 동래구 사직동 고속터미널이나 순천으로 빠지는 사상터미널 같은 곳에서의 광경은 정말 화려했다.

지금은 금호고속이지만 당시 전국 최대 규모인 광주고속을 비롯하여 줄줄이 한진고속, 동양고속, 그레이하운드(중앙고속), 천일고속 등이 앞문을 활짝 열어젖히고 맨 아래 계단에서 제각각 회사 제복, 정장차림의 안내양들이 대기하고 서 있는 것을 보면 마치 무슨 미스코리아 선발대회를 보는 듯한 착각에 빠질 정도였다. 수환은 집으로 오는 도중 목이 말라 냉수를 부탁했는데 그때 탄 버스가 아마 천일고속이었을 것이다. 안내양인 미모의 경상도 아가씨가 수환에게 복사꽃 같은 웃음을 선사하며 상냥한 말씨로 너무 잘해주었다.

"와예? 부르셨습니꺼!"

수환은 그때 아름다운 경상도 처녀의 애교스런 영남사투리가 뇌리에 이국적인 느낌으로 깊이 각인되어 내내 그녀를 잊지 못한 적이 있었다. 따라서 오리지널 말씨는 아니지만 민숙에게서 수환은 첫눈에 그 안내양 아가씨의 이미지를 찾았던 것이었다.

수환의 어머니는 민숙을 소개시켰다. 마침 수환의 아버지는 초등학교 교감이라 교육청 회의에 가고 없어 분위기가 좀 느슨했다. 민숙은 처음인데도 그 점을 의식한 탓에 자유분방했다.

"만니서 반기워! 나 성수환이라고 해."

그런데 민숙은 인사를 받지 않고 엉뚱하게 수환 모(母)를 향해 말을 했다.

"이모, 얘, 몇 살이라에? 마따 고3이니까 열아홉이지애."

수환은 무안하고 의아했다.

"이모?"

수환 엄마가 민숙을 보고 웃었다.

"그렇구나! 오뉴월 하룻볕이 어딘데……. 민숙이가 한 살 많지? 수환아, 누나라고 불러라. 날 보고 이모라고 하지 않냐?"

솔직히 수환은 낯익지 않은 민숙을 누나라고 하기엔 좀 껄끄러웠다. 한두 살 정도는 친구지 뭐. 내 동창들 중 일이 년 터울이 좀 많은가. 수환은 그런 생각을 했으나 일단 어머니의 말이 떨어져 수긍을 하는 편이었다.

"알았어요, 엄마. 그러니까 이름이 민숙……. 에이! 누나라고 하려니까 쑥스러워 잘 안 되네."

"처음이라 그렇지. 이 생선도 민숙이가 가져온 거다. 하동댁이 보냈다지 뭐냐."

수환 어머니가 함지에 담긴 물을 바가지로 퍼 생선을 씻으며 말을 하는 것이었다. 순간 민숙이 대뜸 "이름이 수환이라 했나? 다 컸음사 어머니라 해야 않겠나! 어린아처럼 엄마가 뭐꼬 엄마가?" 하며 마치 동생 나무라듯 하는 것이었다.

같은 시각, 미영은 동리 뒷동산 텃밭에서 엄마와 함께 무를 뽑고 있었다. 미영이 큰 알타리 무를 뽑아들었다. 품평회에 출품해도 손색이 없을 것 같다. 그녀는 수환 오빠 생각이 났다.

"와! 무 크다! 맛있겠는데. 엄마 이거 수환 오빠 갖다 줌 안 돼?"

"그러렴. 그 집은 농살 안 지니께. 한데 넌 어떻게 된 애가 입만

벙긋하면 수환이 타령이냐?"

미영은 그렇게 말하는 엄마가 좀 야속했다.

"엄마두 참! 내가 뭐 수환 오빠 좋아함 안 돼?"

"안 되기사 허겄냐? 농담이 진담될까봐 그러지."

"어머? 그럼 더 좋겠네. 엄마, 나 담에 처녀 되면 수환 오빠와 결혼해버릴래."

미영이 반색하듯 깜찍하게 답했다. 미영 엄마가 고개를 들고 어이없다는 표정을 지었다.

"저런 앙큼한 가시나 좀 보게. 그게 뭐 니 멋대로 된다던? 그 정신 갖고 공부나 열심히 해, 요년아!"

한편 동구 밖 마을길이었다. 수환이 다시 시내로 나가는지 양손에 책가방과 보따리 하나씩을 들고 있었다. 민숙도 함께 어깨에 핸드백을 맨 채 버스 승강장을 향해 걷고 있었다. 단정한 교복차림의 수환에 비해 경숙의 옷차림은 화려하지만 왠지 천박한 느낌을 주어 좋은 대조가 된다.

"너 공부 잘한다 카드라? 박사가 될끼가, 의사가 될끼가?"

수환이 말이 없다.

"아니? 왜 말을 안 하나? 입 뒀다 어디다 쓸끼고? 누나 말이 말 같지 않나?"

수환은 마지못해 대답했다.

"난 법과대학 갈 거야."

민숙은 쉴 새 없이 나불낸나.

"법대? 그럼 판사? 그게 뭐가 좋노? 그게 뭐 쉽게 되는 일이가?

참, 너 공부만 하는 거 존 일 아이다. 남자라 카는 건 연애도 하고 쌈도 할 줄 알아야 카는기다. 그래야 세상물정 알게 될 거 아이가?"

수환은 이 부분에서 힘을 주어 말했다.

"그래도 누나. 일단 학생은 학생다워야 하지 않겠어?"

그렇게 그들이 버스를 기다리고 있을 때였다. 수환이 얼핏 보니 미영이가 동네 쪽에서 책가방과 무가 든 바구니를 들고 낑낑대며 오고 있었다. 수환은 그 광경에 신경이 쓰였다. 하필 민숙이가 있는데 나올 게 뭐람. 그는 큰 소리로 외친다.

"아니 쟤 봐라. 야, 미영아! 너 나오지 말랬잖아!"

"오빠 거 무슨 소리야! 거들어주진 않고."

미영이 오히려 반문한 것을 보고 민숙이 묻는다.

"저 계집아인 누구가?"

수환은 말을 못 했다. 입장이 난처했다. 미영은 아무것도 모르고 다가와 무 바구니를 땅에 놓는다. 그리고 숨을 들이쉬었다.

"와! 거 첨엔 가볍던데 계속 들고 와 그런가? 되게 무겁다. 근데 오빠, 이 언닌 누구야?"

미영은 그제야 민숙을 확실히 의식했다. 수환은 머리를 긁적였다. 겨우 생각해낸 답변이 아주 궁색했다.

"응, 그, 그게 말이지. 뭐라고 해야 하나. 누 누 누나지 뭐."

"누나? 친구 같은 데? 언제 오빠에게 이런 누나도 있었나?"

미영이 의심스런 눈초리로 민숙의 위아래를 훑어봤다. 그러는 미영을 보고 민숙이 다소곳이 보고만 있으면 좀 좋을 걸 어린애 취급하듯 눈치 없이 지껄인다.

"얘. 쪼그만 학생 아이가? 하이고 마, 땅꼬마같이 생긴 게 참말로 귀엽네에."

　미영은 매우 불쾌했다. 도대체 이 아가씨가 아무리 처음 본 사이라도 그렇지. 지금 날 아기로 보나? 생긴 것과 달리 숙녀다운 에티켓은 없고 또 나보담 나이가 많은 건 분명하니까, 그럼 언니다운 면이 좀 보여야지. 그러잖아도 방금 수환 오빠 태도가 맘에 안 드는데 그 앞에서 뭐라구? 내 키가 작단 말인가? 남들은 날 보고 귀여워 죽겠다던데? 그 생각을 하는 순간 미영은 화가 팍 치밀어 올랐다. 그녀는 야무진 어조로 수환을 보며 양손을 허리에 대고 한껏 폼을 잡았다.

　"땅꼬마? 날 언제 봤길래? 이보세요, 아가씨! 나도 한 5년 지나면 숙녀요 숙녀! 말 그리해도 된다요? 오빠! 오빠 앞에서 내 스타일 다 구긴다, 정말!"

　민숙은 자신의 실수나 눈치 없음은 생각 않고 기가 막혔다. 그리고 나중에 가선 강한 경상도 억양으로 삿대질을 했다.

　"어머! 얘 좀 봐, 버릇없이……. 정말 웃기는 가스나 아이가? 야! 니는 위아래도 없나? 니 집엔 언니도 없나 말이다? 아예 기어오를라 카고마!"

　수환은 뜻하지 않는 사태에 어찌할 바를 몰라했다. 두 사람을 번갈아 보기에 바빴다. 순간 괜히 미영에게 짜증이 난다. 아까 내가 분명 나오지 말랬는데 주책없이……. 그는 미영이 때문에 민숙이 혹시 자신에게 관심을 꺼버리면 어쩌나 불안했다. 그는 첫눈에 민숙의 모든 게 마음에 들었고, 특히 어머니들처럼 생활적으로 자신보다 아는 것이 많아 보였다. 즉, 어른스러운 것 같아 기대고 싶었다. 근데 미영이 훼방꾼으로 끼어든 것이 아닌가.

수환은 순간 미영은 눈에 뵈지 않고 민숙 앞에서 조금 멋있게 보이고 싶었다. 단순한 생각에 경상도의 민숙과 전라도 말씨의 미영 앞에서 표준말을 쓰며 자신을 과시해보고 싶었다. 민숙에게 만큼은 시골촌놈이 아닌 도시청년처럼 세련되게 보이고 싶었던 것이다. 또 민숙이 보는 앞에서 미영을 나무라며 의젓하게도 보이고 싶었다. 그는 손에 들린 보따리를 미영에게 들어 보였다.

"민숙 씨에게 그런 말버릇이 어딨니? 아니 참! 누나에게 말야. 가뜩이나 이 보따리도 무거워 죽겠는데 무는 또 왜 가져왔어? 미영이 너 대체 왜 그러니?"

전혀 예상치 못한 말에 미영은 당황했다. 갑자기 배신당한 기분이 들었다. 무안함과 분이 복받친 기색이 그녀의 얼굴을 스치고 지나갔다. 그래? 내가 오빤 얼마나 아꼈던 사람인데, 맛난 거 먹을 때도 오빠 생각, 학교에서 공부할 때에도, 또 늦은 밤 잠 못 이루며 '에미상'에 빛나는 감동의 청춘소설 『별이 흐르는 강』을 읽을 때도 얼마나 수환 오빠 그리며 가슴 태웠는데!

그랬다. 미영은 아주 어릴 적부터 수환과 부대끼며 함께 자랐다. 그녀는 집에 오빠가 없었다. 아니 좀 더 정확히 말하면 무남독녀 외동딸이었다. 하지만 무턱대고 호강하며 자라지만은 않았다. 엄마 아빠가 비록 농사를 짓긴 하지만 교육수준이 높고 교양도 갖춘 터라 그럴수록 더 자립심이나 근면성도 심어줘야 한다는 생각에 미영이로 하여금 농사일과 집안일 등을 몸소 체험시켜 일찍부터 독립의식을 길러줬던 것이다 그래서 또래들 가운데서 미영은 매사에 부지런한 편에 들었다. 다만 모든 걸 다 갖춘다는 일은 무리인 탓에 공부에는 그리 특출하지 못했고 중간 정도였다.

　미영이 다섯 살 때였다.

　미영과 수환의 부모가 외출을 나가면서 그녀를 수환의 집에 맡기고 갔다. 수환은 마침 방학 때라 남동생들과 어울리지 않고 그녀와 놀았다. 그는 열 살이나 된, 그때 말로 국민학교 3학년 무렵이었지만 마땅히 할 게 없어 그녀와 소꿉놀이를 하며 놀았다. 수환은 아빠, 미영은 엄마가 되어……. 그때 수환은 주위에 아무도 없음을 알고 좀은 얼굴이 빨개지며 미영에게 슬며시 여보라고 부르며 어른들 흉내를 낸 적이 있었다. 수환은 그걸 잊어버렸는지 모르나 미영은 그때 유아시절의 기억을 지금도 또렷이 기억하고 있다.

　미영이 초등학교 입학 땐 농사일에 바쁜 엄마 아빠 대신 수환이가 데리고 갔다. 그녀는 수환이가 보는 앞에서 취학능력 테스트를 하는 어느 여선생님에게 또박또박 대답도 잘했고, 손가락을 하나부터 열까지 짚어가며 틀리지 않고 잘도 세었다.

　자라면서 미영은 수환과 때로는 싸우기도 했다. 대표적인 예로는 간혹 동네에서 미영이가 동네 계집아이들과 고무줄놀이를 하고 있을 때 느닷없이 어디선가 나타나서 줄을 끊고 달아난다든가, 일명 '오자미 던지기'를 할 때 그것을 가지고 튀다가 미영이가 눈에 불이 나 쫓아가면 어느 지점에서 휙 하니 논이나 밭으로 던져버리곤 다시 내빼기 일쑤였다. 그러다 만나기라도 하는 날엔 미영은 "야! 성수환 너! 다 불어내!" 소리치면 수환은 얼굴이 벌개져 가지고 "이게! 쬐끄만한 게 맞먹네!"라고 꿀밤을 준 탓에 크게

다툰 적도 있었다. 그때만 해도 미영은 기분 내키는 대로 어떨 땐
오빠라고 부르다가 화가 나면 말을 놓아버리곤 했던 것이다.

미운 정 고운 정 다 든, 그렇게 이무럽고 정든 오빠가 근데 지금
이게 뭐야? 어디서 낮도깨비 같은 여자를 알아가지고 내게 창피
를 다 주고…….

"뭐? 왜 그러니? 수환 오빠! 지금 누구 편이야? 징그럽게 안 하
던 서울말을 다 쓰고……. 그래, 알았응게. 오빠야, 어디 한번 혼
자 코디미언 계속 해뿌러 봐야?"

"저게 정말, 꿀밤 한 대 맞고 싶어 저러나? 껭껭이 사투리 어지
간히 쓰고 빨리 안 들어가니?"

수환은 미영의 비아냥거림에 민숙의 얼굴을 살피며 자존심을
만회하려는 듯 그렇게 말하는 것이었다.

"머라고? 껭껭이? 그럼 민숙인가 하는 저 언니 말은 뭐 세련됐
나? 보리문디 말, 정말 시끄러 죽겠다."

여기에서 껭껭이와 보리문디란 말은 전라도와 경상도 사투리
를 뜻하는 비속어였다.

미영은 들고 왔던 무 바구니를 땅에 내동댕이쳐버렸다. 그리고
홱 돌아서 동네 쪽으로 다시 가버린다. 수환과 민숙은 멋쩍어하
며 주섬주섬 무를 다시 바구니에 담는 것이었다.

그들은 같이 시내까지 왔다. 수환의 짐이 미영이가 준 무까지
합해 가짓수가 많아 민숙이 도와주었다. 하지만 수환의 책가방을
들어준 것에 불과했다. 민숙은 내친 김에 수환의 자취방까지 따
라왔다. 수환은 같이 시내 골목을 걸으며 민숙에게 장 서는 날 놀
러가도 되냐는 물음과 함께 승낙을 받았다. 그들이 대문 앞에 왔

을 때였다.

입구에 번쩍번쩍 오토바이 한 대가 광을 내며 받쳐져 있었다. 수환이 가까이 확인해보니 일제였다. 모델이 혼다사의 V·T였고 배기량은 양 옆에 머플러가 두 개 달린 250cc였다. 이 정도면 경찰용으로 주로 쓰는 미제 하레이보다는 격이 좀 낮지만 민간용 모터사이클 치고는 당시로서는 최고급이었다. 수환과 민숙은 못 보았던 물건이라 적잖이 궁금해 하며 마당 안으로 들어섰다. 그런데 들어서자마자 눈에 들어온 것은 뜻밖에 강포였다. 강포가 누굴 찾는지 서성대고 있었던 것이었다. 한 번도 자취방에 온 적이 없는 그였지만 무슨 용무인지 어떻게 알고 찾아왔던 모양이었다.

강포는 수환을 보자 대뜸 "야! 성수환! 너 영준이 못 봤냐?" 하더니 그제야 민숙을 한번 위아래로 훑어보며 의외의 미모에 조금 놀라는 표정을 지었다. 수환은 강포 옆으로 다가갔다.

"영준인 왜? 나, 지금 시골집에 다녀오는 길이야."

강포는 좀 머뭇했다.

"부탁할 게 있어 그러는데……. 영준이 이 자식 대체 어딜 간 거야?"

"난테 말해, 들오믄 전해줄게."

"그렇구나! 너도 괜찮겠……."

수환에게 강포는 무슨 말을 하려다가 옆에 민숙을 의식하고 멈칫하며 말을 돌린다.

"아니다, 아냐."

민숙은 강포와 눈이 마주치자 일른 고개를 돌려 집 구조를 살피는 것처럼 딴전을 피웠다. 민숙은 일부러 강포의 주목을 끌려는 듯 혼잣말로 지껄였다.

"이 자취방 여덟 개 아이가? 이게 다 학생들이 쓴다 말이야?"

얼른 보니 강포는 인상이 매섭고 전체적으로 터프한 이미지가 민숙의 마음을 끌었다. 거기에 비해 수환은 체격은 더 크나 후덕하니 귀공자 타입에 조금 둔하게 보였다. 그녀는 민숭민숭한 느낌의 수환보다 갑자기 강포와 한번 놀아보았으면 하는 느낌이 들었다. 그런데 그런 민숙에게 텔레파시가 통했는지 강포가 수환과 민숙의 눈치를 보다가 먼저 수작을 걸어왔다.

"수환아! 이 아가씨 누구냐?"

"응, 그, 그게 그러니까……."

수환은 적당한 답을 찾지 못해 머뭇머뭇했다. 그는 천성적으로 거짓말하기가 좀 뭐했다. 숫기가 없어 만난 지도 얼마 안 된, 친누나도 아닌 민숙을 누나라고 소개하기에는 얼른 용기가 나지 않았다. 강포가 피식 웃었다. 그는 껄렁한 폼으로 으스대었다. 그리고 민숙을 생각하며 야릇한 웃음을 짓는 것이었다. 어때! 저 애 한번 꼬셔서 따먹어봐? 그는 이런 불순한 의도를 갖고 먼저 수환에게 애인임을 뜻하는 한 손의 새끼손가락을 펴 보인 후, 민숙에게 말을 걸었다.

"아, 알겠다. 이거인 모양인데……. 짜식 재주도 좋아. 이봐, 아가씨! 나, 수환이 친구 되는데 어때? 나랑 놀러 한번 갈까? 밖에 오토바이 봤지? 나랑 다니면 재밌는 일 많아."

민숙은 한 점의 빼는 기색도 없이 기다렸다는 듯 반겼다.

"숙녀에게 반말하는 거 빼놓곤 매너가 괜찮다 너. 좋아! 오토바이 한번 태워 줄낀가?"

강포는 수환에게 보라는 듯 의기양양했다.

"당연한 걸 왜 물어? 우리 집 차도 있다."

강포는 밖에 있는 오토바이의 시동을 걸었다. 민숙이가 뒷좌석에 오르자 오토바이가 출발한다. 수환이가 문밖에 나와 서서 아쉬운 듯 멀어지는 민숙을 바라보았다. 마치 날개옷을 내주자 그것을 입고 하늘로 올라 사라지는 선녀를 허망하게 바라보는 금강산 나무꾼의 서글픈 눈동자처럼…….

밤늦게 영준은 자취방엘 들어왔다. 토요일에도 항상 수환보다 처지는 자신의 실력을 향상시키려는 초조함에 책가방을 들고 교복을 입은 채로 집엘 다녀오질 않고 여태껏 학교에서 자습을 하고 온 것이었다. 그가 밀창문을 드르륵 열고 막 방에 들어서려는 순간, 기척을 느꼈다. 맞은 편 수환의 방에서 수환이 파자마 차림으로 나오는 것이었다.

"영준아, 아까 강포가 널 찾더라."

"강포가? 걔가 뭐 하러?"

"몰라. 네게 무슨 할 말이 있는가 보더라."

영준은 의심이 일었다. 수환의 표정을 보니 어두운 것도 좀 이상했다.

"일 없다. 또 무슨 엉뚱한 수작이겠지. 근데 너 안색이 좀 안 존 거 같다."

"그래? 그런 일이 좀 있어."

수환은 민숙이가 아까 낮에 여기까지 왔다가 별안간 강포를 따라 가버린 탓에, 특별히 할 말은 없었으면서도 그녀에게 뭔가 꼭 중요한 말을 하나라도 했었어야 하는 것처럼 즉, 화장실에 갔다가 밑 안 닦고 나온 것처럼 괜히 찝찝하고 개운치 못했다. 게다가 여태까지 느끼지 못한 강포에 대한 열등감에 사로잡히기도 했다. 여자들은 나 같은 공부 잘하는 모범생보단 강포처럼 싸움 잘하는 건달들을 더 좋아하는가 보구나. 그렇게 그는 영준이 올 때까지 종일토록 민숙의 생각에 애가 탔던 것이다. 그러나 내색은 하고 싶지 않았다. 영준은 수환의 침울한 듯한 태도에 혹시나 해서 그의 안위를 물었다.

"혹시 강포가 허튼 수작 부린 게 아니냐?"

"그건 아니다."

그들은 각자 자기 방으로 들어갔다.

늘 그렇지만 수환은 다시 마음을 가다잡고 깊은 밤까지 공부를 했다. 까짓 거 민숙은 아무 때라도 아랫장날 한번 가서 만나봄 되니까. 자꾸 그녀에게 관심을 갖다보면 언젠간 내 맘을 알고 날 좋아해주겠지. 그런 기대감에 다시 부풀었다. 그는 한참을 책상 앞에 앉아 수학 문제를 풀었다. 그런데 수환은 퍼뜩 무슨 생각이 났는지 일어나 문을 빼꼼 열고 살그머니 건너편 영준의 방 동정을 살핀다. 영준도 지금껏 공부하는지 방에 불이 켜져 있었다. 수환은 그걸 보고 다시 책상에 앉아 연습장 한 장을 북 찢은 후 무언가 글을 썼다.

영준아, 여기 너 먹으라고 오뎅하고 소시지 그리고 생선 몇 마리 부엌 찬장에 놓고 간다. 아무 말 말고 먹거라. 원래 공부하는 사람들은 노가다 일한 사람보다 더 잘 먹어

야 한다더라. 정 자존심 세우려거든 이담에 변호사 되어
갚으면 되잖냐?

수환은 부엌에서 큰 쟁반에다 신문지에 싼 생선 몇 마리와 몇
개의 소시지와 오뎅이 담긴 대접을 들고 곧장 건너편 영준의 부
엌문을 열고 살그머니 들어갔다. 영준은 전혀 눈치를 못 챈 듯 조
용했다. 수환은 도둑고양이처럼 매우 조심스레 찬장을 열어봤다.
단무지와 먹다 남은 열무김치 외엔 나머지 식기가 텅 비어 있다.
수환은 순간 공부에 지쳐 영양실조처럼 누렇게 뜬 영준의 얼굴을
떠올리며 답답한 가슴에 울컥 목이 메어왔다. 수환은 조용하게
반찬거리를 쪽지와 함께 올려놓고 다시 쟁반만 들고 부엌문을 나
왔다.

며칠 후였다.
5일마다 어김없이 돌아오는 순천 아랫장날이었다. 원래 순천은
오일장이 두 개 있었다. 하나는 북부시장인데 구례, 남원 쪽에서
들어오는 매곡동으로부터 중앙동에 이르는 지역에서 열리는 장
으로 흔히 웃장, 또는 웃시장으로 불렸다. 그러니까 아랫장이란
거기에 상대되는 말로 남부시장을 일컫는 것이었다. 이는 벌교,
보성, 고흥 방면의 남정동과 여수 길목, 곧 순천역으로 뻗어가는
풍덕동과의 분기점에 이루어진 도로를 사이에 두고 벌어진 시장
이었다.
수환은 보충수업이 끝난 오후 늦게 담임 길전국의 심부름을 나
왔다가 근처 아랫시장을 지나게 되었다. 그는 민숙이 생각났다.

보고 싶었다. 물론 그녀가 항상 장에 나오는 것은 아니라는 말을 민숙의 어머니 하동댁을 통해 일찍부터 들은 바가 있었다. 민숙은 동시다발적으로 타 지방의 장을 뛰기도 하며 주로 도매점에 옷 떼러 다니는 일을 맡기 때문이란다. 수환은 어머니의 친구인 하동댁을 오래전부터 알고는 있었으나 큰 관심을 가지고 있지는 못했다. 그런데 요즘 민숙을 알고부터 부쩍 민숙의 어머니에 대해서도 본능적으로 주목이 되지 않을 수 없었다. 그는 민숙을 만나보든가 아니면 최소한 그녀 어머니 하동댁에게 눈도장이라도 찍히고 싶었다.

그는 민숙의 옷가게를 찾았다. 다행히 민숙이 보였다. 마침 가게는 어둑어둑한 오후의 파장 시기라 다른 장사치들과 한가지로 짐 꾸러미를 싸는 데 바빴다.

"수환이 아니나? 어쩐 일이누, 여길 다 오고?"

수환은 속마음을 보이는 것 같아 내심 떨린 감도 없잖았으나 당당하게 말했다.

"민숙이 누나 좀 만나고 싶어서요."

"벌써 그렇게 친해졌나?"

민숙이 옷 짐을 싸며 시큰둥하게 말한다.

"학교 파하고 왔나?"

"아니. 지나다 잠시 들렀지 뭐. 누나도 만날 겸 해서."

그러자 민숙이 하던 일을 중단하고 곧바로 핸드백을 들고 일어섰다.

"파장인데 니 마침 잘 왔고마. 여기 울 엄마 좀 내 대신 도와주지 않겠나? 내 강포와 약속 있다 아이가? 잘 좀 부탁한대이."

민숙은 어디론가 빠르게 간다. 수환은 예상 밖의 상황에 잠시 멍하니 서있고, 하동댁이 소리친다.

"저런 가시나가 다 있나? 저 만나러 온 사람은 생각도 않노? 신경 쓰지 말거래이. 요사이 저 가시나 뭐가 조로콤 바쁜지……. 당최 알 수 없다 아이가."

수환은 그만 우울한 기분에 휩싸여 다릿심이 쭉 빠져나감을 느꼈다.

한편 수환을 뒤에 남겨두고 온 민숙은 강포를 만나 그의 오토바이에 올라 도시 외곽도로를 타고 드라이브를 즐겼다. 오토바이는 우렁찬 굉음을 지르며 승용차 한 대를 추월하더니 어느 지점에서 샛길로 빠져들었다. 그들은 야후! 비명을 지르며 질주의 짜릿함과 한적한 농로를 달리는 등 초저녁 바람의 상쾌함을 마음껏 즐겼다. 강포는 얼마쯤 가다가 오토바이를 멈춰 세웠다. 주위에 드넓은 논이 펼쳐져 있다. 강포는 시트에 걸터앉아 담배를 태웠다. 멀리 어떤 동네 어귀에 푸르스름한 수은등이 하나둘 빛을 발하기 시작한다. 그 불빛이 자못 싸늘하면서도 환상적이다.

강포는 거의 모든 들을 가리켜가며 민숙에게 저게 다 우리 땅이라고 과시하는 데 여념이 없었다. 여기는 개발지역이고 그래서 땅값이 최대로 오를 때 다시 팔려고 할 목적도 있고 또 자기 아버지가 공장 부지로 쓸려고 미리 투자한 거라는 등…….

민숙은 여러 가지 궁금한 것들을 물어가며 벌린 입을 닫지 못했다. 나중에 한다는 소리가 "그라모, 내 아이디어와 너 능력을 합하면 어쩌겠노? 돈 많이 벌 수 있다 아이가!" 이랬다. 그리고 그녀는 강포 옆에 내려서서 뭐가 그리 신기한지 좌우를 둘러보며 한

참 동안 정신이 없었다.

붉게 물든 가을 단풍이 찾아들었다.

이제 문무고도 대입 모의고사에 신경을 써야 했다. 지역의 다른 학교와의 경쟁도 그렇지만 특히 전통적으로 자기네들만이 가장 일류고인 양 오만하기만 한 S고를 따라잡기 위해서라도 수환의 학교는 학생들의 학력 향상에 촉각을 곤두세웠다.

학내 분위기가 그렇게 돌아가고 있는데도 강포는 여전히 무사태평, 걱정을 하는 기색이 전혀 없었다. 아니, 아예 공부와는 담을 쌓았다는 것을 그 자신이 누구보다 잘 알기 때문에 그냥 그런대로 지나가는 것인지 아니면 평소 행동으로 보아 무슨 꿍꿍이속에 믿는 데가 있어서인지 긴장감이 감도는 주위 환경을 전혀 의식하지 않았다.

원래 문무고는 당시만 해도 우반과 열반이 있어 학생들 간에 상당한 격차가 있기도 해 특히 우반인 경우 그 실력은 오히려 S고를 능가할 정도였다. 그러나 전체적으로 학생들 간의 위화감을 우려한 학교 당국은 그런 것을 한 학년에 기껏 한두 학급 두었을 뿐 거의가 보통의 학급으로 편성되었다. 따라서 수환과 영준, 강포가 같은 반에 속했던 것은 장기적으로 학생들의 성적을 고르게 유도하여 그 향상을 꾀한다는 정책상의 배려였다. 그런데 알고 보니 강포는 바로 그것을 믿었던 모양이었다.

쉬는 시간 화장실에서였다. 강포는 영준과 소변을 보고 나오면서 자기의 속셈을 드러냈다. 다름 아닌 영준에게 커닝을 도와달라는 거였다. 비로소 영준은 전번에 자기가 없는 사이 강포가 자취방에 들러 찾더라는 수환의 말이 생각났고 그 이유를 깨달을 수 있었다. 그러나 영준이 누군가. 그는 깐깐한 성격에 바늘로 찔러도 피 한 방울 나오지 않을 정도로 성실파이며 완벽주의자였다. 그가 강포의 말을 들어줄 리 만무했다. 강포는 열이 받아 앞서가는 영준의 뒤통수를 보며 퉁명스럽게 쏘아붙였다.

"니가 임마, 공부조께 잘한다고 뻐겨도 돼?"

영준이 화가 나 돌아봤다.

"내가 언제 뻐기던?"

"지금 한 말이 그게 아냐? 좀 도와주면 어디가 덧나, 임마!"

영준은 강포가 답답하게 느껴졌다. 이해할 수 없었다.

"컨닝? 그게 무슨 의미가 있는데……. 실력대로 해. 그게 더 나아. 공부 좀 하면 될 걸 가지고……."

"너! 지금 누구 약 올리나? 죽고 싶어?"

영준은 단호했다.

"나는 목에 칼이 들어와도 아닌 건 아니다."

강포는 그만 화가 복받쳤다. 영준의 멱살을 움켜쥐었다.

"이 새끼! 그냥 죽여 버릴까부다!"

영준은 다부졌다. 어차피 힘으로는 강포를 당해낼 수 없을지언정 할 말은 하는 성격이었다. 그는 강포의 팔을 비틀어 풀어내렸다.

"이거 못 놔? 뭐, 날 죽여? 니가 무슨 생사여탈권을 쥔 변학도라도 되냐?"

강포는 의외로 영준의 완상한 태노에 잠시 기가 꺾인 듯 어이가 없었다.

"이 새끼! 영, 이거 꼬라지가 보통 아니네? 환장하겠구만."

영준은 평소 강포 같은 친구들을 속으로 한심하고 어리석게 보았다. 맹자의 말처럼 깡패들이란 저자거리에서 그저 아무런 맥도 모르고 활개나 치며 살아가는 같잖은 존재로 여겼다. 곧 한낱 지아비의 용기밖에 모르는 하찮은 필부에 지나지 않는다고 생각했던 것이다. 더구나 일제 때 만주에 주둔한 일본 관동군 731부대에 의해 자행된 일명 마루타로 불리는, 생체 실험의 주된 대상 중 하나가 가장 만만한 깡패들이었다는 점을 감안할 때 그런 생각이 훨씬 더했다. 영준은 논어에 나오는 말을 인용하여 강포에게 일침을 가했다.

"니한테 분명히 일러줄 말이 있는데, 공자 말에 말이다, 낮고 천한 데 있는 자가 그 말을 함부로 하면 신상에 해롭다고 했다."

강포가 무슨 말인지 몰라 머뭇거렸다.

"너 방금 그게 무슨 뜻이냐?"

"쉽게 말 허면 그럴 만한 권력도 없고 높은 지위에도 있지 못한 자가 그 행동과 말을 함부로 하고 다니면 결국은 창살 신세밖에 더 지냔 얘기다. 즉, 깡패들이 법 무서운 줄 모르고 함부로 설치면 굴비 두름 엮듯 꽁꽁 묶여 감옥에 처넣어진다, 이 말이다."

"햐! 이 새끼. 사람 잡을 놈이네."

"그리고 말인데, 진짜 잘나가는 깡패는 너처럼 약한 학생들이나 괴롭히진 않는다. 오야붕 김두한이 봐라! 그는 강자에 강하고 약자에 약했지 않냐?"

"그건 삼국지에 관운장이 그랬다던데?"

강포는 영준의 말에 잠시 넋 나간 듯 저도 모르게 불쑥 이런 말을 내지르고 말았다. 강포도 만화방에서 고우영의 만화 삼국지를 보았던 터라 관운장에 대한 지식은 있었던 것이다.

"관운장이 무슨 깡패였냐? 그는 문무를 겸한 일국의 장군이었다."

그렇게 말을 던진 영준은 뒤도 돌아보지 않고 걸어간다. 왜소한 체격이지만 당당하고 품위가 있다. 영준의 뒷모습을 보며 강포는 닭 쫓던 개 지붕 쳐다보듯 혼자 주먹을 올렸다 내리며 뇌까린다.

"어휴! 저걸 그냥, 한 주먹감도 안 된 녀석이……. 좋다! 너 아님 컨닝 못하냐? 너보다 공부 잘허는 수환이가 있다."

강포는 며칠 후 수환을 제과점으로 데리고 가 빵과 주스를 사주며 은근한 말투로 영준에게 했던 것과 똑같은 부탁을 했다.

"너 민숙이 좋아하지? 날 좀 도와주면 민숙일 양보하마."

수환은 말이 없었다. 그리고 생각했다. 강포가 비록 시내 불온 서클에 가입한 칼잡이고 불량학생이라 하나 내면은 그렇게 나쁜 애가 아닐 거야. 어찌하다보니 그리된 게지. 공부가, 아니 등수가 얼마나 한이 맺혔으면 자존심도 없이 이런 부탁을 해올까. 그래, 맨 꼴찌라는 멍에를 벗고 한 번쯤 명예 회복도 해보고 싶겠지. 저 진지한 눈빛이 그렇지 않아.

수환이 계속 말이 없자 강포가 다시 물어온다.

"왜 싫어?"

"알았다. 그러나 내가 니 부탁 들어주는 건, 꼭 민숙이 때문만은 아니다. 니가 시험에 관심을 보이기 때문이야."

시험 날이었다.

　학생들은 비록 모의 필답고사이지만 실전과 다름없다는 생각에 약간은 떨리는 마음으로 아침 일찍부터 교재를 펴놓고 다시 한 번 더듬는 분위기였다. 수환과 강포는 창가로 자리가 배정되었다. 다만 강포는 맨 앞이었고, 수환은 그 뒤로 대여섯 명의 학생을 지나 거의 중간 부분을 조금 넘은 뒷좌석에 앉아 있었다. 강포가 이윽고 커닝페이퍼에 실을 매달아 교실 벽과 책걸상 사이의 틈새로 떨어뜨린 후 뒷자리의 급우들 책상을 차례로 들썩여가며 그것을 질질 끌고 수환에게로 왔다. 그리고 실이 매달린 깨알 같은 문항이 적혀 있는 커닝페이퍼를 수환의 걸상 옆 벽에 붙이는 것이었다. 찢어지지 않고 떼기 좋게 쪽지 귀에만 풀칠을 한 듯 살랑거린다.

　"수환아, 때가 되면 이걸 뜯어라. 글고 답을 다 매기면 헛기침만 두 번 해라. 그럼 내가 슬슬 당기기만 하면 될 거니까."

　수환은 웃었다. 강포의 기발한 아이디어가 재밌기도 하고 놀랍기도 했다. 저런 머리를 갖고 공부를 했으면 참 좋을 텐데……

　"알았다. 하지만 내 답안지에 답도 다 적기 전에 진짜 기침이 나와 버림 어쩌냐? 시험 시작 얼마 안 돼서 말야."

　"걱정 마라. 시간 보면 감으로 다 아는 거 아니냐?"

　수환과 강포가 이날 벌인 일이 후일 두고두고 동창들 사이에 입담거리로 회자될 일화가 되리라는 것은 그들 자신도 전혀 예상하지 못한 채 대입모의고사는 그렇게 해서 시작되었던 것이다.

　"아니, 저거 저! 성적표 거꾸로 붙인 거 아니냐? 강포가 1등이라니? 선생들이 노망을 했나? 아냐, 강포라고 1등하지 말란 법이라도 있냐? 5반 경사 났다, 경사 났어! 수환이가 2등, 영준인 좀 올랐네, 전체 25등……."

학생들이 왜 이렇게 소란스러운가?

바로 모의고사 성적표가 나붙었던 것이다. 아무튼 모두들 몇 번이고 확인하고 또 들여다보며 내지르는 소리로 복도는 너무 시끄러웠다. 그런데 어느 순간 떠들던 학생들이 갑자기 무엇에 쫓긴 듯 우르르 각자 교실로 흩어진다.

"야, 위선자 떴다, 위선자! 두장보기는 저 일이나 하지. 바늘과 실이야 둘이가……."

학생들의 야유가 퍽 의미가 있게 들린다. 멀리 긴 복도 끄트머리에서 학생과장 강철봉과 교련 담당 국장위가 오고 있었던 것이다.

위선자라 함은 학생과장을 말하는 것이었고, 두장보기라 함은 교련 교사 국장위를 지칭하는 것이었다. 일찍이 몇몇 학생들이 시내 모 식당에 밥 먹으러 들어갔다가, 그곳에서 바로 강철봉과 국장위가 S고와 H고를 비롯한 다른 학교 선생님 대여섯 명과 어울려 넓은 식당 방에서 화투를 치는 것을 목격한 적이 있었다. 지금이야 도박하면 주로 고스톱과 서양 트럼프인 포커가 대종을 이루지만, 그때는 화투만 해도 무슨 삼봉이니 쪼이니 도리짓고땡이니 하여 장르도 다양했는데, 선배들로부터 전해오는 말에 의하면 특히 교련 선생 국장위는 그중에서도 흔히 두장보기로 통하는 쪼이에 도사 급이라는 것이었다. 아무튼 그렇게 제자들에게 발각된 이후, 어느 때부턴가 강철봉은 위선자가 되고 국장위는 두장보기라는 별명을 얻었던 것이다.

그런데 학생들은 위선자보다는 두장보기가 더 미웠던 모양이었다. 이유는 ROTC 출신으로 전역한 지 오래된 그가 만날 대위 계급장을 단 군복차림에 걸핏하면 군령을 하달한답시고 혹독한 체벌을 가한 것까지는 좋았다. 그러나 화투를 치다 학생들에게 적발되었던 순간에도 속담에 똥 뀐 놈이 성낸다더니 학교를 무단 이탈했다는 죄목을 들어 군기 잡는다며 무려 한 시간 동안이나 엎드려뻗쳐를 시켰다는 것이었다. 그때 강철봉은 하던 짓을 계속하며 어쩌다 시어머니 말리는 시누이마냥 말로만 "어이, 국 선생! 애들, 이쯤해서 석방해주게!" 하며 영락없는 위선자 행세를 했다는 것이었다.

어쨌든 이러한 전력이 있는 두 사람이 문무고의 골칫거리 강포를 조사한답시고 3학년 5반 교실로 들이닥친 것이었다.

"이걸 축할 해야 하나 말아야 하나, 어찌된갸 이게?"

심심하면 강철봉만 따라다니는 국장위가 먼저 말을 했다. 강포는 어떨지 몰라도 대개의 급우들은 끼어들 때나 아닐 때나 자기 소관도 아니면서 재미있다는 듯이 나서는 그가 우선 맘에 안 들었다. 강포는 그래도 우리 친구 아니냐, 뭐 그딴 걸 갖고…… 이렇게 생각하는 친구도 있었다. 모두 꿀 먹은 벙어리같이 조용했다. 학생과장 강철봉이 말했다.

"조강포! 바른대로 말해봐. 너, 커닝했지?"

강포는 태연하게 대답했다.

"커닝 안 했는데요."

"조살 해보면 알앗! 당장 교무실로 따라와!"

강포는 교무실에서 결국 자백을 하고 말았다. 일단 버티는 데까지 버텨보려 했으나 그럴 수 없는 것이, 도무지 아는 게 없어 실력 테스트를 해오는 여러 선생님들의 등쌀을 당해낼 수가 없었다. 여기저기서 호된 꾸지람에 실컷 웃음거리만 된데다, 강철봉과 국장위의 애완동물 신세가 되어 그들에게 돌아가며 얼차려를 받아 그날은 온통 망가지는 날이 아닌가 싶을 정도였다.

다행인 것은 중요한 시험을 저 마음대로 꼴찌에서 수석으로 급부상하여 전 학년을 놀라게 하고 선생님들을 가지고 놀았다는 이유로 징계에 처해야 한다는 의견도 만만치 않았으나, 담임 길전국의 비호로 그것을 면했다는 것이었다. 결국 강포는 학생과장도 아닌 국장위에게 그 신변(?)이 넘겨져 교련실로 끌려가 실습시간에 많이 해봤던 카빈 소총을 쓸데없이 혼자서 세 번씩이나 분해 조립하는 벌로 마무리가 되었다.

그런데 강포는 이런 곤욕을 치르면서 수환이에 대해서 생각할수록 괘씸한 생각이 들었었다. 이건 분명히 계획적이다. 가르쳐주려면 적당히 해줘야지 전체 1등이 뭐야? 전체 1등이. 이 새끼, 어디 한번 두고 보자!

강포는 끝내 같은 패거리인 다른 두 명의 급우와 함께 야간자습 때를 노려 수환을 따로 불러냈다. 어둑어둑한 화장실에서 수환을 벽에 세워놓고 린치를 가했다. 그는 수환의 뺨을 때리고 명치를 주먹으로 쳤다. 수환은 묵묵히 맞기만 했다.

"이 새꺄! 니 땜에 나만 개망신 당했잖아! 상눔의 새끼!"

하지만 수환은 어쩐 셈인지 눈을 내리깔며 가만히 있다. 강포의 부하나 다름없는 급우 하나가 수환을 노려보며 다그쳤다.

"똑바로 서! 차라리 강포와 네가 공동 1등만 했어도 우리가 이러진 않는다. 그런데 넌 2등이고 강폴 1등으로 만들어 놔? 그 저의가 뭐야?"

수환은 그들의 말에 일일이 대꾸할 일고의 가치가 없음을 알았으나 한마디 해줘야 할 필요가 있음을 알고 그제야 고개를 들었다.

"어차피 들키는 건 마찬가지다. 그리고 오늘 내가 느들에게 맞는 건 힘이 없어서가 아니다. 다만……."

"다만?"

강포가 독사처럼 잔뜩 독이 오른 눈을 치켜뜨고 되물었다.

"너희들과 똑같은 사람들이 되기 싫어서다. 이건 진심이다."

사실 그랬다. 수환은 강포보다 키도 컸고 덩치도 있었다. 어려서는 전통무예인 택견도 배웠고, 중학시절에는 너무 공부만 하는 것을 염려한 아버지가 어느 날 사다준 샌드백과 펀칭볼로 복싱연습도 많이 해봤다. 그는 WBA[3] 밴텀급 세계 챔피언 홍수환과 WBC[4] 챔피언 염동균을 좋아했고, 그들의 라이벌 전을 기대하며 열광했던 경험도 갖고 있다.

흔히 강펀치는 체중에 비례한다고 한다. 현재 강포가 라이트급 정도라면 자신의 체중은 미들급이다. 그는 지금 이 순간 마음 한 번 잘못 먹으면 단 한방에 강포를 녹아웃 시켜버릴 자신과 용기를 가지고 있다. 길게 가봐야 원투 스트레이트 두 방이면 끝난다. 마치 무하마드 알리가 메디슨 스퀘어 가든 특설 링에서 핵주먹 조지 포먼을 썩은 고목나무 패듯 쓰러뜨려 버린 것처럼…….

그러나 그는 그러고 싶지 않았다. 왜? 그의 뇌리에는 두 가지 의식구조가 지배하고 있었기 때문이었다. 하나는 어머니로부터 이어받은 기독교 모태신앙과 두 번째는 교육자인 아버지로부터 물려받은 선비정신이었다.

예수는 "네 이웃과 원수를 네 몸같이 사랑하라"고 했다. "너의 속옷을 달라 하면 겉옷까지 내어 주라" 했으며 "왼뺨을 치면 오른 뺨까지 대어줘라" 혹 "잘못한 이가 있거든 일흔 번씩 일곱 번까지 용서해주라" 했지 않은가? "만일 너희가 너희를 사랑하는 사람만을 사랑하면 무슨 의미가 있으리오. 세리나 이방인들도 이같이 하지 아니하느냐?" 이것이 곧 수환이, 영준과는 다른 강포를 대하는 태도였다.

다시 말해, 영준은 공자가 "은덕은 은덕으로 갚고 원수는 정의로써 갚아라. 만일 원수를 은덕으로 갚으면 은덕은 무엇으로 갚겠는가?" 했던 것처럼 준엄한 일도양단의 특질을 갖고 있었다면, 수환은 강포와 같은 친구들을 자비와 연민의 대상으로 보고 있었던 것이다.

특히 수환이 강포를 가엾게 본 것은, 비록 아버지가 전통적인 유학자는 아니지만 수환에게 틈만 나면 이런 말을 했기 때문이었다.

"선비들이 언뜻 보면 대개가 빼빼 말랐거나 체격도 왜소하여 약골 같지만 말이다. 사실 그들처럼 태산을 옮기는 기개와 용기를 가진 사람도 없다. 선비는 칼의 인물이 아니라 붓의 인물이며, 무(武)보다는 문(文)을 숭상하는 사람들이기 때문이다. 행여, 너 학교 다니며 주먹다짐이나 하고 폭력이나 쓰는 애들이 있거든 절대 부러워하거나 탓하지 말아라. 대저 깡패들이라고 하는 자들은 약한 사람들 등쳐먹고 사는 아주 비겁한 사람들이다. 그들을 반드시 경원시 할 필요 없겠으나 거기에 물들어선 안 된다. 너는 체격도 좋고 운동도 즐기는 터라 노파심에서 하는 말이다. 네가 만일 잘못된 길로 가면 명색이 학교 교감인 이 아버지가 뭐가 되겠느냐? 진정한 용기는 이토 히로부미를 민족의 이름으로 처단한 안중근 의사나 일제에 국권을 빼앗겼을 때 '이날을 목 놓아 통곡한다' 라는 신문사설을 쓴 장지연 지사 같은 선비들만이 가질 수 있다. 미안하지만 깡패들은 절대로 그런 용기를 갖지 못한다."

귀에 못이 박히도록 들어온 말과 그러한 사고가 이미 그의 몸과 마음을 단단히 틀어쥐고 있었기 때문에, 수환은 강포의 폭력에 맞설 수가 없었던 것이다.

"이, 후레 새꺄! 이거 안 되겠네, 정말! 주둥아린 살아가지고……. 야! 착실과장. 너 지금 우리한테 바른생활 가르치냐?"

강포는 수환의 말에 반성은커녕 다시 달려들어 수환의 가슴팍과 얼굴을 연거푸 쳤다. 옆에 있던 두 명의 급우도 질세라 덩달아 수환의 옆구리와 정강이를 교대로 걷어찼다. 무슨 원수를 얼마나 졌다고 사정없이 가해오는 그들의 주먹질과 발길질에 수환은 정신이 없을 정도였다. 시속말로 이른바 '쪼인트' 라 불리는 종아리 앞부분 정강이뼈를 그들이 내리까자 수환은 잠시 휘청거렸다. 거기는 급소나 다름없는 무지 아픈 부분이기 때문이었다. 그러나 수환은 아프다는 소리는 결코 하지 않았다. 그는 이를 악물고 그저 그들이 하는 대로 내버려두었다. 강포나 그의 친구들이 바보스럽다고 여길 정도로 아무런 반항을 하지 않았다.

수환이 이렇게 미련하달 정도로 그들의 포악을 견디어낼 수 있었던 힘은 그의 성격이 우선 외유내강으로 공부가 전체 수석을 놓치지 않을 정도로 의지가 강한 독한 면도 있었기 때문이었다.
그러나 보다 중요한 것은 수환은 그들에게 흠씬 두들겨 맞고 있
는 와중에도 세 사람의 역사적인 위인을 떠올리고 있었다는 사실
이었다.

첫째는 물론 그가 믿고 있는 절대자 그리스도였다.

죄악으로 말미암아 도저히 구제가 불가능한 인간을 그래도 사
랑하사 구약의 하나님 야훼가 친히 인간의 육신을 입고 지상에
내려와 우리와 함께 잠시 거하다 가신 사랑의 하나님 구주 예수.
곧 수환은 자신이 신으로 받들고 있는 전능의 창조주요 권능의
그 이름 그리스도의 고난과 보혈(寶血)을 생각하고 있었던 것이다.
감히 자신을 그리스도와 비교한 것은 아니었으나 가시면류관에
십자가로 인류의 죄를 대신 지고 골고다 산상을 향해 가는 속죄
양 예수가 유대의 율법주의자들과 로마 군병들에게 갖은 고초와
조롱을 당한 것을 생각하면 지금 강포에게 당한 자신의 이까짓
수모는 아무 것도 아니라는 것이었다. 그리고 그는 부활한 예수
가 베다니에서 엠마오로 가는 제자들과 만나 나눈 대화 중 "그리
스도가 이런 고난을 받고 자기의 영광에 들어가야 할 것이 아니
냐"라는 말도 기억했다.

그는 강포와 그들을 위해 기도했다.

'주여! 이들은 자신들의 마음이 완악한 것을 모르나이다. 저들
을 불쌍히 여기소서.'

그는 크리스마스 때 예수 역을 맡은 성극도 많이 했었고, 성찬
식 때 예수가 제자들과 나눈 마지막 만찬을 생각하며 운 적도 있
었다. 그래서 그는 평소에 그리스도의 가르침대로 한번 살아보고

싶은 생각도 있었던 것이고, 어릴 적엔 장래 희망을 급우들 가운데 유일하게 목사라고 적어 담임의 주목을 받은 바도 있었다.

둘째로 그는 옛 로마제국의 기초를 닦은 최고 통치자 시저를 떠올렸다. 라틴어로 케사르라고 불리며 세속을 대표하는 그는 역사상 세상의 모든 권세를 상징하는 권력자 중의 권력자요, 영웅 중의 영웅 아니던가. 대외적으로 영토의 극대화를 달성하여 소아시아 반도를 정복함으로써 "왔노라! 보았노라! 이겼노라!"라는 유명한 말을 남겼고, 평민 출신인 그는 대내적으로는 서민들을 위한 과감한 개혁정치를 폈다. 그러나 지나치게 귀족들을 억눌러 원로원을 무시하다가 독재를 꾀한다는 명목으로 암살당했다.

그런데 수환은 바로 이 점을 주목했다. 시저의 암살 주범이 평소 그가 가장 총애하여 양자로까지 삼았던 공화주의자 브루투스였기 때문이다. 수환은 순간 인간적인 고뇌에 사로잡혔다. 나는 강포에게 아무런 해를 끼친 바도 없고 무얼 부탁한 바도 없는데 내가 왜 이런 싹수없는 녀석에게 얻어터져야 하는가? 공부 잘하고 그에게 덕을 베풀었던 나는 되려 바보가 되고 강포는 무슨 똑똑한 놈인 양 설치지 않느냔 말이다. 세상은 교과서대로 되는 사회가 아닌 것 같다. 사기꾼들 같으니라고…….

학교 교육은 순 거짓부렁이란 말인가? 수환은 초등학교 시절 읽은 위인전 가운데 『플루타크 영웅전』을 가장 감명 깊게 읽었다. 그는 거기에서 시저가 암살범들에게 칼을 스물한 번이나 찔려 죽을 때까지 신음소리 한번 내지 않았다는 것을 잘 알고 있었다. 따라서 그는 강포에게 맞고는 있지만, 내가 결코 너희들 주먹 정도에 굴복할 위인은 아니라는 오기를 갖고 있었던 것이다.

　세 번째로 수환이 생각한 인물은 기원전 중국의 한고조(漢高祖) 유방을 도와 역발산기개세(力拔山氣蓋世)[5]의 초패왕(楚覇王) 항우를 물리치고 천하통일의 대업을 이룬 한나라 창업의 일등 공신 한신 장군이었다. 그런데 한신은 소싯적 밥벌이도 못한 날건달로 그를 불쌍히 여긴 어느 주막집 여인네의 온정으로 빌어먹던 적이 있었다.

　하루는 또 그곳에서 끼니를 때우는데 한 떼의 장한들이 들이닥쳐 한신의 초라한 행색을 업수이 여겨 시비를 걸어왔던 것이었다. 본래 한신은 기골이 장대한 거구였다. 그런데 두목격인 듯한 사람이 한신더러 자신을 당해낼 용기가 있으면 제압을 해보든가 못하겠으면 가랑이 밑으로 들어가라는 것이었다. 한신은 잠시 생각하다 말없이 그 가랑이 사이를 지났다는 것이었다. 그는 그 일로 덩치 값도 못한 인간이라는 놀림감이 되었지만, 출세한 훗날 그 지방을 다시 찾았다. 그리고 지난날의 주모에게 은혜를 갚고 그 장한을 불러내 다시 한신의 가랑이 밑으로 지나게 하여 빚을 갚았다는 것이었다.

　그때 한신은 말하기를 "지난날 네가 두려워서 그리한 것이 아니라 나에겐 천하쟁패라는 상대가 따로 있었기에 너에게 신경 쓸 겨를이 없었을 뿐이다"라고 했다는 것이다.

　수환이 이렇게 번민과 갈등으로 여러 가지 생각이 교차하고 있는 것을 전혀 모른 채, 강포와 그 패들은 수환을 실컷 두들겨 팬 후 제풀에 지쳤다. 수환의 코피가 흐르는 것을 본 그들은 손바닥을 툭툭 털며 물러섰다. 강포를 비롯한 그들이 대단하다는 듯 말했다.

　"짜식 맷집하난 좋네. 덩치 값은 하는구만!"

“지독한 놈이네, 엄살도 안 부리고.”

수환은 뭔가 찜찜한 듯 손을 코에 가져가보니 손바닥에 코피가 묻어 나온다. 그는 얼결에 닦는다고 손을 쓱 문지른다는 것이 그만 콧등으로 뺨으로 얼굴 전체에 피가 번져 버렸다.

그런 일이 있은 얼마 후, 일요일이었다.

수환은 착잡한 마음에 민숙이 보고 싶었다. 그녀의 얼굴을 보면 새삼 없던 힘과 생기가 나겠거니 싶었다. 지금은 그녀가 강포에게 정신을 빼앗기고 있지만, 언젠가는 나를 인정해줄 때가 있겠지. 분명 나를 더 멋있게 보아줄 때가 있을 거야!

그는 시내 독서실에서 공부를 하고 나오며 근방의 제과점에서 민숙을 기다렸다. 휴일인데도 단정하게 교복을 입고, 문무고를 말해주는 두 줄의 흰 테를 두른 교모는 반듯하게 눌러쓰고, 책가방을 옆에 놓아 둔 채……. 그러나 한참을 기다려도 민숙은 오지 않았다. 약속시간을 훨씬 초과하고 나서야 그녀가 어디선가 나타났다. 그들은 얼굴을 보고 마주 앉았다. 아직 먹거리를 시키지 않아 테이블엔 덩그러니 각각 물이 담긴 엽차 잔만이 놓여 있었다. 왠지 침울하고 기운이 없어 보이는 수환을 본체만체 민숙의 첫마디는 이랬다.

“얘, 답답하게 그게 뭐냐. 목에 호끄 좀 풀어라야!”

이때만 해도 교복이란 게 일제시대의 잔재가 남아 있는 복식이어서 소위 옷깃에 하얀 칼라를 안에 받친 후 후크라는 갈고리 형태의 조그만 고리를 걸었던 것이 학생복으로서의 격식이었다. 그런데 불량학생들은 그것을 풀고 으스대고 다녔는데, 그것은 학생이 아닌 건달로서 일탈을 상징했다. 그런데 지금 민숙은 그것을 지적한 것이었다.

수환이 말이 없자 민숙은 또 "무슨 일야? 모땀에 나 보자 했노?" 한다.

수환은 힘없이 대답했다.

"누나야, 나 요즘 무척 힘들어."

"갑자기 그 무슨 말이가?"

"누나가 나 좀 붙들어주라! 왠지 공부도 하기 싫어진다."

"애 좀 보라, 이상한 애 아이가?"

민숙의 말에 수환은 초조해한다.

"누나! 나 좋아해줄 수 없어? 그러면 나 공부 열심히 해서 누나 호강시켜 줄게."

민숙이 호들갑을 떨었다.

"너 지금 나, 가지고 노나! 얼마나 사귀었다고 성급하게 그리하노? 연애는 그리한 게 아이다. 그리고 누나를 좋아한 법도 있노?"

수환은 순간 약간의 충격을 받았다. 지금 민숙이 날 어수룩하게 보고 있는 것은 내가 그녀를 누나라고 부르기 때문이다. 그러잖아도 그게 맘에 걸렸던 참인데……. 좋아 그렇다면? 수환은 잽싸게 머리가 돌아갔다.

그는 잠시 침묵을 지키다가 갑자기 태도가 돌변했다. 그리고 짐짓 무게 있는 어조로 말하는 것이었다.

"연애하는 데 무슨 공식이 있고 정답도 있나? 야, 황민숙! 난 지금 이 순간부터 널 누나기 아닌 이성으로서 사랑한다! 민숙아, 날 좀 받아주라!"

민숙은 너무 놀랐다. 유유자적하다 갑자기 기습을 당한 기분이
었다. 그녀는 황당한 표정을 지으며 어찌할 바를 몰랐다.

"아이고야! 나 돌아버리겠고마. 이게 신파극 배우 아냐?"

급기야 민숙은 참지 못하겠다는 듯 히스테리성 금속성으로 수
환에게 삿대질을 했다.

"야! 내가 너보다 한 살 많은 누나 아니가? 아예 올라 타라마."

그러나 수환은 안타까워하며 계속 밀어붙인다.

"민숙아!"

"너 자꾸 맞먹을 끼가? 꼴값 떨지 말그라. 선무당이 사람 잡는
다 카더니……. 공부밖에 모른 꽁생원이 앙큼하기는."

"그게 아니구……."

민숙은 더 두고 볼 것이 없다는 듯 앞에 있는 물 잔을 들어 수환
의 얼굴에 엎질러 버렸다. 그리고 벌떡 일어나 나가 버렸다. 졸지
에 비 맞은 장닭 꼴이 된 수환. 그저 멍하니 있고 그의 옷에 뚝뚝
떨어지는 물방울이 허벅지로 흘러 바지까지 적셔 내린다. 그 광
경을 보고 있던 어떤 청년이 욕지거리를 했다.

"뭐 저런 년이 다 있어?"

환락가의 밤이었다.

강포와 민숙은 '풍차'라는 극장식 스탠드바에서 맘껏 술을 마
셨다. 반나체나 다름없는 스트립 걸의 쇼를 지켜보며 와이키키라
는 코너에 앉아 주거니 받거니 아무튼 그들은 너무 과음했다. 학
생 신분에 유흥가를 마치 제 안마당인 양 설치고 다니는 강포도
강포였지만, 민숙도 그에 못지않았다. 그들은 이번엔 디스코텍을

찾았다. 매일 시장이 있는 옥천 변 남문다리 옆 중앙나이트클럽에서였다. 휘황하게 돌아가는 샹들리에 불빛 아래 민숙은 아직 이른 나이임에도 어디서 많이 놀아본 경험인지 춤을 날아갈 듯이 잘 추었다. 디스코는 기본이고 한물간 고고 춤에다가 퍽 세련되게 브루스 타임엔 밤무대 싱어가 구성지게 불러대는 "이름도 몰라요 성도 몰라— 모르는 남자 품에 얼싸 안겨— 붉은 등불 아래 푸른 등불 아래— 춤추는 댄서의 순정—"이란 율동에 맞춰 낯선 사내와 어울리며 자신이 마치 노랫말에 나오는 무슨 비련의 여주인공이나 된 것 마냥, 또 최상급 댄서인 양 도취되어 강포에게 춤 솜씨를 과시하기도 했다. 천국이 어디 따로 있나. 이게 바로 천국이고 극락이지.

여관 앞이었다. 사복을 입은 강포와 민숙이 이제 갓 결혼한 신혼부부인 양 장급 여관의 침실로 찾아들었다. 강포는 민숙을 난폭하게 다루었다. 일종의 전희나 무드도 없이 민숙을 침대에 집어 던지듯 넘어뜨렸다. 강포는 웃통을 벗어젖히고 그녀를 덮치듯 올라타 치마를 걷어 올렸다. 강포는 민숙의 브래지어와 속옷들을 잡아채듯 모두 벗겨내어 방바닥에 던져버렸다. 민숙도 마조히즘적 기질이 있는지 만족한 태도로 불을 끄며 순순히 거기에 응했다. 강포는 마침내 최후의 산정에 깃발을 꽂았다.

다음날이었다.

강포는 이제 욕정을 채웠으니 민숙에게 더 이상 볼일이 없었다. 계속 데리고 다녀봐야 자신에게 부담이 될 뿐이었다. 더구나 민숙의 소갈머리 없는 매너가 강포에게 골칫거리만 될 것은 뻔한

이치였다.

　시내 한 골목에서 강포는 민숙에게 앞으로 그만 만나자고 선언
했다. 민숙은 애원했다. 그의 팔을 붙들었다. 그는 매몰차게 민숙
의 팔을 뿌리쳤다. 그리고 험하게 인상을 그어대며 민숙에게 욕
지거리를 했다. 그래도 소용없이 민숙은 무슨 미련이 그리 많은
지 강포를 포옹하며 그의 품에 안겼다. 강포는 화가 치밀어 그러
는 민숙을 힘껏 밀어뜨려 버렸다. 결국 민숙은 핸드백이 튕겨 나
감과 동시에 앞으로 고꾸라져 엎어지고 말았다. 강포가 인정사정
없이 저만치 앞서 사라지자 그의 뒤를 보며 민숙은 땅바닥에 퍼
질러 앉아 한참을 욕지거리를 퍼부었다.

　눈이 내렸다. 겨울이 온 것이다.

　수환의 자취방에 불이 켜져 있고 도란도란 얘기소리가 들려온
다. 툇마루에 수환과 영준, 그리고 미영의 신발이 가지런히 놓여
있다. 대망의 대입고사가 닥쳐왔기 때문에 모처럼 이들이 한자리
에 모인 것이었다. 수환과 영준은 미영이 가지고 온 엿가락 묶음
을 각각 받아들고 앉아 있다. 수환이 말했다.

　"고맙다 미영아! 난 니가 지난 여름 토라진 후 다신 안 올 줄 알
았는데."

　"오빠두 참! 내가 뭐 그렇게 속 좁은 가시난가? 그 엿은 깨엿인
데 수환 오빠꺼구, 영준 오빠꺼는 콩엿이야."

　영준이 일부러 눈을 크게 뜨며 장난스레 묻는다.

　"아니, 왜 수환이는 하필 깨엿이냐? 무슨 의미가 있구나!"

　"의미는 없고 그냥……."

미영이 웃었다. 영준이 꿈보다 해몽을 더 멋지게 했다.

"알았다. 수환이완 깨소금처럼 고소한 사랑 나누자는 거고 나는 콩 단백질 먹고 키 좀 더 크라는 뜻 아냐?"

미영은 좀 놀랐다. 영준 오빠 어떻게 내 맘을 요렇게 잘 알아맞힐까? 정말 아이큐 하난 높단 말이야.

"어머, 오빠! 어떻게 알았어? 정말 족집게야 족집게. 아무튼 오빠들! 이번 대학시험, 엿가락처럼 찰싹 달라붙어 버려야 돼. 그리고 훗날 성공하거든 나 모른 체하지 말고……. 빨리 먹어."

이번엔 수환이 웃으며 농담을 해온다.

"그래, 엿 먹어라 이거야? 너도 먹을래?"

"아니 난 안 먹어. 난 이거 오징어 먹을래."

미영은 잽싸게 무릎 위에 놓인 종이봉투에서 오징어를 꺼내들었다.

"저게 순 앙큼한 데가 있다니까?"

수환의 말에 영준과 미영이 서로 바라보며 환하게 웃었다.

수환과 영준은 학창시절을 그렇게 보냈다. 특히 수환이와 영준은 그날 저녁 미영의 격려 속에 언젠가는 펼쳐질 장미 빛 미래를 설계하며 때로는 기쁜 일, 아픈 기억 모두를 가슴에 묻은 채 고3 생활을 마감했다.

드디어 수환은 고등학교를 수석으로 졸업하고 장차 법관이 되기 위한 청운의 꿈을 간직한 채 그를 아끼는 모든 사람들, 그리고 문무고의 명예와 여망을 걸머지고 수도권 소재, 국립 명문 S대에 무난히 합격하였다. 그러나 영준은 수환과 나란히 원서를 냈으나 어이없게도 떨어지는 비운을 맛보았고, 비통한 마음에 캠퍼스 한

쪽에서 외로이 앉아 고개를 숙이고 눈물을 흘렸다. 옆에서 수환과 그를 따라온 미영이 서로 얼싸안고 정신없이 기쁨에 겨워 방방 뛰는 것도 의식 못한 채……. 더구나 수환 어머니까지 상경하여 수환을 부둥켜안고 기뻐하는 표정을 볼 때는 자신의 처지가 무척 처량하게만 느껴졌다.

냉정을 찾은 수환과 미영이 팔을 잡아 일으키지 않았더라면, 아니 수환 어머니가 위로를 해주지 않았거나 눈물을 닦아주지 않았더라면, 그는 다시 일어설 힘이나 의욕조차 없었을 것이다.

결국 영준은 형편상 재수는 엄두도 내지 못한 채, 전·후기 분할 모집을 하는 모 지방 국립대학 법학과에 입학했다.

한편 말썽꾸러기 조강포는 전문대 입시에도 실패하고 당구장으로 술집으로 나이트클럽으로 전전하며 한동안 유흥과 향락에 젖어 지내다가 군에 입대하였다. 그런데 당시만 해도 후진국적인 작태의 살벌한 군사정권 치하라 무슨 죄수 끌고 가듯 호송 하사관들이 무더기로 내려와 박박 삭발을 시킨 입영병들을 4열종대로 집결시켜 오랏줄로 줄줄이 묶어 끌고 가는 진풍경을 연출하곤 했다.

강포가 순천 역 플랫폼에서 충남 논산으로 떠나는 입영열차를 타던 날. 그날은 부슬비가 조금 왔다. 강포는 차창밖에 무리 지어 송별 나온 시내의 내로라하는 건달 친구들과 깝죽대며 마치 1960년대 월남전에 참전하러 떠나는 파월 용사처럼 거창한 별리를 했다. 그러다가 입에 문 호루라기를 시끄럽게 불어대며 객실 통로를 오가던 호송 하사관들의 워커 발에 엉덩이를 걷어 채이기도 했다.

시간은 그렇게 흘러 어느덧 5년의 세월이 지났다.

영준은 앞으로의 모든 일이 순조롭게 풀림을 예고나 하듯, 고시생치고는 비교적 이른 나이인 스물다섯에 쉽게 사법고시에 패스하였다. 그리고 그는 그동안 고시공부와 대학생활로 연기했던 입대문제를 해결하기 위해 곧 군 법무관으로 가게 되었다. 그러나 수환은 고시에 합격했다는 소식이 아직 없었다. 문중에서는 영준을 위해 잔치를 베풀었고, 영준은 그날 실로 오랜만에 몇몇 고교 동창생들의 축하를 받는 자리에서 수환과 강포, 그리고 미영을 만나게 되었다.

강포는 이미 이때쯤 군을 제대한 지 꽤 되었고 벌써 자신이 속해 있던 주먹세계에서 서열 넘버 투가 되어 있었다. 즉, 야성파 조직 부두목으로 그가 앞으로 보스가 되는 일은 시간문제인 것 같았다. 그가 영준을 축하하러 온 것은 비록 지난 날 성적은 말이 아니었을망정 학교 다닐 적 수환, 영준과 각별한 기억을 나눈 바 있고, 건달 특유의 기본 의리가 있는데다가 고시 출신의 영준과 돈독한 우정을 확인해 놓아야만 주먹계에서 자신의 위상은 물론 여러모로 득이 있을 것이라는 계산에서였다.

그들은 큰 술상을 가운데 두고 빙 둘러앉아 이야기꽃을 피우고 있었다.

"수환아, 미안하다. 내가 먼저 합격해서……."

수환은 오히려 웃었다.

"미안하긴. 나는 언제고 니가 나보다 앞서주길 바랐다. 진심으로 축하한다, 영준아!"

"고맙다!"

강포는 왠지 떫은 감을 먹는 기분이 들었다. 수환과 영준의 행동이 도무지 마음에 들지 않았다.

어쭙잖은 녀석들!

속으로 이런 생각을 하고 있었다. 이때 뒤늦게 사립문 쪽에서 숙녀가 된 미영이 들어오고 있었다. 미영은 전문대를 다니고 있었다. 영준이가 맨 먼저 그녀를 발견했다.

"쟤 미영이 아냐? 처녀가 다 됐구나야!"

수환도 반가워 자리를 비켜 앉으며 양보한다.

"어서 와라! 막차 다 떠나겠다."

강포는 미영을 처음 보았다. 하지만 제 버릇 개 못 준다는데 기본 에티켓이 어디 있으랴.

"이쁜데! 제법 삼삼하군."

곁에 있는 동창생들이 좀 민망한지 강포를 책망했다.

"이왕이면 다른 말도 많은데 삼삼이 뭐냐?"

"넌 어찌된 게 옛날이나 지금이나 똑같냐?"

좌중이 웃었다. 미영은 수환 옆에 무릎을 모으고 다소곳이 앉았다. 그녀는 상기된 얼굴로 수환과 영준을 번갈아 바라본다.

"오빠들, 다 여기에서 만나보네? 영준 오빠 좋겠다. 이제 장가 골라서 가겠네?"

영준이 대답했다.

"너 많이 컸다. 대학 다닌다며? 무슨 과야?"

"식품영양학과."

수환이 묻는다.

"너 옛날에 간호사가 꿈 아니었니?"

"그건 어릴 적이고……."

영준이 아까 미영의 덕담에 그녀의 입장을 대변하여 답례를 해준다.

"야아, 우리 미영이 신랑 누가 되는지 몰라도 사철보약은 필요 없겠다."

그런데 강포가 괜히 끼어들어 미영을 배제하며 수환의 얘기를 끄집어낸다.

"느들, 남 얘긴 할 거 없고 수환이 너 대체 고신, 언제 합격할 거나?"

"잘 되겠지, 뭐."

이제 시작이나 다름없다는 투로 느긋하게 대답하는 수환이었다.

"당최 이해가 안 간다. 넌 영준이 보다 공불 잘 했잖나? 그런데 왜 아직까지 공부만 하냐 말이다, 바보같이……."

노골적이다시피 창피를 주는 강포의 발언에 수환은 무안하여 말을 못 했다. 오늘 이런 자리에 왜 수환이라 해서 스트레스를 받지 않으랴만, 그는 천성적으로 그런 하등 동물적인 원초적 감정을 잘 다스리는 편이었다. 그러니까 시기심이나 질투, 기쁨과 슬픔 또는 괴로움과 즐거움을 어지간해서는 겉으로 잘 표현하지 않는 성격이었던 것이다. 그럴 때면 모든 걸 말이 없는 것으로 대신했다.

잠시 얼떨떨한 좌중 분위기에 미영이 불쾌하여 강포를 째려보았다. 강포는 일말의 양심은 있는지 멋쩍은 듯 미영을 외면하였다.

세월은 무심하게 흘렀다.

그로부터 10년 후였다. 이제 수환도 영준도 그리고 강포도 삼십대 후반의 나이가 되었다. 미영 또한 갓 삼십대 초반에 접어들었고, 초등학교 급식을 담당하는 영양사가 된 지는 이미 오래되었다. 그녀는 자기 직업에 대한 자부심이 강하여 결혼을 하더라도 이 직을 평생 놓지 않으리라는 생각을 자주 했다. 따라서 점심시간마다 학생들이 줄줄이 식판을 들고 배식대 앞을 지나며 여자 조리사들로부터 밥과 반찬을 배식 받고 있는 모습을 보면 그렇게 흐뭇할 수가 없었다. 어린이들의 영양을 책임지고 자신이 짜놓은 식단대로 배식이 진행된다는 것은 너무 가슴 벅찬 감동이 아닐 수 없었다. 그래서 그녀는 틈나는 대로 조리사들에게 영양과 위생에 관한 지시를 자주 하는 편이었다.

그날도 그랬다. 미영은 평소 그렇듯이 하얀 가운을 입고 넓은 조리실 한편에 마련된 책상 앞에 서서 급식할 식단표를 놓고 대여섯 명의 조리사들을 모아놓고 얘길 하고 있었다.

"여러분도 아시다시피 성장기 어린이들은 다섯 가지 영양소가 골고루 필요합니다. 특히 단백질, 칼슘은 더욱 중요해요. 그리고 내일 식단표에 표고 전을 기입했으니 고기는 되도록 잘게 다지세요."

한 조리사가 건의를 해왔다.

"영양사 선생님! 다음부턴 손질하기 쉬운 생 표고를 구입하면 어떨까요?"

"마른 표고가 영양가가 더 많아요. 생 표고는 에르고스테롤이란 물질이 있거든요. 그런데 이것을 햇볕에 말리면 비타민 D로 변한답니다. 따라서 성장기 어린이들에겐 마른 표고가 더 좋은 거예요."

이때 책상 위에 전화가 걸려왔다. 미영은 수화기를 들었다. 엄마의 목소리가 수화기 저편에서 들려왔다.

"미영이냐? 엄마다. 여기 코피샵인가 코피숍인가 하는 덴데, 잠깐 나오너라."

"……?"

미영은 잠시 대답을 못했다.

"괜한 고집 피우지 말고 얼른 이것아."

요즘 들어 엄마는 부쩍 채근이 심하다. 보나마나 맞선 보라는 것이겠지. 미영은 벌써 몇 번을 엄마의 권유에 못 이겨 선을 보기는 했으나 애초에 억지로 끌려 다닌 것이라 일부러 퇴짜를 놓아 마무리를 짓곤 했다. 엊그제도 그랬다. 선을 본 상대방은 내과 전문의였다. 그래서 엄마는 행여 미련을 버리지 못해 또 저렇게 딸의 의중은 아랑곳없이 직장 근처까지 쫓아 온 것 아닌가. 미영은 엄마를 끌고 나와 식당에서 식사를 함께 했다.

"그래 이것아! 니가 얼마나 잘났냐? 시상에 의사를 다 마다하고……."

엄마는 아직도 직성이 안 풀리는지 만나자마자 닦달부터 해댄다. 이럴 때는 그저 묵묵하니 있는 것이 상책, 미영은 그저 시큰둥한 표정으로 말없이 밥을 먹는다.

"니 지금도 수환이 맘에 두고 있는 거여? 남원골 성춘향이가 바로 너여!"

엄마는 스스로가 답답한지 푹 한숨을 내어 쉬며 말을 잇는 것이었다.

"아이고, 나도 모르겠다. 그래, 수환이가 환갑 때까지 기다리라고 하던? 될 꺼 같으면 진작 파스했을 꺼여."

"엄마, 짚신도 짝이 있다잖아요."

미영은 애를 쓰는 엄마에게 미안한 마음이 들었지만 말은 그렇게 했다.

엄마! 세상을 아직 많이 살진 않았지만 다 그 사람이 그 사람입디다. 난, 수환 오빠가 고시완 관계없이 그저 좋거든요. 기왕이면 날 가장 잘 이해해줄 수 있는 사람, 그런 사람이 수환 오빠랍니다. 난 꼭 그와 결혼할 거예요.

미영은 속으로 다시 한 번 이렇게 다짐을 하는 것이었다.

한편 그간 세월이 말해준 변화랄까.

강포는 언제부턴가 시내의 어느 한 곳에 약 이백 평 남짓한 터를 잡고 카센터를 운영하는 사장이 되어 있었다. 서너 명의 종업원을 데리고 각종 최신형 장비를 구비하고 있는, 개인업자가 운영하는 카센터 중에서는 시내에서 가장 규모가 컸다. 원래 본격적인 정비공장인 공업사를 차리려 했으나 그게 세금이라든가 사원들의 임금 및 그만한 모든 시설을 갖추기 위해 들어가는 제반 비용에 비해 실수익은 당시의 시장 수요로 보아 빛 좋은 개살구에 지나지 않을 수도 있었다.

따라서 운영만 잘 한다면 수입이 더 알짜일 수 있는 카센터를 차렸던 것이다. 물론 여전히 지역 재벌가인 아버지의 도움을 받아서였다. 다만 전적으로 아버지의 도움에 의지한 것은 아니었다. 반액은 강포가 오랜 세월 조폭 활동을 해오면서 받은 기여금을 보탰다. 즉, 조직에 기여한 명목으로 조직원들이 모아준 돈 가운데 개인적으로 유흥비에 좀 쓰고 난 나머지를 보탰던 것이었다.

그런데 강포가 이렇게 사업가로 변신한 것은 어떤 연유에서일까. 그것은 강포가 최근까지 지역사회의 한 조폭의 보스로 살아오면서 느낀 인생관의 변화 때문이었다. 그동안 강포는 조직을 이끌면서 숱한 폭력을 행사해왔다. 그리고 보스가 되기 위해 그들 세계의 용어로 날고 기는 싸움꾼들과 일대일의 맞장도 많이 뜨고 일명 패싸움이라고 하는 다구리는 더 많이 겪었다. 그런데 행동대장을 거쳐 부 보스가 되고 마침내 넘버원이 되고 보니 지난날 똘마니 때와는 다른 것이 눈에 보이기 시작한 것이다.

그는 어린 시절부터 그의 생활이 말해주듯 폭력만이 자신의 구원자라고 믿었다. 폭력을 쓰면 세상에 통하지 않는 것이 없고, 그가 조폭 생활을 하며 우격다짐 식 폭력 앞에선 대개 어쩔 수 없이 두려워하고 복종한다는 것을 알았다. 그는 폭력 예찬론자가 되었다. 그리고 그것이 곧 그의 인생관 자체였다. 그는 지금까지 아슬아슬한 삶을 많이 살았다.

과거의 조선 주먹들은 중국 삼합회처럼 그래도 한국적인 자존심을 지키고 있었다. 해방 전후 개인기와 의리를 중시하는 낭만파 시대의 건달들을 보라. 정말 멋있지 않았는가. 그런데 근대화 이후의 폭력배들은 미국의 마피아나 일본 야쿠자 등을 닮아가며 기실 그 실력은 형편없고 배신 잘하고 걸핏하면 칼질만 냅다 하는 터라, 그 자신도 생명의 위협을 느낀 아찔한 고비도 여러 번 넘겼고 또 스스로가 타인의 목숨을 앗을 뻔한 사건도 정말 많았다.

구체적으로 말하면, 방심하다 불시에 아지트를 습격당한 일, 북쪽 도시로 원정 갔다가 정보가 새어나가 적들에게 포위되어 가까스로 동료들과 부상을 당한 채 빠져나온 일, 무심코 길거리를 걷다가 자신의 목을 노리며 미치광이의 영웅심에 불타 기습적으로 날질을 해왔던 어느 이름 모를 건달로부터 봉변을 당한 일 등. 그때마다 강포는 운 좋게도 평소 꾸준히 연마한 운동 덕에, 아주 절대 절명의 순간에 상대를 제압해 빠져 나왔거나, 공격해오는 무리로부터 번뜩이는 기지를 발휘해 요행히 위기를 벗어난 적이 한두 번이 아니었다.

그러나 그보다 더 가슴을 쓸어내릴 일은 비단 자신이 공격 받은 것에 못지않게, 행동대장 시절 조직원들을 데리고 상대 조직의 중간 보스급들이 모여 있는 모 당구장에 쳐들어갔다가 적을 칼로 찔러 하마터면 사람을 살해할 뻔한 사건이었다. 난투극 끝에 엉겁결에 단도를 빼내 상대를 지른 것이 하필 심장 부위에 가까운 왼쪽 어깨였다. 다행히 칼은 심장을 아슬아슬하게 비껴나가 생명에는 지장이 없어, 일은 그런대로 마무리 되었지만 강포로서는 대단한 충격을 가져다준 사건이었다.

그때 만약 자신이 직접 휘두른 칼에 상대방이 죽기라도 했다면 어찌되었을 것인가. 광대도 아니고 연극 연출가도 아닌데, 인생 곡예를 이렇게까지 해가며 살아야 할 이유가 있는가. 조폭의 용맹이 과연 그리도 중요한 문제인가. 이것은 예전의 그가, 젊은 날의 강포가, 미처 생각해보지 못했던, 나이를 조금씩 먹어가면서 나타난 진지한 주제였다.

그는 자신들이 '큰집' 이라고도 하고 '빵' 이라고도 부르는 감옥도 여러 차례 다녀왔다. 그러나 운이 좋았음인지 대개의 사건이 법망을 피한 것이 많아 그리 큰 중형 같은 것은 받질 않고,

집행유예 내지는 밖에서 조직원들이나 아버지가 손을 써서 감방 생활은 길어봐야 채 1년을 못 채우는 6개월 정도가 고작이었다.

어쩌다 크게 벌어진 폭력사건은 대개 그들 사회에서 꼬붕이라고 하는 말단 조직원들이 4, 5년씩 때로는 7년 이상 살고 오는 것으로 해결이 되곤 했다. 그러나 문제는 강포가 조직의 넘버원이 되고 그 기간이 오래 굳혀질수록, 자의든 타의든 조직이 저지른 대형사건이 갈수록 누적된다는 것에 있었다. 그런데 그 부분을 해결하기 위해 보스인 자신이 밥 먹듯이 감옥을 드나드는 일이 잦아진다는 것이었다.

그가 징역살이를 하고 감방을 나올 때마다 마중 나온 조직원들이 허리를 구십도 각도로 꺾으며 인사를 하면서 뱉는 말이 있었다. 그들로부터 늘 듣는 말은 "형님! 다른 것 다 빼고 이번 변호사 수임료만 해도 엄청 들었습니다!"라는 것이었다. 즉, 자신을 감형하거나 빼내기 위해 든 비용이 갈수록 만만찮게 들었다는 내용이었다. 물론 그런 말은 습관적이며 의례적인 것이었다. 강포 또한 말귀에 바람 지나가듯이 무심코 흘려듣는 의미 없는 내용에 지나지 않았다.

그런데 어느 날부터 강포는 이런 생활에 적잖이 회의감과 함께 의문이 찾아오는 것이었다. 이 사회는 자신이 여태까지 철석같이 믿어왔던 폭력만 갖고는 해결이 되지 않는, 즉 그렇게 단순한 사회가 아니라는 것이었다. 뭔가 폭력보다 더 큰 힘이 있다는 거였다. 그게 뭘까? 그것은 다름 아닌 금력! 바로 돈의 힘이었다. 이것은 강포에게 있어 뉴턴의 만유인력 법칙만큼이나 위대한 발견이었다. 강포가 금력의 위대성을 깨닫기까지는 실로 얼마의 세월이

흘렀는가. 그가 만일 중소기업가로 성공한 아버지를 두지 않았던
들 과연 오늘의 강포가 존재할 수 있었을까. 보스 자리에 용케 앉
았다 하더라도 오래 유지할 수 있었을까. 경찰과 상대 폭력조직
의 공세에 자기 조직을 온전히 보전할 수 있었을까.

강포는 이런 많은 생각을 하다가 결론을 내리기를, 그래 세상을
마음대로 주무를 수 있는 것은 돈, 곧 금력이요 진짜 강자는 조폭
의 보스가 아니라 기업가이다. 아버지처럼 재력 있는 기업가나
사업가 더 나아가 백만금의 재물을 자랑하는 대기업 회장들, 재
벌들 아닌가. 과거 삼성그룹의 창업주 이병철이나 오늘의 현대아
산재단 정주영 회장 등 그들은 맘만 먹으면 그 어떤 폭력조직이
라도 식은 죽 먹듯 만들 수도 있고 뭉개버릴 수도 있으며 고용할
수도 있고 팽개쳐버릴 수도 있다. 즉, 돈 자체가 조직이요 힘인 것
이다.

돈! 돈! 돈!

바로 돈만 있으면 무엇이든 할 수 있고 진시황의 아방궁도, 솔
로몬의 일천 왕비도 부럽지 않다. 그런데 고작해야 유흥업소에서
기생하며 '나와바리' 라고 하는 구역이나 관리하며 떡 부스러기나
먹고 사는 떨거지들이 바로 우리 조폭 아닌가.

그렇다면 나는 반드시 빠른 시일 내에 아버지 전 재산을 물려받
아야 한다. 그러자면 아버지의 신뢰를 얻어야 하니 첨부터 크게
일을 벌이면 오히려 득이 안 되고 불신만 자아낼 것이다. 그래서
강포가 최종적으로 생각해낸 사업이 카센터였던 것이다. 그러나
주먹세계에서 완전히 손을 뗀 것은 아니었다. 다만 보스자리를
후배에게 물려주는 대신 미련을 버리지 못해 배후에서 여전히 실

력행사는 하고 있었다.

강포는 카센터를 경영하면서 사업상이라는 미명하에 남들에게 과시하기 위해 고급 외제 승용차를 타고 다녔다. 그러던 어느 날, 강포가 자신의 카센터 사무실의 흔들의자에 앉아 세월아 네월아 졸고 있을 때였다. 종업원이 안내장을 들고 들어왔다.

"사장님, 이영준 변호사가 누굽니까?"

강포는 부스스 눈을 뜨며 "이리 줘봐!" 하고는 안내장을 받아 잠시 읽어본 후, 상을 찌푸렸다. 그는 안내장을 탁자에 던지며 혼잣말로 씨부렁댔다.

"뭐야? 기존 사무실을 공증인 합동 변호사로 이전 개업한다고? 짜식! 지가 확장개업을 해? 뱁새가 황새 따라오면 가랑이 찢어진다, 이놈아."

그리고 종업원더러 말했다.

"너, 내 차 쌈박하게 광 좀 내라. 낼 동창 녀석한테 가봐야겠다."

다음날, 영준이 새로 개업했다는 법률사무소에서였다. 다른 손님들이 다 떠난 후 영준의 동창생들이 마지막까지 남아서 동창회 창립에 관한 건으로 토의를 벌이고 있었다. 모처럼 모인 그들의 숫자는 약 삼십 명 남짓 되게 보였으니 상당한 인원인 셈이었다. 여기저기서 각기 의자와 소파를 끌어 모아 앉아 있거나 혹은 서 있는 등 한 동창생을 주시하며 얘기를 듣고 있었다.

"아까 개업식 때 보니까 시내 판검사와 변호사들은 다 온 것 같녀라. 우리도 이젠 동창회 하나 만들자. 서의 장가도 간 서 같고 언론인, 교사, 사업가 등 그런대로 자리매김도 한 거 같구나. 뭣보담도 우리 나이가 삼십대 중반이 넘었다는 사실, 의미 있는 모임이 돼야 할 거 아니냐?"

그 말이 떨어지기 바쁘게 강포가 찬성을 한다.

"거 존 생각이다. 그럼 우리가 발기인이 되는 거냐? 우리 이렇게 아니라 매월 회식을 갖는 게 어쩌겠냐?"

다른 친구 하나가 잠시 절차상의 이의를 제기했다.

"뭣보다 모임이란 건 말이다, 구심점이 있어야 되는 기라. 이것도 하나의 조직인데 회장부터 뽑아야 될 거 아니냐?"

"두 분 다 옳으신 말씀. 초대회장은 오늘 우릴 초청해준 엘리트이며 사회적으로 지도층이라 할 수 있는 우리의 호프 이영준 변호사를 모시는 게 어떠냐?"

맨 처음 발의를 했던 동창생이 불쑥 영준을 추천했다. 혹 이견이 있을까봐 친구들은 서로 눈치를 보았으나 분위기가 무언중에 영준 쪽으로 쏠린 것을 확인하자 강포를 제외하고 여기저기서 맞장구를 친다.

"그래, 영준이가 적격이다. 만장일치로 찬성이다, 찬성! 수락 연설 좀 하거라."

영준은 무안해한다.

"연설은 무슨……. 글쎄 잘 할 수 있을지 모르겠다. 할 말은 이것뿐이야."

강포는 자신이 회장이 될지도 모른다는 사실을 은근히 가지고 있다가 그게 아니자 입가에 비웃는 미소로 딴전을 피며 처음부터 수환이가 안 보였던 사실에 대해 궁금해했다.

"그런데 오늘 누구보다도 꼭 와야 할 사람이 안 온 거 같다?"

“누구?”

“수환이 말이다. 그놈 어디서 뭐 한대냐? 영준이 넌 혹시 집히는 데 없냐?”

“나도 잘 몰라. 연락이 없으니까.”

사실 영준도 잘 몰랐다. 자신이 수환에 대해 좀 무심했지 않았나 하는 인상을 친구들에게 심어준 것 같아 마음이 좀 걸렸지만 그건 아무래도 좋았다. 다른 친구들을 쓸데없이 의식할 필요는 없는 것이니까……. 왜냐하면 만나진 못해도 영준은 수환의 사정을 잘 안다. 그가 1차 시험엔 수차례 합격했단 소식을 들은 지는 오래다. 그런데 어찌된 셈인지 2차에선 자꾸 미끄러진단다. 지금도 그는 고시원에서 책과 씨름하고 있다. 물론 어느 곳인지는 모르지만……. 그런데 지금 동창생들이 수환을 그다지 긍정적이지 못한 뜻으로 입방아를 찧고 있음은 대체 어떤 심리에서일까?

“들리는 소문으론 아직 고시합격을 못했다던데?”

“장가도 안 갔다더라! 직장도 없고……. 지금도 서울 모 고시원에서 공부만 계속 한다드라만.”

강포는 때마침 그런 말이 나오기를 학수고대했던 것처럼 개인적인 원한이나 그를 깎아내릴만한 뚜렷한 이유도 없을 텐데 수환을 지나치게 비하했다.

“내 일찍부터 그럴 줄 알았지! 수환인 안 돼. 공부 잘하고 착실하다고 누가 알아주나. 다 학교 때 얘기지.”

강포의 말을 들은 동창생들이, 한결같이 안쓰러운 듯 일면 자조어린 표정을 지으며 웅성내는 것을 영준은 침울한 심정으로 바라보고 있었다.

영준은 그날 저녁 낮에 있었던 일이 쉽사리 잊혀지지 않아 일기
장에 이렇게 썼다.

　— 나는 그때 동창생들의 이중적인 얼굴을 보았다. 겉으로
는 수환을 안쓰러워하면서도 내심은 은근히 자신들이 그토
록 공부 잘했던 수환에 비해 인생의 선각자요, 성공한 사람
들인 양 스스로 위로받고 있었던 것이다. 특히 강포는 아예
수환의 인격모독을 노골적으로 즐기는 편이었다.

그들의 동창모임인 월례 행사는 장소를 바꿔가며 치러졌다. 주
암댐과 고인돌 공원에서, 낙안 민속촌이나 조계산 줄기 뻗은 선
암사에서, 순천만 대대포구와 이사천 물안개가 곱기 만한 상사면
산장에서 등 끝이 없었다. 그리고 언제부턴가 그들 동창 가운데
시의원에 당선된 문성우의 축배를 들며 행복은 성적순이 아니라
는 말을 진리처럼 믿게 되었다.

그들은 샤롯데 산장에서 모였다.

넓은 야외주차장에 즐비하니 전시장처럼 각종 승용차를 늘어
세운 그들은 차에서 내려 삼삼오오 무리 지어 식당으로 발걸음을
옮기며 담소를 나눴다.

"야! 차 좀 봐라. 무쏘! 크레도스! 쏘나타 쓰리! 저건 이미 단종
된 엘란트라! 광양제철에 다닌 검약한 한태 꺼고. 이건 프라이드
디엠 아냐? 누가 타고 왔지?"

"상고 수학선생으로 있는 기철이. 가족끼리 오붓한 분위기는
프라이드가 좋지!"

"기철인 역시 교사라 몸소 모범을 보이구만. 근데 저 차봐라.

야아, 영준인 뉴그랜저구나!"

"변호사면 직업상 저 정도는 타고 다녀야지 않나?"

이때 강포가 듣고 있다가 떠들어대는 동창생들을 보며 주위를 환기시킨다.

"너희들 내 차 좀 봐라."

친구들이 강포의 차를 보더니 거의 동시에 외친다.

"와아! 외제 차 아냐?"

강포는 자신의 재력이 만만치 않다는 것을 다시 한 번 그들에게 각인시켰다.

"미제 재규어 클래식이다! 시가로 1억이 넘는 물건이야."

동창들은 그만 기가 죽었다. 입만 벌리고 말을 못했다. 조금 있다 한 친구가 차에 대해 아는 체를 한다.

"재규어 클래식? 맞다 저거. 언젠가 월간 모터스지에서 사진으로 봤다."

이쯤해서 가만있으면 좋을 걸, 강포는 그렇지 않았다.

"어때? 영준이 차완 쨉도 안되지."

그들은 넓은 식당 방으로 안내되어 술과 음식이 차려진 큰 교자상을 연달아 이어놓고 빙 둘러앉아 한 곳을 주시하고 있었다.

격식을 갖춰 벽에 '시의원 문성우 당선 축하' 라는 플래카드가 걸려 있었다. 그리고 주인공인 성우가 가운데 자리쯤에서 일어나 동창생들에게 잠시 인사말을 하고 있었다.

"에…… 좀 어색하지만, 금번 저 문성우의 당선을 축하해주기 위하여 이렇게 우리 동창생들의 모임을 주선해주신 변호사 이영준 회장과 여러분께 뜨거운 감사의 말씀을 드립니다. 앞으로 여

러분들이 어려운 일이 있을 때는 저를 찾아주십시오. 시의회에
적극 반영하여 성심성의껏 시정을 바로잡는 데 노력 봉사하겠습
니다.”

동창생들이 열화와 같은 박수를 쳐댔다. 강포가 소리친다.

“야, 문성우! 어깨에 힘 좀 빼라. 여기가 무슨 합동 연설장이냐?”

동창생들이 또 웃었다. 성우가 자리에 앉았다. 성우는 맞은편에
앉아 있는 현재 광주광역시에서 신문기자를 하고 있는 친구를 보
며 말했다.

“강복아, 너 기자 아니냐. 나 빛고을일보 열렬한 애독자다. 간
혹 니가 쓴 기사도 보거든. 앞으로 전남 동부지역 소식란에 나에
대한 기사도 좀 써주라.”

“알았다.”

그런데 강포는 제 일이나 하면 될 걸 그들의 말에 일일이 신경
을 쓴다.

“야! 느들 눈꼴 사나와 못 보겠다. 기자면 뭐하고 시의원이면
다냐?”

좌중 분위기가 농담으로 받아들이기는 좀 뭐했는지 잠시 멍하
다가 술을 주거니 받거니 다시 떠들썩해진다. 강포는 술을 연거
푸 들이켰다. 옆에 있는 친구들이 주는 족족 받아 마셨다. 또 자신
도 답례로 따라주기도 하면서. 한참동안 그렇게 주흥은 무르익었
다. 그는 이제 자신의 잔에 스스로 술을 부어 소주를 한 잔 벌컥
들이켜고는 벌건 얼굴로 약간은 비틀대며 소주잔을 들고 성우에
게로 왔다.

“성우야, 너 내 술 한 잔 받아라.”

"고맙다, 중소기업 사장. 아니, 그룹 회장님이시라며?"

성우가 덕담을 하며 잔을 받아 술을 쭉 들이켰다. 강포는 이미 이 무렵은 카센터 외에도 한 개의 주택건설업체와 막 붐을 일으키기 시작한 생수회사를 거느리고 있었다. 성우는 그걸 두고 일컫는 말이었다.

강포는 과거에 조폭 두목일 때에도 주변 친구들에게 주목의 대상이 되었지만, 기업가로 변신하면서는 더욱 주위 사람들에게 부러움과 선망의 대상이 되었다. 그런데 사람의 욕심이란 한도 끝도 없는지, 아니면 있는 놈이 더 욕심낸다고 거기에 만족을 못함인지, 강포는 지금 저 잘난 맛에 흠뻑 취한 친구들의 꼬락서니가 마음에 안 들었다. 그는 밸이 좀 뒤틀렸다. 그는 성우에게 말했다.

"너 학교 다닐 때 성적이 반에서 중간도 못 갔지. 그래서 말야, 난 요즘 이걸 느낀다. 학교 다닐 때 공불 젤 못했던 애들이 순서대로 사회에선 가장 잘나간다는 걸 말야! 영준이만 빼고."

그래도 그는 영준만큼은 무시를 못했던 모양이었다.

"……?"

성우가 말을 못했다. 일단 무슨 뜻인지 생각할 여유가 필요했다. 강포는 이왕 얘기를 끄집어낸 것, 마치 고릴라가 드러밍이나 하듯이 자기 가슴을 몇 번 친 후 계속 말을 이었다.

"나 봐라! 난 전체 꼴등 아니었냐? 한 번 1등 한 적은 있었지만……."

그 말에 주위의 동창생들이 방이 떠나가라 웃어댔다. 그 옛날 강포와 수환의 유명한 커닝 사건이 생각이 나 다시는 돌아갈 수 없는 그리운 학창시절을 모두가 떠올렸기 때문이리라. 따라서 거기까지는 강포의 말이 반드시 실수라고 볼 수는 없었다. 그런데 그날 그는 술이 좀 과했다. 많이 취했었던 것이다. 결국 그는 오버를 하고 말았다.

"근데 지금은 내가 가장 성공했거든. 여기 이 자리에서 나보다 돈 많은 녀석 있으면 나와 보라고 그래. 다음으론 팽길이와 후만이고……. 또 니도 시의원이니까 잘 된 거고 말야."

친구들은 쥐 죽은 듯 모두 조용했다. 성우는 기분이 나빴다. 팽길이와 후만이는 강포에 뒤지지 않을 정도로 학교 성적이 뒤졌던 데다 회장단에서 그렇게 동창회에 나오라고 연락을 해도 친구들을 무시하고 그저 제 똑똑한 맛에 여태껏 모임 한번 참석 안 하고 있다는 걸 성우는 잘 알고 있었기 때문이었다. 더불어 자신 또한 명색이 시의원 아닌가. 은근한 자부심도 갖고 있는 터에 자신이 그치들과 함께 최하위 성적이었다고 와전이라도 되는 날엔 선거 구민들이 날 보고 뭐라 하겠느냔 말이다. 이건 체면이 문제가 아니라 까딱 재수 없음 정치 생명에도 지장이 있을 수 있다는 생각이 순간적으로 퍼뜩 들었다. 그는 즉시 반박했다.

"성적이 중간에서 왔다 갔다 할 정도면 양호한 거야, 임마. 내가 어째서 갸들하고 같은 반열이냐? 말 좀 조심해라."

"이 자리엔 안 나왔지만 선행과장에 비하면 그렇다는 말이다."

"선행과장? 수환이 말이냐?"

"수환이 봐라. 전체 수석이었으면 뭐하냐? 지금 아무 것도 아니지 않냐? 그 자식, 늙어 죽을 때까지 공부만 하다 말랑가?"

강포는 그렇게 대답했다. 결국 이런 말을 하기 위해서였단 말인가?

“……?”

성우는 이번에는 세상 사물의 이치에 대한 판단력과 가치관의 혼돈으로 무슨 말을 할 수가 없었다. 그저 술기운에 어안이 벙벙한 채 헷갈렸다.

한편 먼발치에 앉은 영준은 강포와 성우의 대화를 듣고 표정을 일그러뜨렸다. 지금 이 순간에도 그 형극의 땅! 고시원이라는 이름의 골방 같은 곳에 틀어박혀 뭔가에 쫓기는 듯한 초조한 마음으로 공부하고 있을 수환을 연상했던 때문이었다. 그런데 강포는 이번엔 또 아까부터 점잖게 조용히 앉아 있는 옆자리의 순두를 그때야 관심을 갖고 실수를 연발한다.

“야, 순두! 너 학교 다닐 적 내 짝이었지. 짜식 많이 컸어! 지금 넌 뭐해?”

그는 순두의 머리를 쓰다듬었다. 순두는 탓하지 않고 대답했다.

“시골에서 농사짓는다.”

강포는 순두의 코를 잡아 슬쩍 비틀며 말했다.

“에라 짜샤! 땅 파먹고 산단 말이냐?”

“그래도 영농 후계자다. 콤바인, 트랙터, 이앙기 다 있다.”

“그런 거만 있음 뭐하냐? 니가 등신 같은디…….”

순두는 화가 치밀어 올랐다. 속으로 생각하길 강포 이 자식, 날 옛날과 똑같은 물탱이로 보는 모양이지. 그때의 내가 아니란 걸 보여줘야 할 필요가 있어. 순두는 순간 강포의 약점을 잡고 늘어졌다.

“좋다, 네 말처럼 내가 넝청이라 치자. 그러는 닌 나보다 질났냐? 난 그래도 너보담 공부는 더 잘했다.”

순두의 이 말은 강포가 학교 다닐 적에 전체에서 꼴찌 아니면 잘해야 500등 미만을 밑돌았던 데 비해, 자신은 적어도 490등 이하로 처지지 않았다는 걸 강조하는 뜻이었다. 업수이 여긴 순두한테 방심하다 한방 맞은 꼴이 된 강포가 열이 받아 순두의 머리를 한 대 쥐어박았다.

"어라, 이게 입발이 많이 늘었네."

입발은 언변의 비속어였다. 강포의 무례함에 영준은 더 볼 수가 없어 한마디 해야 할 필요를 느꼈다. 강포의 인격이 옛날보단 많이 좋아졌지만 술버릇을 보니까 다시 그때처럼, 자기보다 잘나면 해치고 못나면 놀린다더니 지금 저게 뭐냔 말인가.

영준은 큰소리로 외쳤다.

"강포야, 친구들한테 예의도 없이 그게 뭐냐? 임마!"

강포는 술이 만취가 되어 비위가 뒤틀린 데다 영준이 아니꼬웠다. 그는 비틀거리며 일어섰다. 그리고 다짜고짜 혀 꼬부라진 말로 소리쳤다.

"뭐야? 임마? 이 자식아, 네 녀석이 변호사면 변호사고 회장이면 회장이지 지금 누굴 훈계하는 거야? 엉!"

"말 삼가라. 만날 때부터 수환일 모독하는데 니가 놀 때 수환인 공부한 죄밖에 없다. 네 녀석이 수환이처럼 밤잠을 설쳐가면서 공부했던 사람들 속을 알기나 허냐?"

영준이 약간의 술기운에 이유 없이 수환을 미워하는 강포가 괘씸하여 분노한 듯 자리에서 일어섰다. 강포도 질세라 넥타이를 풀었다.

"왕년의 조 강포 아직 안 죽었다. 넌 공부로 주름잡았지만 난 주먹으로 잡았다. 어때, 주먹 맛 한번 보여주랴?”

“웃기지 마라. 힘자랑밖에 모른 녀석들 하나도 무섭지 않아, 임마!”

강포는 분에 못 이겨 웃옷을 벗어젖히고 영준에게 다가서 멱살을 잡으려 했다. 동창생들이 놀라 영준과 강포를 떼어놓으며 말리는 야단법석이 벌어졌다. 순식간에 회식자리는 밥상과 술잔이 엎어지며 방바닥이 음식물로 뒤범벅이 되어 흥건히 젖는 등 아수라장 같은 소동이 벌어졌다.

미영은 항상 수환에 대한 생각을 하고는 있었으나 자주 만나는 편은 못 되었다. 지방에서 서울까지의 거리도 그렇지만 무엇보다 수환이 고시원에서 아직까지 좋은 소식을 보내오지 못한 정황 탓이기도 했다. 자꾸 찾아간다는 것도 그의 공부 패턴을 깨는 것 같아 미안한 감이 있고 그렇다고 안 가자니 보고 싶어 죽을 지경이었다. 소녀 적 사춘기도 아닌데 그리움이란 게 사치가 아닌가 할지는 모르겠으나 실은 나이가 들어갈수록 노처녀의 심사는 그게 아니었다.

그녀는 밀물처럼 밀려오는 그에 대한 그리움으로 그가 울컥 보고 싶을 때가 많았고, 그럴 때는 정말 감당 못할 기분에 아무 때라도 서울로 달려가고 싶은 충동에 사로잡힌 적도 한두 번이 아니었다. 어릴 적 간직한 그의 이미지가 더 확고부동하게 자리잡아 갈수록 수환 오빠만큼 후덕하고 편하고 포용력 있는 대상을 찾는다는 것이 보통 어려운 일이 아닐 성 싶었다.

그녀는 수환 오빠가 지금이라도 좋으니 고시 공부를 당장 때려

치우고 내려왔으면 좋겠다는 생각이 들었다. 까짓 거 그의 실력과 자격이라면 학원 강사 등 어디라도 들어가 밥벌이 하나쯤 못하랴. 설령 백수건달로 그가 집에서 아기만 봐줘도 자신이 영양사 일을 하고 있으니까 살림은 충분히 꾸려가는 데 하등의 지장이 없을 것이었다. 그녀는 그런 생각으로 수환의 눈치를 살펴 결혼 의사를 타진해볼 양으로 서울을 찾았다. 그런데 막상 고시원에서 공부하다 나온 그를 만나보니 선뜻 그런 말을 할 용기가 없어졌다. 그녀는 구체적인 뜻을 전달하는 것을 다음 기회로 미루기로 하고 일단 가벼운 마음으로 데이트에 임했다. 그들은 동대문에 있는 비원의 한적한 뜰을 걸었다.

"미영아, 미안하다. 여기까지 올라왔는데 멋진 데이트도 못 해보고……."

"내가 서울 온 게 놀러왔나. 그냥 오빠 얼굴 보고 싶어 왔지."

그러자 수환은 미영의 속도 모르고 덥석 말을 내던진다.

"너 결혼 안 할 거냐? 애인 없어? 너 같이 예쁘고 착한 여잘 마나님으로 둘 그 사람은 누가 될지 참 궁금하다."

"그런 사람 있는데."

미영의 능청스런 답변에 수환은 놀란 표정을 지었다.

"누구?"

미영은 팔꿈치로 수환의 옆구리를 툭 건드렸다.

"바로 여기!"

"나 같은 백수를?"

수환이 기분 좋게 웃었다.

"난 확신해, 오빠가 꼭 합격한다는 걸. 그럼 그때 꼭 오빠랑 결혼할거야.”

“……..”

수환은 순간 가슴이 아팠다. 그는 무슨 생각을 했는지 잠시 입을 다물었다. 이건 가도 가도 육지는 보이지 않고 끝없는 대양만이 펼쳐진 콜럼버스의 신대륙 발견 과정과 비슷한 꼴이지 않는가. 도대체 미영은 언제까지 날 기다리겠다는 건가. 정녕 나와 함께 콜럼버스가 탄 산타마리아호로 대서양 저 너머 갈 데까지 가보자는 건가. 아니다. 그것만큼은 절대 안 된다. 만에 하나 좌초라도 되는 날에는 미영의 인생까지 담보로 잡을 순 없다. 그녀가 참으로 내 곁을 떠나지 않겠다면 나도 이젠 하루라도 빨리 정신을 차려야 되지 않겠는가. 늦었다고 깨달았을 때가 가장 빠른 것이다. 그렇지 않아도 마약중독과도 같은 고시중독에서 이제 그만 벗어나고픈 생각이 들었었는데…….

차라리 잘되었다. 이쯤해서 그만두자. 그는 끝도 앞도 보이지 않은 현재 상황에 미영이 언제까지 자신을 기다리도록 내버려둘 수가 없었다. 그는 무슨 중대한 결단이라도 하듯 말했다.

“나 며칠 후에 시골집에 다녀올란다.”

미영은 의아한 눈으로 수환을 바라보았다.

수환은 미영을 내려 보낸 며칠 후에 고향의 시골집을 찾았다.

그의 아버지는 노발대발했다. 수환은 불효자식이 다 된 심정으로 아버지 앞에 무릎을 꿇고 그의 이해를 구했다.

“이놈아! 이제 와서 고실 포기해? 애비 눈에 흙이 들어가기 전엔 절대로 안 된다 안 돼!”

　수환 아버지는 너구리 잡듯 온 방 안에 연기가 자욱하도록 담배를 연방 뻐금뻐금 피워댔다. 곁에서 수환 어머니가 수환을 보고 애통해하다가 수환의 아버지를 향해 화풀이를 했다.

　"아이고, 내 자석 어쩔꼬! 불쌍한 내 자석! 이십여 년 청춘을 공부에 바쳤는디……. 이게 다 영감의 지나친 욕심 때문이요!"

　수환 어머니의 큰소리에 수환 아버지는 말문이 막혔는지 멍하니 허공을 보며 줄담배만 피우다가 끝내 밖으로 나가버렸다. 예상 못했던 바는 아니나 초상집 분위기로 부모님의 기대를 한순간에 무너뜨린 죄책감에 수환은 너무 괴로웠다. 그는 울적한 마음을 달랠 길 없어 어차피 고향에 내려온 터에 시내에 나가 영준을 만나보고 싶었다. 그리고 고시에 먼저 합격한 친구로서 그의 자문을 구하고도 싶었다.

　변호사 사무실에 있던 영준은 너무나 반가워했다. 서너 명의 사무원과 경리가 지켜보고 있는 앞에서 그들은 참으로 오랜만에 서로 포옹하며 해후했다.

　"이게 얼마 만이냐, 수환아. 고맙다, 니가 내 사무실을 다 찾아주고……."

　"진작 한 번 와볼 걸 미안하게 됐다."

　그들은 포장마차에서 술을 걸쳤다. 붕장어 회를 안주 삼아 소주잔을 기울이면서…….

　"수환아, 육체적 정신적으로 많이 쇠약해진 거 같다. 고생이 많구나!"

　영준은 수염이 덥수룩하고 지친 모습이 역력한, 초췌한 그의 얼굴이 안타까웠다. 수환은 취기가 많이 올라왔다.

"영준아, 너 이거 좀 볼래?"

수환은 자기 가방에서 곱게 접혀진 몇 장의 그림을 꺼내 영준에게 차례로 펴보였다. 영준이 자세히 들여다보니 풍경화와 반 추상화로 보이는 서양화였다.

"그림 아냐? 화가가 누구야?"

수환은 잠시 침묵했다.

지난 시절이 주마등처럼 그의 눈앞을 스쳐갔다. 벌써 오래전, 까마득한 옛일이 되어버렸다. 한때나마 그토록 좋아했던 황민숙. 화무십일홍이라더니 그녀의 아리따운 홍안도 이제 사십을 바라보며 달려가겠지. 사랑은 아침 이슬 같은 것이라고 누가 말했지? 영준이는 모른다. 내가 왜 그동안 고시에 떨어지고 수많은 나날을 황민숙 그녀 때문에 방황했던가를. 그런데 이렇게 허무할 수가……. 그간 숱하게 나를 사로잡았던 그녀의 환영이 어느 날 갑자기 잡히지가 않으니. 대신 나도 모르게 미영이 가슴을 파고든다. 미영이! 나 때문에……. 아아, 미영아, 미안하다!

수환은 만감이 교차하는 것을 이기지 못해 연거푸 잔을 들이켰다. 하지만 수환은 무너지지 않고 있었다. 그는 끝내 영준에게 속내를 드러내지 않았다.

한참 만에 수환이 입을 열었다.

"내가 그린 거야. 시험에 떨어질 때마다, 마음이 고단하고 외로울 때 그린 것이, 지금은 스무 장도 넘는다. 이럴 줄 알았으면 차라리 미대로 갈 걸. 영준아, 넌 좋겠다. 이제 와서 난 이러지도 저러지도 못하는 저지가 됐구나!"

"아직도 늦지 않았어."

“내가 법대를 지망한 건 원래 내 뜻이 아니었어, 울 아버지 바람이었지. 그래서 도중에 몇 번이나 고시를 그만두려 했었다.”

영준은 수환의 비관적인 말을 들으며 마음이 아파왔다. 생전 남에게 자신의 약한 면을 드러내지 않았던 친군데. 무엇이 그를 이렇게 만들었나. 도대체 고시란 게 뭐기에 이처럼 사람을 잡는단 말이냐. 사실 실력으로 본다면 수환만큼 뛰어난 인재도 없을 것이다. 합격만이 능사가 아니다. 본래 시험이란 맹점이 있어서 거기에 강한 사람이 따로 있다. 우선은 기본적으로 열심히 해야겠지만 교재선택 문제라든가 기습적으로 어떤 특별한 부분이 집중적으로 나오는 경우, 아니면 내용을 달달 숙지했다 해도 재수가 없으려면 엉뚱한 듣도 보도 못한 문제가 더러 나오는 경우도 있다.

왜냐? 고시란 될 수 있으면 많은 사람을 떨어뜨리는 데 중점을 두고 있다. 그러다보니 뻔히 아는 문제를 난이도를 높인답시고 별의별 희한한 지문으로 빌빌 꼬아 물어오는 것이 허다하다. 이 때문에 피 본 사람이 얼마나 많은가. 그래서 고시에 합격하려면 실력 외에 감각이 무척 중요하고 재수가 따라 줘야한다. 더구나 치열한 경쟁률에 불과 1, 2점 차이로 합격이 결정되는 시험이니만큼 시간 안에 모든 문제를 풀어야 하는 순발력도 있어야 했다. 때문에 수환이처럼 무대포식으로 밀어붙이는 인파이터 형 노력파에게는 무리일 수 있다.

따라서 나처럼 노력은 좀 덜 하더라도 선천적으로 타고난, 쉽게 말하면 감각파가 유리할 수 있다. 복싱으로 말하면 ‘히트 앤드 런’ 작전을 잘 구사하는 아웃 복서형이라고나 할까. 그래서 오죽했으면 이 시대 최고의 지성 도올 김용옥 선생도 고시 무용론을 설파했을까. 교수라고 해서 다 같은 교수가 아니고 박사라 해서 다 같은 박사가 아니다. 따라서 사법고시에 합격했다고 반드시 수환이보다 실력이 뛰어나다는 보장은 없다.

영준은 여기까지 생각이 미치자 괜히 수환에게 미안한 마음이 들었다.

"내가 일찍 합격한 건 운이 좋았던 때문이야. 순탄한 여정을 걸어온 사람보다 파란만장한 삶을 산 사람들이 더 값지고 빛난 거 아니냐?"

"파란만장? 그건 너무 가혹한 형벌 아니냐? 영준아, 난 이제 어쩌면 좋으냐?"

수환은 술이 많이 취했다. 끝내 영준의 팔을 붙잡고 술김에 우는 것이었다.

"너답지 않게 왜 그래? 용기를 잃지 마라! 다른 사람은 몰라도 넌 할 수 있어. 이 땅의 가치관을 위해서라도 넌 반드시 합격해야 돼, 임마! 세상 참 더럽게 불공평하구만!"

영준은 수환의 등을 다독이며 위로했다. 그리고 울먹였다. 분위기 탓인지 평소에 비해 술기운이 많이 올라왔기 때문이었다. 영준은 수환을 부축해 어깨동무를 한 채 일어섰다. 모처럼 내려온 수환과의 만남으로 그들의 우정은 순천의 밤거리와 함께 그렇게 깊어만 갔다.

전번의 모임에서 영준과 싸우고 난 뒤로 강포는 영 마음이 편치가 않았다. 냉정히 생각건대 사존심 문제야 별론으로 하더라도 여태껏 자기가 쌓아놓은 인맥과 연줄로 단골고객이 많아 한창 장사가 잘되고 있는데, 행여 만에 하나라도 동창들한테 인식이 안 좋아지면 어쩌나 해서였다. 물론 살다보면 별 희한한 꼴을 다 보는데 설마 그딴 일로 무슨 욕을 얼마나 얻어먹겠나 뭐.

강포의 생각대로 그것은 지나친 기우였다. 그렇다 해도 강포가 내심 개운치 못한 건 또 다른 이유에서였다. 그는 아버지에 대한 후광 때문에 사업가로서 일종의 콤플렉스를 갖고 있었다. 지금 그는 주위의 지인들에게 대단히 능력 있는 경영자로 비춰지고 있는 때였다. 조금 있으면 아마 아버지완 관계없이 자수성가한 중소기업가로 인식될 것이었다. 그는 아버지의 기존 업체를 하나하나 인수하면서 훨씬 더 성업을 이루고 있었던 것이다.

그런데 그날 술김에 친구들한테 큰 결례를 한 것이, 사람이 밉보이면 장미꽃도 호박꽃이라 하고, 잘 보이면 들닭을 보고도 봉황이라 하는 것이 인간의 간사스러움 아니더냐 말이다. 행여 자신을 아버지의 배경으로 성공한 사업가인 양 선전이나 하는 날엔 내 체면이 뭐가 되느냐는 것이었다.

물론 그렇지 않은 경우도 있지만, 사람마다 부모덕으로 사업에 성공하는 경우가 태반이며, 또 그것은 지극히 자연스러운 일의 하나이다. 오늘날 많이 배우고 고위직에 있거나 출세했다는 사람들 면면을 들여다보면, 온전히 자력으로 그리된 게 아니라 대부분 기초가 탄탄하고 좋은 환경에서 자란 경우가 많다.

그런데 강포는 자존심과 독자성이 남달리 강하여, 중소기업가로 변신한 이후 대외적인 위상에 집착한 나머지 쓸데없이 이러한 강박관념으로 고민하는 버릇이 종종 있었다.

강포가 그렇게 일상을 보내며 잠시 자숙하는 뜻에서 근 반년 이상을 동창 모임에 나가지 않고 있을 때였다. 하루는 사무실에서 결재를 하고 있는데 문성우란 녀석한테서 전화가 왔다. 그는 얼른 목소리만 듣고 시의원인 성우가 업무상 술이 좀 과한 버릇이 있는지라 이날도 술자리나 좀 하자는 뜻으로 알았다. 그런데 대뜸 숨넘어가듯 흥분한 음성으로 말했다.

"강포야, 나야 나, 성우! 난리 났다, 난리 났어! 수환이, 수환이가 말이다, 합격했단다! 그것도 최상의 점수로……. 지금 동창들한테 소문이 쫘악 퍼져뿌렀다!"

강포는 귀를 의심했다. 그 말이 얼른 믿어지지 않았다. 이 자식이 내가 순전히 수환이만 생각하면 배 아플 줄 알고 지금 날 놀리나. 아님 물 먹이려고 하는 소린가. 그는 순간 그 말이 사실일지도 모른다는 생각을 했다.

"뭐라고? 수환이가 합, 합, 합격을 해?"

강포는 어떻게 형용할 수 없는 현기증이 일어남을 느꼈다. 갑자기 온몸에 기운이 쭉 빠졌다. 그는 힘없이 수화기를 뚝 떨어뜨린 후 비실비실 걸어가 소파에 주저앉았다. 그리고 무슨 건물이라도 붕괴되듯 몸과 마음이 한꺼번에 무너져 내리며 피로가 물밀듯이 밀려와 자리에 그대로 쓰러지고 말았다.

수환의 합격으로 문무고등학교는 온통 축제 분위기였다. 각 기수별로 축하 전화가 쇄도하는가 하면 총동창회 이름으로 시내 곳곳 거리 게시판이나 육교에 '경축 성수환 제○○회 사법고시 수석합격' 이란 각종 현수막이 나붙었다. 그러나 정작 수환의 집은 조용했다. 왜냐하면 평소 근엄한 수환의 아버지가 지금은 잔치를 벌일 때가 아니라는 것이었다. 우리의 미풍양속 상 경사 때에는 반드시 파티를 벌여 남들을 대접하는 것이 관례건만, 그의 지론은 수환이 늦은 나이에 합격을 했는데 그것 가지고 무슨 떠들고 자시고 할 거 없다는 것이었다. 다만 앞으로 수환이 법관으로 임용되어 조금 관록이 붙은 후에 해도 늦질 않을 뿐만 아니라 오히려 더 격식에 어울린다는 것이었다.

수환은 아버지의 말을 따랐다. 연수를 마친 후 광주나 서울 등 앞으로 장래가 보장되는 좋은 근무처가 있음에도 고향에서 봉사하고 싶다는 그의 뜻이 받아들여져 그는 결국 광주지방법원 순천 지원 판사로 임용되었다. 그래도 이곳의 근무여건은 괜찮았다. 본래 전남 동부지역 2시 6군[6]을 아우르는 교육·문화·상업의 중심지요, 전라선과 경전선의 분기점인 교통의 요충지인 데다, 21세기 동아시아 시대를 맞아 웅비하는 광양항과 일찍부터 남동임해 공업지역의 하나로 발돋움했던 여수항의 배후 거점 도시로 법원을 비롯한 주요 관공서가 상당수 이곳에 집중되어 있었기 때문이었다.

한동안 들뜬 분위기가 사라지고 그렇게 수환이 평정을 되찾아 가고 있을 무렵, 드디어 그의 집에서 지역인사와 친지들을 대접한다는 뜻으로 잔치를 베풀었다. 수환의 집엔 그야말로 시내의 각 기관 단체별로 손님이 들끓었다. 북장구를 치고 흥겹게 춤사위를 하는 등 그런 틈바구니에서 수환은 만면에 환한 웃음을 띠고 찾아온 내빈들과 동리 어른들에게 일일이 악수를 하며 인사를 나누느라 정신이 없었다. 물론 동창생들은 말할 것도 없고…….

강포도 초청을 받고 과거는 조폭의 보스요, 현재는 성공한 사업가임을 과시할 양으로 종업원들과 지난날의 조직원 몇 명을 데리고 한껏 거드름을 피우며 물렀거라 행차를 했다. 그런데 막상 가서 보니 차라리 혼자 올 걸 하는 후회가 막급했다. 거기에는 평소 강포의 지론으로 소위 방귀깨나 뀐다는 사람들 때문에 애써 준비했던 자기의 의전비서관들이 돋보이지 않는데다가 오히려 수환과 비교되어 웃음거리만 된다는 것이었다.

수환의 잔치마당은 그야말로 지역사회의 저명인사들로 자리를 메웠다. 평소 희생과 봉사로 신의 사랑을 몸소 보여준 모 성당의 주임신부도 왕림했고, 전도에 온몸을 던진 아무개 목사를 비롯 의사, 변호사, 판검사, 교수 등 각계각층의 인사는 물론이요 최근에 국회의원에 당선된 지역구 의원까지 와있었던 것이다.

무엇보다 강포의 눈으로 바라보았을 때, 법원장을 위시한 지청장, 세무서장이라 하는 자들이 너무 아니꼬웠다. 매우 발칙하기 짝이 없는 구시대적 발상의 소산이며, 자기네들 간에 얼른 하는 말로 자칭 지방기관의 별들이라 하는 인사들이 대거 자리를 함께 했던 것이 강포의 심기를 불편하게 했으며 여간 곤혹스럽게 만드는 것이 아니었다.

게다가 거기에는 강포가 아는 경찰관들도 있었고, 근무 중에 잠시 들른 제복 입은 간부급 교도관도 보였다. 따라서 데리고 간 녀석들이 평소 이런 자리는 익숙지 않은 촌뜨기들이라 주눅이 든다는 것이었고, 마치 상갓집 개 마냥 황당하기가 이를 데 없다는 표정과 행동을 보였다.

“야아, 이것들이? 여기가 어디라고 네 녀석들이 왔어?”
“택수 이눔의 자식, 출소한 지 얼마나 됐다고 여길?”

“앗따, 아니랑게요! 우리 사장님, 초청 받았시다. 그래서 정중히 모시고 온 거랑게요.”

사람들이 여기저기 북적대는 와중에서 숫제 강포의 부하들을 꿀밤을 주기도 하고 노리개로 여기며 몇몇 경관과 형사들이 우스워 죽겠다는 표정으로 깔보는 걸 보고 강포는 속이 많이 상했다. 건방진 경관들에게 약점을 잡히지 않기 위해 강포는 시종 위엄을 갖추고 그들 곁을 지나며, 눈이 마주치기라도 하면 가볍게 목례만 나누는 제스처를 취했다.

그런데 어느 시점에서 이번에는 교도직 간부 하나가 직접 강포에게 말을 걸어왔다.

“조강포 씨! 아니 조 사장이 어쩐 일로 성 판사님 댁엘 다 오셨을까?”

강포는 기분이 나빴다.

말하는 거 하곤! 나는 오면 안 되나, 싸가지 없이.

강포는 그런 생각을 하며 목을 낮게 깔며 한마디 쏘아붙였다.

“이보쇼, 간수양반! 나는 옛날의 내가 아닌 유집니다, 유지. 당신들만 잘난 사람들 아니지.”

강포의 말에 용기를 얻어, 종업원 하나가 불쑥 말을 그들에게 던졌다.

“울, 조강포 사장님은요, 울 지역사회 재계에서 젤로 끝발 좋은 사람의 한 분이시라는 걸 모릅니까? 넘버 왕이라요!”

그 말을 듣고 교도관이 곁에 서있는 동료직원을 바라보며 다시 빈정거렸다.

“아니, 돈이 양반이지 사람이 양반이나?”

순간 강포는 모욕감에 눈이 확 뒤집힘을 느꼈다. 미처 예상치
못한 말에 피가 거꾸로 솟구치는 듯했다. 이마로 상대방을 그대
로 들이받아 버리고픈 충동을 느꼈다. 그러나 강포는 가까스로
자신을 추슬렀다. 그동안 오랜 세월을 인간사, 세상 풍파에 나름
대로 단련되어온 이치를 깨닫고 있는 그였다. 더구나 기업가적
마인드를 길러온 그의 인내심이 지난날과는 이미 다른, 그의 인
격 유지의 밑바탕을 이루고 있었다. 그는 더 이상 대꾸를 하지 않
은 채 다른 곳으로 자리를 옮겼다.

"이봐요, 나으리님들. 사업가, 기업체 대표가 아무나 되는 줄
아나요? 많이 배웠으면 말 좀 조심하고 삽시다요."

종업원이 강포와의 의리를 내보이며 그들에게 던지는 말을, 강
포는 등뒤로 들으면서 약간은 울적한 마음이 엄습해 옴을 느꼈다.

이윽고 잔치마당의 행사는 진행되었다. 주요 내빈 소개가 시작
되었고 기라성 같은 인사들이 저마다 얼굴을 한 번씩 들이밀며
인사를 했다.

강포는 놀랐다.

수환이 언제 저렇게 레퍼토리가 커졌나. 아니다, 그것은 수환이
일부러 그렇게 하지 않아도 법관이라는 현재의 그의 지위와 권세
가 자연히 그를 그렇게 만들어준 것이다. 하지만 어쩐 일인지, 사
회를 맡은 진행자가 다른 사람은 다 부르면서 강포를 호명하지
않는 것이었다. 아니, 종교단체나 사회단체의 장을 부르는 일은
있어도 기업가를 비롯한 경제계 인사들을 부르지 않았다.

강포는 의아하여 잔치마당 전체를 한번 돌아보았다. 유난히 경
제활동에 관계되는 인사들이 보이지 않았다. 몇 사람이 있기는

했으나 그것은 다른 분야의 인물들에 비하면 어쩌다 가뭄에 콩 나는 수준이었고 그마저도 내빈 소개의 대상에서 제외되고 있었던 것이다.

도대체 이것이 어찌된 일인가.

그런데 더 이상한 일은 그곳에 있는 사람들 가운데 강포와 안면 있는 많은 이들이 평소와 달리 강포를 외면하거나 애써 알은 체를 해도 그를 알고 있다는 사실을 왠지 창피하게 여기 는 듯한 기색을 보인다는 것이었다.

그래 내가 한때 사회적으로 나쁜 놈이었다 이 말이지. 그러나 지금은 나름대로 성공한 기업가인데……. 내가 눈에 안 뵈는 모양인데 도대체 니들이 그러는 이유가 뭐냐. 강포는 우선 지역 사회에서 대단히 알아주는, 전도양양한 젊은 기업가로서 지금 아주 유망한 기업의 어엿한 대표였다. 그리고 그만한 사회적 위상과 대접을 받을 수 있다고 자부하고 있었다. 강포는 나름대로 사회에 대한 소정의 기부행위도 한 바 있었으며, 값진 물건 같은 것도 아끼지 아니하고 기증한 이력이 있었다.

당연히 강포는 오늘 이 자리에서 그가 여태까지 이루어온 모든 것, 그러니까 과거 뒷골목 암흑 조직의 보스를 했던 카리스마와 오늘날 건설업, 제조업, 서비스업 등의 다양한 분야에서 독보적인 경영 마인드와 능력으로 다이아몬드같이 빛나는 기업가의 이미지를 가지고 있었기에 이미 그 가치에 익숙해 있었다. 그리고 그에 걸맞은 주변의 대접을 받고 있었다. 따라서 강포는 응당 자신에 대한 사회적 보상이랄까, 예컨대 이렇게 다수의 공인들이 모인 자리에서의 어떤 예우 같은 것을 분명히 바라고 있었다. 하지만 오늘 일은 그게 아니었다. 모인 사람들이 하나같이 성수환이라는 한 사람만을 보고 움직이는 듯했다. 그깟 판사가 뭐라고…….

유달리 강포가 내심 열 받은 일은, 그가 오늘 수환에게 개인적으로는 친구로서, 동기동창으로서, 공식적인 입장으로는 지역사회의 명망 있는 기업가가 그동안 동향인의 출세를 격려한다는 뜻에서 수환에게 금일봉을 전달했던 것이었는데 그것이 보기 좋게 거부당했던 일이었다. 아직껏 강포가 어떤 명목으로든 남에게 건네준 돈이 거절당한 일은 없었다.

물론 이것은 강포의 짧은 생각일 수 있었다. 수환은 축의금을 원하지도 않았을 뿐 아니라, 강포가 한 일은 축의금 차원을 넘어 다른 사람들 눈에 자칫 모종의 대가성 뇌물로 비쳐질 우려가 있는, 한마디로 남의 이목을 배려하지 못한 행위였기 때문이다.

그렇다고는 해도, 강포의 가치관은 그게 아니었다. 그는 여러 기관이나 거래처에 다니면서 중요한 일이나 행사가 있을 경우 반드시 의무감이라고 해도 좋을 정도로 기부행위를 곧잘 해왔다. 따라서 수환의 원리원칙이란 것이, 강포의 정서면으로 볼 때는 기분이 많이 안 좋았다. 강포의 입장에선 수환은 아직도 고루하고 답답해 보였다.

어쨌든지 결과적으로, 그날은 모든 이의 눈에 강포는 안중에도 없었던 것이었다. 그는 수환의 법관 임용을 축하하는 잔치를 보며 이제 세상에는 금력보다도 훨씬 더 무서운 국가의 권력이란 세 존재하고 있다는 것을 비로소 깨달았다. 권력이란 괴물은 세상의 그 어떤 것도 삼켜버릴 정도로 대단하다는 것을 실증적으로 보여준 예는 많지만, 강포의 이해를 쉽게 해주는 것 중 하나가 지난 날 전두환 5공 정권에 밉보여 국내 최대 재벌의 하나인 양정모 회장의 국제 그룹이 공중분해 되어버린 사건이 아니던가.

비교적 근자엔 재벌로 대권에 도전, 표를 갉아먹었다는 이유로 김영삼 문민정부에 위기감을 느낀 현대가 정세영 회장을 대신 내세워 없는 눈웃음까지 지어가며 얼마나 정권에 아부했는가. 또 기업가인 자신의 아버지가 가장 두려워하는 사람들이 바로 감사 나온 세무 공무원들 아니었냐 말이다.

강포는 아버지가 세무서 직원들만 보면 슬슬 저자세가 되어 간혹 뒷돈을 챙겨주며, 적당히 따돌리곤 하는 것을 수차례 보아왔다. 그런데 그때는 으레 그러는 것이겠거니 하고 무심코 지나치던 부분이, 오늘 수환의 집에서 벌어진 각 기관장들과 지방유지, 관청 직원들의 위세를 보고 금력이 한낱 권세나 권력의 밥에 지나지 않는다는 것을 새삼 깨달았던 것이다. 즉, 돈 많은 투자자나 사업가들의 운명이, 한순간에 왔다 갔다 하는 것도 시청이나 군청 등 행정관서의 인허가 부서나 도시계획을 비롯한 토지구획정리사업 등 각종 개발 사업을 집행하는 관리들의 손에 달려 있었다는 원리를 지금의 나이에 와서야 알아낸 것이다.

판사 정도의 권세야 그 얼마나 대단한 것일까만, 그래도 감옥을 수없이 들락거린 과거 그의 경험에 비추어, 죄수들에게 있어서 천사나 악마로 비춰지며, 사람을 죽고 살게 할 수 있는 권세를 지닌 자가 판사 말고 또 있단 말인가. 그는 국가가 부여한 권세의 극히 일부분이라도 한번 가지고 싶다는 생각이 들었다. 시장·군수나 판검사 정도는 아니더라도, 그가 직접 그 힘을 목격한 경찰서 수사과장이라든가 교도소 보안과장이라도 한번 되어보았으면 소원이 없을 성 싶었다.

제 아무리 조폭의 보스나 구제불능의 꼴통 같은 흉악범도 세칭, 말똥 두 개 단 계급장 경감이나 교감에게 걸리면 그대로 앉은 자리에서 나동그라지는 게 아닌가. 지난 날 바로 자신이 감방 안에서 사고를 쳤다가 보안과장에게 끌려가 뭇 교도관들에게 구둣발로 몰매를 맞았는가 하면, 나중엔 도축장의 돼지처럼 혁수정으로 온 손발을 꽁꽁 묶여 무려 한 달 동안이나 일명 징벌방으로 불리는, 한 평 남짓한 독방에 처넣어지지 않았는가. 밥도 개처럼 입으로 먹으며 말이다.

그러나 이제 와 권력을 가져보고 싶다 한들, 그게 어디 강포의 처지나 입장으로 보아 될 법이라도 한 일인가. 강포는 그것이 결국 김빠진 생각이란 걸 깨달으며, 바람 빠진 고무풍선 마냥 힘없이 터덜터덜 집으로 돌아왔다.

겨울 바다였다.

수환은 미영을 데리고 모처럼 데이트를 나왔다. 이렇게 모든 걸 훌훌 털어버리고 가벼운 마음으로 미영을 만난 것은 처음인 것 같다. 전에는 항상 말은 안 했지만, 그녀에 대해서 부담감을 느꼈었는데……. 역시 고등고시란 게 좋긴 좋은가 보다.

바바리코트의 미영이, 영화 「쉘부르의 우산」에 나오는 프랑스 여성들보다 더 우아하고 멋지다. 수환은 이렇게 이미 오래전부터 그녀를 신정 사랑하고 있었나. 하지만 그때는 자신의 처지가 궁해 일정한 거리를 두었을 뿐만 아니라 차라리 그녀가 자기에게서 떠나주었으면 하는 생각에 애써 그녀를 아름답게 보지 않으려 노력했다. 하지만 그게 인력으로 어디 되는 일인가. 이렇게 예쁘기만 한 여자를…….

미영은 그녀대로 또한 수환 오빠가 현직 법관의 신분인데도 여가의 멋을 아는지 두툼한 파카에 목도리를 한 연출이 보면 볼수록 도무지 싫증이 나지 않고 매력이 넘친다. 아마 그가 티끌만치라도 싫은 구석이 있었다면 진즉에 헤어졌을 것이다. 정말 지난날을 생각하면 자신이 수환 오빠를 짝사랑하고 있다는 생각에 얼마나 심장의 피가 마르도록 가슴앓이를 해왔는가.

그들은 물결이 굽이치는 바위 턱에 서서 수평선 저 끝을 바라보고 있었다.

"오빠와 겨울 바다를 보니 오빠가 마치 몽테크리스토 백작 같다!"

미영의 말에 수환이 의외라는 듯 반문한다.

"에드몽 당테스 말야? 내가 왜?"

"엘바 섬에 유배된 나폴레옹을 도왔다는 모함으로 이프섬의 바다 속 감옥에 갇혀 종신형을 받은 마르세이유의 뱃사람 당테스는 끝내 탈출에 성공했잖아. 결국 백작이란 이름의 사회 저명인사가 돼 자기에게 누명을 씌웠던 무리들을 통쾌하게 복수한 알렉상드르 뒤마[7]의 저 유명한 프랑스 소설……."

미영의 발상과 거침없는 설명에 그녀가 귀엽다는 듯 수환은 미소를 지었다.

"그러나 당테스는 애인 메르세데스를 페르낭에게 빼앗겼잖아? 하지만 미영인 지금도 내 곁에 있는 걸 어떻게 설명하지?"

미영은 잠시 고개를 갸웃했다.

"어? 얘기가 좀 이상하네? 참 당테스와 메르세데스 부인이 바닷가 보며 얘길 나눈 부분은 우리와 꼭 같네!"

수환은 사랑스런 눈빛을 가득담은 눈으로 그녀를 꼭 안아주었다.

"미영아, 널 사랑한다!"

수환은 모텔에서 미영과 잠자리를 함께 했다. 그리고 그녀를 가졌다. 얼마 안 있어 양가 부모들이 결혼날짜를 잡을 텐데 뭐가 그리 성급하게 일을 치르랴만, 오랜 세월 자신만을 바라보다 노처녀가 다 돼버린 그녀를 생각하면 그것은 예의가 아닐 뿐 아니라 굳이 그때까지 기다린다는 것이 괜한 사치가 아닌가 싶었다. 또 무엇보다 미영 자신이 수환을 갈망했다. 그녀가 수환을 못 믿는 것은 아니었지만 이제 법관이 된 그를 보며 자신이 상대적으로 초라하게 보였음일까.

왠지 초조하게 비쳐지는 그녀를 보며 수환은 긴긴 세월 미영에게 못할 일을 참 많이 했구나 하는 마음에 그녀가 퍽이나 가엾었다. 그런데 놀랍게도 그녀는 처녀였다. 나이 서른한 살이 넘도록 아직까지 순결을 고이 간직하고 있었다면 세간에 떠도는 그야말로 천연기념물보다 더 귀한 존재가 아닌가. 물론 요즘은 하도 세상이 세상인지라 순결하면 오히려 고리타분한 말로 치부되고 그 의미가 많이 쇠락한 것이 사실이다. 과거에는 그래도 일말의 양심은 있어서 처녀막 재생 수술로 인조처녀라도 있었지만, 지금은 그것마저도 귀찮은 듯 성 개방 시대에 그야말로 성의 자유를 한껏 구가하며 남성보다 여성이 한술 더 뜨는 것 같지 않냐 말이다. 심지어 동정은 있을지언정 순결은 없다는 말마저 있지 않은가.

그는 가능하다면 미영의 피 묻은 그것을 세상 만방에 떠들며 자랑하고 싶었다. 보라, 이 순결한 처녀를……! 금탑산업훈장이 다 무엇이고 화랑무공훈장이 무엇이며 녹조근정훈장이 다 무엇이냐. 나는 신으로부터 받은 훈장이 있다. 세상에서 가장 아름답고 사랑하는 연인 미영을 훈장으로 받았단 말이다아!

그는 너무나 벅찬 감동에 저절로 무릎 꿇어 신에게 감사하며 미영의 향기로운 체취를 한껏 만끽했다.

드디어 수환은 미영과 화려한 결혼식을 올렸다.

각 관계, 법조계, 사회단체 등에서 보내온 화환들이 즐비한데 마침 신랑 수환이 입장하고 있었다. 사회는 변호사 영준이었다. 신랑이 당당하게 들어오자 하객들의 박수소리가 힘차게 터져 나온다. 영준이 자못 목소리를 굴려 감회가 서린 듯한 멘트를 한다.

"한 송이 국화꽃을 피우기 위해 봄부터 소쩍새는 그렇게 울었나보다! 다음은 신부 입장이 있겠습니다."

웨딩마치에 맞추어 신부 미영이 입장했다. 신부를 맞으러 몇 걸음 앞으로 나온 수환이 미영의 아버지로부터 그녀를 인계받아 손을 잡아끌며 주례 앞에 섰다. 주례 선생은 바로 다름 아닌 수환과 영준 그리고 강포의 고교 담임 길전국이었다. 그동안 세월의 풍상을 그도 많이 겪었음인지 머리가 하얗게 센 칠십대 노인이 되어 있었다. 그러나 아직도 옛날의 정력이 남아있어 눈빛이 초롱초롱 빛나고 말소리에 힘이 있었다.

길전국 선생의 주례사는 그가 옛날 역사 담당이어서 그런지 좀 특별했다. 미리 이 날을 위해 꼼꼼히 준비한 듯 모처럼 제자의 주

례를 맡은 감상을 술회하고, 수환이 법관임을 감안한 듯 밖으로
는 공직자로서 참된 자세를 가지고 맡은 소임을 다해야 한다는
것과 안으로 가정생활에 충실한 남편으로서 모범을 보여야 한다
는 것이 그 주된 요지였다.

　"일찍이 웨스트포인트 미 육군사관학교를 수석으로 졸업한 5
성 장군 맥아더 원수는 평생을 의무, 명예, 조국이라는 육사 시절
의 교훈을 가슴에 되새겼다고 합니다. 특별히 여기에서 명예라고
함은 국가와 국민을 수호하는 투철한 사명감으로 권력에 눈 돌리
지 않는 군인 고유의 본분을 지키는 것을 말합니다. 그래서 그는
1차대전, 유럽 전선에 파견되어 무지개 사단을 이끌어 혁혁한 전
과를 올렸고, 태평양 전쟁과 6·25 한국전쟁을 승리로 이끈 세계
전사(戰史)에 우뚝 선 전웅(戰雄)으로 길이 빛나고 있는 것입니다.
　뿐만 아니라 2차 대전시, 스탈린그라드 전투에서 500만 독일군
을 격파한 소련의 쥬코프 장군이나 초반전의 열세를 극복하여 전
쟁을 승리로 이끈 영국 몽고메리 장군도 그런 사람들의 하나입니
다. 또 패전국의 장군들이지만 한때 사막의 여우로 불리며 아프
리카 전선의 연합군을 공포에 떨게 한 독일 기갑군단 사령관 에
르빈 롬멜[8]이라든가 미드웨이 해전[9]에서 장렬히 전사한 일본의
야마모토 이소로쿠 해군제독 등 이 모든 장군들이 살아서나 죽어
서나 끝까지 군인으로서의 명예를 지킨 사람들입니다. 이처럼 군
인은 굳이 통치자가 아니더라도 어떻게 사느냐에 따라 장군이라
는 명예만 가지고도 더 빛나는 영예를 누릴 수가 있는 것입니다.
　이 세상에서 목숨과 바꿀 수 있는 것이 있다면 그것은 무엇이겠

습니까? 억만장자의 재산이나 천하를 흔드는 권세입니까? 아닙니다. 왜장을 끌어안고 남강에 몸을 던진 의기(義妓) 논개의 비장미가 지금도 우리의 가슴을 적셔오는 것은 그녀가 쪽진 머리 아름다운 조선여인의 명예를 지켰기 때문입니다. 여순 반란 때 두 아들을 죽인 원수를 사형장에서 구해주셨고, 6·25 동란 시 애양원 교회 나환자 천 명 양떼를 위해 피난길도 단념하여 공산군에 검속되사 총살을 당하신 위대한 사랑의 순교자 산돌 손양원 목사가 있기에, 교만한 믿음이 난무하는 오늘같이 혼탁한 사회에 예수님과 기독교의 명예가 그나마 유지되는 것입니다.

진실로 목숨과 바꿀 수 있는 것이 있다면 그것은 명예라고 할 것입니다. 그래서 권력도 명예를 당해내지는 못하는 것입니다. 공직자가 원칙을 지키지 않고 정치인이 정도를 걷지 않으면 그 명예를 잃게 되는 것이며, 결국은 그 자리를 길게 유지하지 못하여 권세도 잃게 되는 것입니다. 그러므로 우리는 명예를 소중히 여겨야 합니다. 세상을 함부로 사는 것은 아무리 돈이 많고 지위가 높아도 그것은 진정한 의미의 명예가 아닙니다.

빅토리아 여왕 시절 영국은 진실로 조국과 민족을 위해 헌신한 글래드스턴이나 디즈레일리 같은 수상들이 있었기에 오대양 육대주에 유니온 잭을 휘날리며 해가 지지 않는 나라 대영 제국의 영광을 누릴 수 있었습니다. 반면 같은 섬나라지만 오직 자신들의 기득권을 위한 고노에 내각과 정통성 없는 군부 내각의 총리대신 도조[10]의 교만과 오판으로 일본은 또한 2차대전에서 패망의 길을 걸었던 것이 아닙니까.

평생을 일관되게 애국 애족의 삶을 산 백범 김구 선생의 명예가 온갖 편법으로 친일파까지 끌어들여 대통령이 된 이승만의 권세보다 소중한 것이며, 만주 해란강을 월강하여 대한 독립군의 길을 걸었던 장준하 지사의 지고한 명예가 일본군 장교 출신 박정희[11]의 부도덕한 권력을 부끄럽게 만들었고, 이 땅의 새벽을 열며 민주투사로 살아왔던 문익환 목사의 명예가 오늘날 오갈데 없이 국민적 미아가 된 전두환의 군사정권을 이겨냈던 것입니다.

본 주례는 감히 스승의 권위를 가지고 오늘의 주인공인 신랑 성수환 판사에게 주문하고자 합니다. 오로지 젊은 날을 잠 못 이루며 누구처럼 흥청망청 놀아보지도 못하고 형설의 공을 이루어낸 그것처럼 행여 다시 고난의 가시밭길을 걷는 한이 있더라도 헌법과 법률이 정하는 바에 의하여 국민이 부여해준 권세를 혹 남용하는 우를 범하지 않기를 바랍니다. 그래서 이 사회를 법과 원칙이 지배하는 사회로 만들어가는 데 일조를 했으면 합니다. 나는 제자 성수환 군의 학창시절을 죽 지켜봐왔기 때문에 앞으로도 그가 정의와 양심을 가지고 법관의 명예를 끝까지 지켜 내리라 믿어 의심치 않습니다. 뿐만 아니라 가화만사성이라고 했습니다. 무릇 가정이 편해야 사회가 잘 되고 나라도 잘 되는 것입니다. 그러므로 가정에서는 한 사람의 남편으로서, 오직 신랑 한 사람만을 보고 친정의 부모 형제 친지들 모두를 남겨둔 채 호적까지 파가지고 온 우리 시대 아름답고 애련하기만 한 신부, 미영 양을 누구보다 아끼고 사랑하며 그 책임을 다해야 할 것입니다."

강포는 객석에 앉아 있는 내내 길전국의 주례사가 마치 자신을 두고 한 말 같아 부끄러운 마음이 들었다. 사실은 신랑 수환을 비롯한 거기에 있는 모든 사람들한테 해당되는 말인데도……. 더구나 하필 오늘 따라 다른 한쪽에 수환이가 고교시절 짝사랑했던 황민숙도 와 있는 것을 보고 옛날 기억까지 나 그런 생각이 더했다. 게다가 자신이 가장 선망한 권력의 힘보다 더 강한 것이 또 있었다니. 그건 미처 예견도 못한 말이라 여태까지 그가 믿어왔던 모든 사고를 기본적으로 흔들어놓아 머리가 복잡했다.

아니 정확하게는 길전국이 말한 그것의 정체가 여러 가지의 모습으로 나타나 사고의 정리가 잘 되질 않고 막연한 감으로 다가와 괴로웠다. 그도 그럴 것이 이건 마치 인류에게 근대 과학의 아버지로 금세기 초까지 불변의 진리로 확고히 자리 잡았던 뉴턴의 3차원적 공간의 물리적 역학(力學)개념과 절대적 시간의 법칙을 깨뜨려 버린, 아인슈타인의 상대성 이론에 따른 4차원적 시간과 공간의 개념만큼이나 그 이해가 어려웠고 또 그만큼 충격이 컸다.

강포는 자기도 모르게 얼굴 근육이 풀어져 남이 보기에 벌레 씹는 것 같은 표정을 하고 있는 사이 주례가 끝나고, 신랑 신부가 벌써 하객들을 향해 돌아서 있었다. 초등학교 5학년쯤 되는 남자 어린이가 앞으로 나와 박용주 시인이 지었다는 「오늘같이 기쁜 날」이라는 축시를 「결혼하시는 양미영 선생님께」라는 제목으로 고쳐서 낭독하기 시작하였다.

하늘거리는 흰 너울 쓰고
수줍은 발걸음 내딛는 오늘은 기쁜 날

설레임으로 시작될 새로운 출발은

화려한 장미꽃으로 살아가소서

석류처럼 선명한 빛깔로

치자향 같이 향기롭게

늘 기쁨으로 사소서

살아가는 많은 날들 중에 하루쯤은

조금은 슬프고

조금은 그리워하며 사소서

새벽안개도 만나보고

추녀 끝에 시름으로 떨어지는 빗소리도 들어보고

가끔은 밤하늘의 별빛도 헤아리며 살아가소서

부끄러움으로 두 뺨을 물들이고

살포시 고개 숙인 아름다운 신부여

떨리는 발걸음 사뿐히 걸으소서…….

축시 낭독이 끝나자 사회를 보는 영준이가 또 다음 순서를 소개했다.

"이어 신부 우인의 축가가 있겠습니다."

곱게 꾸민 양장 차림의 신부 우인 두 명이 나와 서로 손을 잡고 피아노 반주에 맞춰 신랑 신부를 향해 서울 트리오의 '젊은 연인들'을 부른다.

다정한 연인이 손에 손을 잡고 걸어가는 길—

저기 멀리서 우리의 낙원이 손짓하며 우리를 부르네—

이 세상 모든 것 내게서 멀어져가도—

축가가 진행되는 사이 신부 미영이 고개를 숙여 연방 손으로 눈물을 찍어낸다. 너무 화사하고 아름답기만 한 신부 화장이 눈물로 곱게 얼룩이 진다. 신랑도 따라서 괜한 눈물이 고여 있었다. 이어 멘델스존의 '축혼행진곡'과 함께 신랑신부가 퇴장한다. 하객들의 박수소리가 쏟아지고 비눗방울 오색테이프가 휘황히 난무하는 가운데 친구들이 요란하게 축하를 해대는 폭죽이 터졌다.

여러 사람들에 섞여 강포가 급하게 밖으로 나왔다. 정신이 혼란스러워 식욕이고 뭐고 생길 것 같지 않았다. 피로연에 참석하고 싶은 마음이 없어 얼른 돌아가려던 찰나, 그만 시의원인 동창 문성우에게 들키고 말았다.

"강포야! 술이라도 한잔 하고 가야지!"

강포는 잠시 멈칫하며 동문서답이랄까, 본능적으로 자조하듯 내뱉는 것이었다.

"지가 판사면 대수야! 죄만 안 짓고 살면 그 자슥한테 하나도 아순 소릴 할 필욘 없다구!"

이렇게 하여 우리들 시대, 그들의 전성기에 벌어진 이야기는 끝났다. 아니, 전성기는 지금도 현재진행형이다. 그러나 그 어느 곳에나 있음직한 10대에서 20대를 거쳐 30대의 나이에 하나의 장쾌한 드라마처럼 전개되던 우리 세대의 아름답고 박진감 넘치는 이야기는 다 했다.

　지구촌이라 이름 지어진 오늘의 세계는 바야흐로 약육강식의 경제논리를 보듬고 신자유주의라는 물결에 떠밀려 어딘가를 향해 부단히 가고 있다. 그러나 다가올 밀레니엄 시대는 그래도 지금보다는 어떤 형태로든지 더 나은 삶을 우리에게 가져다주리라. 반드시 그러리라는 희망을 품어본다. 그리고 먼 훗날, 인류는 1960년대라는 한 시대의 미명에 태어나 격동의 세월을 살아온 우리의 꿈과 사랑과 낭만에 대하여 이야기할 때가 있을 것이다. 더불어 지금은 아련한 그리움 속에 묻혀져가는 것들, 혁대에 면도칼 갈던 이발소 얘기, 가을 햇벼로 방아 찧던 정미소 발동기 소리, 만년필로 연애편지 대필해주던 어느 학생 이야기 등등, 진실로 추억과 보고픔에 관하여 말할 때가 올 것이다.

　분명히 이야기하노니 그래도 인류 역사상 가장 행복한 세대가 바로 우리였노라고 말이다.

❋ 1998년 작 ❋

註

1) **충무공 이순신** : 『난중일기』에 보면 이순신은 여수의 전라좌수사로 부임하면서 늙은 어머니를 순천에 모셨다. 그는 왜군과 전투 중에도 늘 노모 생각에 밤잠을 설칠 정도로 효자였다 한다.

2) **임경업** : 병자호란이 터지기 전, 임경업은 지금은 순천시 낙안면이지만 당시 낙안군수로 부임하면서 이 지역의 목민관으로서의 역할을 성실히 수행했다.

3) **WBA** : 세계 권투협회(World Boxing Association)의 약칭

4) **WBC** : 세계 권투평의회(World Boxing Council)의 약칭

5) **역발산기개세(力拔山氣蓋世)** : '힘은 산을 뽑아내고 기상은 세상을 덮는다'라는 뜻으로 초(楚)나라 왕 항우(項羽)장사를 지칭하는 말에서 유래되었음

6) **전남동부지역 2시 6군** : 전통적으로 여수시와 순천시를 중심한 광양, 보성, 고흥, 구례, 여천, 승주 등 6군을 지칭했으나, 오늘날은 광양이 시로 승격되어 3시가 되었으며 본래 동(同)지역이었던 여천, 여수와 승주, 순천은 통합되어 3시 3군이 되었다.

7) 알렉상드르 뒤마 : 그의 작품은 『몽테크리스토 백작』 외에도 『삼총사』, 『철가면』 등이 있다. 그는 약 200년이나 후인 21세기에 들어와 프랑스 국민들과 시라크 정부에 의해 판테온 성당에 새로이 안장되었다. 판테온 성당은 유럽과 세계사에 지대한 영향을 끼친 가장 영광스러운 인물들이 묻히는 곳으로 여기에는 빅토르 위고, 루소 등과 같은 작가 및 사상가들이 70퍼센트, 나머지는 드골 대통령 같은 정치인들이다. 이런 점을 볼 때, 서양세계가 마르크스, 뉴턴, 아인슈타인 등 한 시대의 사상과 지성을 지배하고 한 세기 인류 역사의 향방을 결정짓는 작가나 학자들을 정치인보다 얼마나 더 훨씬 위대한 존재로 보고 있는가를 단적으로 증명해주는 것이라 할 수 있다. 이것은 관료주의를 다소 숭앙시하는 동양세계와 구별되는 점이다. 뒤마의 안장 이유에 대해 당시 찬반의 여론이 있었으나, 18세기 프랑스 대혁명을 전후하여 프랑스의 역사와 사상 그리고 국민의 삶을 표현하여 세계에 널리 알려 프랑스 민족의 위상을 드높였다는 공로가 인정받았기 때문이었다.

8) 롬멜 : 육군 원수 롬멜은 2차대전 중 독일군 고급장교들의 히틀러 암살 음모에 가담했다. 동기는 히틀러 정권으로부터 독일 국민과 유럽을 구한다는 군 내부의 반발세력에 단순히 동참한 것이었다. 그는 이 사건이 실패로 돌아간 후 처형되었지만 그 순수한 동기는 성치군인의 성격이 아니며 나치의 유대인 학살과 8천만 독일 국민을 전화의 불길로 몰아넣었을 뿐만

아니라, 전 인류를 전쟁의 공포에 빠뜨리게 한 히틀러를 아무도 막을 자가 없었기 때문에 롬멜은 오직 구국의 일념으로 사건에 개입되었던 것이다. 따라서 롬멜은 일반 나치멤버와 달리 오늘날도 독일의 위대한 군인으로 평가받고 있는 것이다. 본문, 길전국 선생의 주례사에 나오는 롬멜은 그러한 의미에서 인용한 것이다.

9) 미드웨이 해전 : 태평양 전쟁 당시, 미드웨이 제도상에서 벌어진 일본 무적함대와 미 해군함대와의 사이에 벌어진 대규모의 해전. 이 해전은 유럽 전황에서 제2차세계대전의 분수령이 되는 독일과 소련의 지상전, 스탈린그라드 전투만큼이나 바야흐로 미국이 아시아에서 전황의 주도권을 잡는 주요한 해전이었다. 그런데 일본의 무적함대 사령관 야마모토(山本)는 엄정하게 말하면 이 해전에서 전사하지는 않았으며 그 후 이어진 남양군도상의 해전에서 전사했다. 다만 그의 죽음을 미드웨이 해전으로 병치시킨 것은, 그동안 승승장구하던 일본의 기세가 여기에서 꺾임으로써 당시 일본의 탁월한 영웅이었던 야마모토의 드라마틱한 삶과 군인정신을 소설적 기법으로 표현하기 위한 작가의 의도였음을 밝혀둔다.

10) 도조(東朝) : 도조 히데키는 2차대전 일본의 1급 전범재판에서 처형되었는데 그는 "나의 죄과와 책임은 전쟁이 아니다. 패전에 있다"라는 말을 남길 정도로 군국주의자였다.

11) 박정희 : 박정희는 우리나라 역대 대통령 중에 김대중과 함께 각각 보수와 혁신세력을 대표하는 가장 매력적인 대통령 중 한 사람일 것이다. 김대중이 일생을 목숨을 걸고 민주화와 인권을 위해 헌신하여 이 땅에 자유를 심어주었고 우리를 인간답게 살게 해주었다면, 박정희는 투철한 신념으로 이 땅에 산업화를 이룩하여 눈부신 경제성장으로 우리에게 빵을 선사했던 훌륭한 통치자였다. 그런 의미에서 김대중과 박정희는 누가 뭐라해도 역시 과(過)보다는 그 공(功)이 훨씬 상회하는 업적을 남긴 사람들로서 역사에서도 그렇게 평가받을 것이다.

그러나 본문에서 박정희가 다소 부정적인 면으로 묘사된 것은, 그의 권력 획득 과정의 전후 상황이 바르지 못했기 때문이었다. 이는 자연인 박정희가 아니고 한 국가를 책임진 공인이었기에, 작가로서는 반드시 짚고 넘어가야 할 문제이기에 더욱 그렇다. 동시에 글의 주제와 방향에 따라, 옳은 것은 옳고 그른 것은 그르다는 것을 정직하게 말해야 할 소명의식이 있었기 때문이었다.

마키아벨리즘과 육도삼략

많이 만족한 듯한 언행이었다. 경석은 잠시 머리가 혼란했다. 차일도가 평소 그릇이 큰

데가 있는 것은 알았지만, 그래서 관용적인 면이 있음은 분명하지만 이건 아니다. 차일

도를 대체 어떻게 이해해야 하나. 소영웅주의자일까 아니면 도량이 참으로 큰 것일까.

만일 그것도 아니라면 한 차원 더 높은 정신세계에 살고 있기라도 한단 말일까.

"뭐라고? 차 선배가 밥장사를 한다고? 밥장사가 뭔데?"

"식당 말일세, 식당."

무슨 빅 뉴스마냥 수화기 저편에서 들려오는 상기된 구달영의 말소리에 경석은 순간 착잡한 심정에 사로잡혔다.

차일도가 결국 밥장사를 시작했구나. 아니 식당을 개업했다는 것이 옳은 표현이겠지. 시쳇말로 한때 그토록 잘나가던 차 선배가, 항간에서 장래가 촉망된다던 그가, 나이 사십이 다되도록 별 뾰족한 수가 없자 하다하다 안되니까 이제 식당이란다. 그것도 이곳 P시가 아니고 천리타향 머나먼 수원에서 말이다. 그런데 차일도가 식당을 하면 안 되나? 그게 어때서? 아니다. 다른 사람이라면 몰라도 차일도는 안 된다. 그는 한때 국회의원 물망에까지 올랐던 인물 아니냐, 권모와 술수의 마타도어 전법의 귀재요, 마키아벨리즘의 신봉자가 아니더냐. 그로 인해 얼마나 많은 선후배 친구들이 가슴속 응어리진 한과 상처를 입었었는데……

자존과 권위의 상징으로 중앙정계를 넘보며, 그만의 작은 왕국을 건설하려 했던 그가 식당이라니, 그건 말도 안 된다. 적어도 그의 의식구조와 행동양식으로 봐서 주위사람들 입에 오르내릴 만한 사건임에는 분명하다.

여기까지 생각이 미친 경석은 전화기가 놓인 테이블에서 조금 떨어진 소파에 털썩 주저앉아 담배를 피워 물었다. 폐부 깊숙이 연기를 들이마셨다가 훅 내뿜었다. 몽실몽실 안개처럼 퍼져나가는 구름과자를 즐기며 경석은 다시 구달영을 떠올렸다.

그래, 차일도가 저리된 것이 그렇게 고소하단 말인가? 왜 목소리가 들뜬 것처럼 고조돼 있느냔 말이다.

경석은 자리에서 일어섰다. 구달영과 만나기 위해서였다. 그는 잠시 작업실 내부를 둘러보았다. 바닥에 어지러이 파지가 널려 있고, 테이블에는 산더미 같은 원고뭉치가 쌓여 있었다. 고금의 대표적인 명작과 고전들이 분야별로 한쪽 벽의 큰 책장에 꽂혀 있었다. 경석은 몇 해 전에 모 문예지를 통해 등단한 소설가였다. 그는 문단에 나온 후 회사를 그만두고 전업 작가로 돌아섰다. 그의 자택은 P시에 있었으나 한적한 시골에다 작업실을 차려놓고 작품 활동을 하고 있었다. 시골이긴 해도 후미진 벽촌은 아니고 면 소재지가 근처에 있는 제법 활기를 띤 그런 곳이었다.

경석은 밖에 세워둔 오토바이에 몸을 실었다. 승용차가 있긴 하나 가족 나들이 외에는 주로 오토바이를 이용했다. 크루즈라는 국산모델로 배기량 125cc의 아메리칸 커스텀 스타일 이었다. 미국산 대형 모터사이클인 할리 스프링거 소프테일을 갖고 싶었으나 왠지 사치라는 생각이 들어 그만뒀다. 그는 작품 구상이 안 떠오르거나 답답할 때 대서양을 횡단한 린드버그가 평소 그랬듯이 녹음이 짙은 산골과 노을 진 해변의 도로를 누비며 오토바이로 일상의 스트레스를 풀었다.

경석은 길게 뻗은 스텝에 발을 걸치고 풀백 핸들에 손을 의지하며 N여당의 당사가 있는 P시로 오토바이를 몰았다.

구달영은 집권당에 몸담고 있는 삼십대 후반의 정치 지망생으로 경석의 친구였다. 지구당 핵심간부인 그는 얼마 전 도의원에 출마했다가 지역적 특수성 때문에 여당이라는 핸디캡을 극복하지 못하고 낙선했다.

그의 말을 빌리면, 그는 중도 보수의 길을 걷는다고 했다. 그가 여당성향이 된 것은 어릴 적 '박정희 찬가'를 기가 막히게 잘 불러 학교에서 표창을 받은 것이 그 이유란다. 유신헌법 공포 시, 초등학생 세뇌교육용으로 나온 그 노래는 이렇다.

① **일**하시는 대통령 / ② **이** 나라의 지도자 / ③ **삼**일정신 받들어 / ④ **사**랑하는 겨레 위해 / ⑤ **5·16** 이룩하니 / ⑥ **육**대주에 빛나고 / ⑦ **칠**십년대 번영은 / ⑧ **팔**도강산 뻗쳤네 / ⑨ **구**국의 새 역사는 / ⑩ **시**월 유신 정신으로

이 노래를 '쟁반같이 둥근 달'이란 곡목에 갖다 붙이면 그럴듯한 노래가 된단다. 단, 마지막 두 소절의 ⑨번과 ⑩번은 독특한 멜로디였다.

구달영은 차일도의 서너 살 아래의 고향 후배였다. 그는 한때 차일도를 추종했으나 라이벌 의식을 가진 탓으로 과거에 적잖은 마음의 상처를 입고 아직 앙금이 가시지 않은 터였다. 차일도는 신군부 등장 이후 설립된 P대학의 초대 총학생회장이었다. 그는 고교

시절부터 줄곧 주먹세계를 평정한 카리스마가 있었다. 그렇다 해도 김두한처럼 무술이 뛰어난 것은 아니었다. 애시 당초 태권도, 검도 등 그런 것과는 거리가 멀었다. 그가 주먹세계를 휘어잡은 것은 순전히 말솜씨와 번뜩이는 기지, 처세술, 그리고 방대한 독서량에 힘입은 지식 때문이었다. 그는 일찍부터 문(文)이 무(武)보다 강하다는 사실을 터득했다. 그리고 그것을 적절히 활용했다.

주먹깨나 쓴다는 선후배 친구들이 차일도라 하면 그냥 껌벅 죽었다. 건달패들만이 아니었다. 대학교수, 변호사 등등 소위 엘리트 그룹도 그를 좋아했다. 보통 키에 보통 체격의 그는 미남이라기보다 카키색 군복차림의 젊은 시절, 쿠바의 카스트로를 닮은 '호남아' 라는 인상이 짙었다. 그는 경석에게만큼은 속에 있는 말을 자주 털어놓는 편이었다. 언젠가 경석이가 물었다.

"선배님은 고스톱 안하십니까?"

"칠 줄은 알지만 하지는 않는다. 새떼처럼 몰려다니며 하는 짓들이란, 옛말에 '완물(玩物)을 좋아하는 사람치고 원대한 식견을 가진 자는 드물다' 라는 말이 있지 않느냐?"

한마디로 말해 그는 대단히 걸출한 인물이었다. 반면 독특한 쇼맨십과 유머감각도 있어서 좌중을 잘 웃기기도 했다. 언젠가 술집에서의 일이다. 술이 거나해지자 시중들던 호스티스의 엉덩이를 쓰다듬으며 그녀에게 바치는 자작시를 한 수 읊겠다고 했다.

"……녹죽(綠竹)과 창송(蒼松)이야 천고(千古)에 변치 않는 절개가 있다 하지만, 홍도(紅桃)와 백리(白李)야 한때의 봄에 피고 지는 게 아닌가. 왕소군의 옥골(玉骨)도 호지(胡地)의 흙이 되었고, 앙귀비의 화용(花容)도 말발굽 아래 한갓 티끌이 되었네. 세상의 물리가 다 이런 것이어늘, 오늘 밤 그대 몸 푸는 것을 너무 아까워하지 마소.”

당사자인 접대부보다 흔히 하는 말로 ‘뽕’ 간 것은 함께 자리한 대학생들이었다. 곁에 있는 친구 하나가 시샘을 했다.

“이봐! 차일도 자넨 소위 학생회장 아닌가? 여럿이 보는 앞에서 계집애 젖가슴이나 만지고 그럼 쓰겠어? 점잖지 못하게스리.”

차일도는 또 의미심장한 유머로 그들을 웃겼다.

“들에 있는 황소를 보게. 풀이나 뜯어먹는 소가 만날 점잖은 척해도 자지만 덜렁 내놓고 다니지 않던가?”

그러나 차일도가 읊은 시는 자작시가 아니었다. 방랑시인 김삿갓이 어느 주막집 과부를 꼬드기기 위해 지은 시를 마치 자기 것마냥 암송하고 다녔던 것이다. 후에 가서 들통이 나자 다음과 같이 웃어 넘겼다.

“그때 자작시라고 했으니까 술맛이 났지 그렇지 않았으면 얼마나 흥이 났겠나?”

그는 서슬 퍼런 군사정권 통치시절, 덩달아 P대학에서 무소불위의 위세를 과시했다. 당연히 학생들의 민주화 투쟁은 꿈도 꿔볼 수 없었다. 누구도 그의 아성에 도전할 수 없었다. P대학은 그랬다. 정확히 말하면 그는 과대표가 뽑는 간선제하의 학도 호국단장으로 측근들을 요소요소에 심어, 쉽게 말한다면 졸업 때까지 내리 4년을 학내 독재정치를 폈던 것이다.

그는 P시가 아닌 인근 P군이 고향이었다. 그는 장차 정계입문이 꿈이었고 가장 두려워하는 것은 자기 고장 출신이 어떤 형태로든 성장하는 그것이었다. 훗날 학생회가 직선제로 부활한 후에

도 여전히 그 영향력을 과시, P시 출신의 친구와 후배들만 우대
하여 자신의 후계자로 삼았다. 그는 철저히 고향을 배격했다. 그
때문에 많은 P군 출신의 인물들이 학생회장에 출마했다가 숱한
눈물을 쏟았다. 그는 이러한 습벽을 쉽게 고치지를 못해 뒷날의
지방자치에도 관여하여 특유의 권모로 몇몇 고향선배를 떨어뜨
리기도 했다.

차일도는 특히 구달영을 경계했다. 구달영의 의기가 호방한 데
다, 그 역시 정치에 뜻을 두고 있었기에 차일도는 일찍 그것을 간
파했던 때문이었다. 차일도가 대학을 마치고 P시에 철물점을 잠
시 개업했을 때, 구달영은 군 제대하고 P대학에 복학했다. 이때
부터 그들의 갈등은 싹트기 시작하였다.

스산한 바람이 부는 어느 늦가을, P대학의 제5대 총학생회장
선거는 자못 활기를 띠었다. 세 명의 후보 가운데 단연 돋보이는
존재는 운동권의 지지를 받는 윤도한 후보였다. 그는 불모지였던
P대학에 처음으로 운동권을 조직하고 꾸준히 세력을 확장해오면
서 본격적인 민주화 투쟁의 방향을 설정했다. 그러나 그 배후에
는 차일도가 있었다. 윤도한은 바로 차일도의 심복이었다. 운동
권의 핵심멤버 대부분이 차일도의 고교 후배이거나 과거 주먹세
계의 부하들이었다. 차일도는 적극 그들을 지원했다.

그가 언제부터 운동권에 관심을 가졌던가. 그는 초대 회장 시절
한 가닥 불씨처럼 일어난 민주화 투쟁의 열망을 짓밟아버린 장본
인 아닌가. 이제 국내의 정치적 상황이 이느 정도 됐다 싶으니까
재빨리 방향을 바꿔 윤도한을 사주, 대학 전체를 송두리째 말아

먹으려는 수작이 아니냐 말이다.

차일도는 윤도한의 연설 원고도 직접 작성했다. 그러나 모든 게 그의 뜻대로만 되진 않았다. 만만히 보았던 송인철 후보가 막판에 돌풍을 일으켜 탁월한 연설 실력으로 윤도한을 압도해버린 것이다. 송인철은 그만 청중들의 환호에 도취된 나머지 원고에도 없는 내용의 엄청난 허풍을 쳐버렸다. "이 길로 곧장 청와대로 올라가 독재자 ○○○의 멱을 따버리겠다"라고……

송인철은 본래 고향이 충청도였다, 그러니까 웃녘에서 내려온 친구였다. 당연히 그는 구달영과 고교 동문은 아니었으나 정견이 비슷하여 같은 동아리에서 만나 서로 알게 된 사이였다. 송인철은 우선 대중 앞에서 사랑을 받는 투철한 매력이 있었다. 그러다 보니 구달영이 속해 있는 고교 동문의 권유를 받아 출마하게 되었고, P시 관내가 아닌 외부에서 흘러 들어온 타지 학생들의 적극적인 지지와 권유가 있었다.

또 학내 행사를 통해 이러한 그의 특질이 주목을 받아 차일도와도 얼굴을 익히게 되었는데, 차일도는 처음 송인철을 아주 호감을 가지고 대했다. 송인철은 물 흐르듯이 거침없이, 타고난 달변가였고, 어떤 계획을 세우거나 마음에 결정을 내리면 그것을 철회하는 일이 결코 없었기 때문이었다. 아니 철회하지 않는 것이 아니라 그렇게 보였다. 다만 그렇게 보였을 뿐이었는데도 모든 학생들은 그를 신뢰했고, 동아리에서도 그를 믿었으며, 구달영을 비롯한 동문회에서도 그에게 대단한 기대를 가지고 있었다. 그러나 송인철은 그 속에 무엇이 들어있는지 도무지 알 수가 없는 수수께끼와도 같은 인물이었다. 반면 아이러니하게 이런 점이 보는 사람에 따라 신뢰감을 줄 수 있었기에 차일도는 그와 가깝게 지내는 일이 있었고 곁에 두고 긴요하게 쓰려고도 했다.

하지만 송인철의 입장에선 차일도를 매사에 욕심이 많은 독재자요, 군주로 판단했다. 그럴 수밖에 없는 것이 송인철은 자신도 언젠가 P대학의 총학 선거에 출사표를 내밀 야심만만한 생각을 간직하고 있었기 때문이었다. 그런데 차일도의 지금까지 하는 양을 보면 그를 믿고 따르기가 매우 불안했다. 그래서 그는 차일도와 일정 선에서 금을 긋고 독자노선을 걸었다. 이것이 차일도의 미움을 샀다. 그러한 와중에 막 복학한 여건상, 다음해에 학생회 출마를 고려하고 있는 구달영으로서는, 우선 송인철을 밀어 교두보를 쌓아놓을 필요가 있었다. 구달영의 동문 중에 당장 출마가 가능한 마땅한 인물이 없었고 대안으로서 송인철만한 인물이 없었기 때문이었다.

결국 송인철은 타지 출신임에도 선거를 그의 특유의 고집으로 밀어붙여 끝을 보았다. 구달영은 물론 송인철을 지지했다. 13표차의 억울함 때문에 윤도한은 개표장을 울면서 나갔고, 차일도는 큰 충격을 받았다. 송인철의 당선은 차일도의 권위훼손을 의미했다. 그런 후 어찌 된 일인지 송인철은 공식석상에 별로 모습을 나타내지 않았고 의기소침해 있었다.

햇빛도 찬란한 다음해 그 여름, 빛나는 민주화의 열풍이 전국을 강타하던 6월 투쟁 때였다. 그날도 구달영은 여느 때와 다름없이 복학한 지 얼마 안 되는 몇몇 동료 대학생들과 예비역 모임을 갖고 구내식당에서 식사를 하고 있었다. 그런데 오전까지만 해도 조용하던 대학가가 오후 들어서 갑자기 술렁이기 시작했다. 여태까지 간헐적으로 소규모 시위를 벌이기는 했으나 타지방에 비해 아직 초창기라 그런지 P대학은 운동권을 빼면 일반 학생들에게 데모라는 것이 별반 호응을 얻지 못하던 터였다.

그러나 이번은 사정이 달랐다. 연일 매스컴에서는 붕괴 직전의 위기상황에 몰린 집권당의 동태와 전국규모의 투쟁 상황을 보도하였다. 계엄령이 선포될 것이라는 흉흉한 소문마저 나돌았다. 따라서 P대학도 지금 일어서지 않으면 소위 대학이라고 말할 수 없다는 절박한 강박관념 같은 것에 사로 잡혀있었다. 이것저것 따질 것 없이 구달영은 감연히 민주화의 대열에 동참하였다. 며칠 전, 달영은 대학 내에서 이한열의 추모식에 참석하고 난 후 남모르게 눈물을 흘렸다. 그것도 화장실에서였다.

"한열아! 꽃상여 타고 그대 잘 가라!"

최루탄에 맞아 숨진 열사의 추모 플래카드 문구가 오래오래 그의 뇌리에서 사라지질 않았기 때문이었다. 좀체 남들 앞에서 희로애락의 감정표현을 잘 하지 않는 그였기에 그의 성격상 충분히 그러하였을 것이라고 경석은 뒤에 그의 얘기를 믿어줬다.

"호헌 철폐! 호헌 철폐!"

4천여 명 가까운 대학생들이 머리에 흰 띠를 두르고 구호를 외치며 시내의 거리로 뛰쳐나간 것은 일찍이 그 지방에서는 볼 수 없었던 미증유의 대 사건이었다. 격정과 흥분의 도가니로 치닫던 학생들은 급기야 농구 골대까지 앞세우고 시가행진을 하였다. 바리케이드를 치는 사태까지 벌어졌다. 그러나 우려하던 상황은 일어나지 않았다. 전경들 대신 방위병 여남은 명이 거의 맨손이나 다름

없는 비무장으로 병원 오거리 로터리에서 그들을 견제하려 대기하고 있었으나 그것은 당최 말이 될 법한 성질의 것이 아니었다.

방위들은 도망갔다. 시위대는 거침없이 시민들을 끌어 모아 무인지경으로 시내 한복판을 거쳐 시청을 향해 돌입하고 있었다. 이미 ○○여당 지구당사도 박살이 난 뒤였다. 실로 시민들의 힘이란 두려운 존재였다. 아니, 군중심리란 참으로 무서운 것이었다.

학생들만의 시위는 어쩐지 공허한 메아리로만 들렸으나 여기저기서 지켜보던 시민들 가운데 뚝심 좋은 몇몇 장정들이 박수를 쳐가며 사이사이, 옳소! 옳소! 하며 행렬을 뒤따르니, 그때부터 규모는 걷잡을 수 없이 불어나 눈덩이처럼 확산되었던 것이다. 평소 시민들의 가슴 한구석에 '지금 전국의 다른 대학에서는 연일 데모를 하느라 저 야단들인데 P대학은 모두가 꿩만 구워 먹었나' 하던 차에 일통이 터지고 보니 온 시민이 요원의 불길처럼 타올라 버린 것이다.

가히 무정부 상태란 게 이런 거구나!

시위대의 행렬 속에서 목이 터져라 호헌철폐를 따라 외치던 구달영은 생각했다. 약간 보수적 정치성향이 있는 그로서는 데모에 가담을 했으면서도 엉뚱하게 '이러다 북쪽에서 밀고 내려온다면?' 하는 우려할 만한 상황을 염두에 두고 그랬었는지 모른다.

하여튼 학생들은 그렇게 시청을 점거하였다. 그리고 시청 앞 광장에 모여앉아 메가폰으로 시민을 향한 방송과 구호를 외쳐댔다. 건물 옥상에서 구경하고 있는 사람. 요구르트를 박스째 가져다가 나눠주고 있는 아낙네들, 연도에 구름같이 몰려들어 장사진을 치고 있는 사람들, 그야말로 천태만상이었다. 그때까지 경찰은 개

미새끼 하나 보이지 않았다. 이유인즉, 시위를 진압할 만한 경찰력은 깡그리 인근 K직할시로 투입되었기 때문이란다. 그쪽은 원래가 1929년 '광주학생의거'라고 하는 일제시대의 항일운동부터 시작해서 5·18 항쟁을 한 것으로 유명한 민주화의 성향이 강한 곳이었다.

"금남로에 뿌려진 너의 붉은 피! ……두부처럼 잘려진 어여쁜 너의 젖가슴! ……오월! 그날이 다시 찾아오면…… 피! 피! 피!……"

누군가의 입에서 광주항쟁을 추모하는, 대학가에서 자주 불려지던 '5월의 노래'가 뜨겁게 터져 나왔다. 아니 뜨겁게 울려 퍼졌다. 모두들 잠시 숙연해지더니 약속이나 한 듯 일제히 따라 부르기 시작했다. 그 노래를 잘 모르는 일반 군중들은 그래도 입을 맞춰가며 소리 없이 달싹달싹하는 것이었다. 어쩌다 귀동냥이 있어서 아는 대목에서는 주먹 쥔 손을 크게 좌우로 휘두르며 열창하는 모습을 보이기도 했다.

그 상황에서 5월의 노래를 모른다는 것은 어쩐지 부자연스러울 뿐만 아니라 양심 한구석에서 밀려오는 그 무슨 자괴감이랄까 아니면 체면이랄까 그런 것 때문에 억지로라도 아는 체를 해야 했던 그런 분위기였다. 그런데 두세 번 되풀이되었던 노래가 중간도 못가서 시위 군중들을 눈물바다로 몰아넣었다. 구달영도 마침내 울었다. 그도 그럴 것이 주변 모두가 울며 노랠 부르는데 로봇이 아닌 이상 어찌 배기겠는가. 그 자리에선 오히려 우는 것이 자연스런 현상이었다.

그는 그때 처음으로 광주학살의 잔영을 보았다. 금남로에서, 도청 앞 광장에서, 공수부대의 총탄과 곤봉세례를 받아가며 민주화의 밑거름으로 사라져간 그들, 꽃다운 청춘 남녀들을 그는 확실히 보았다. 만일 그들이 살았더라면 지금쯤 자신과 나이가 같거나 비슷한 연배일 거라는 생각을 했다. 그 순간만큼은 군부 독재자들이 죽이고 싶도록 미워졌다. 공수부대란 존재를 아예 없애버리고 싶었단다.

그는 후에 와서 경석에게 다음과 같은 말을 했다.

"등신, 머저리 같은 새끼들. 나라 지키라고 만든 국민의 군대가 국민을 죽이는 법이 어디 있느냐. 백성을 죽이고 훈장 타는 군인. 그런 훈장은 나도 탈 수 있다. 그런 식이라면 나도 정권 잡을 수 있겠다."

구달영은 흥분하여 외국의 군대와 공수부대를 비교하며 혹평을 가했다.

"2차대전 당시, 북아프리카 사막전에서 연전연승하여 영국군에게 공포의 대상으로 군림한 독일의 롬멜 전차 군단을 보라, 세계의 경찰 노릇을 톡톡히 해내는 미 해병대 US 머린을 보라, 러시아 극동군을 일거에 궤멸하여 러·일 전쟁을 승리의 서전으로 장식한 노기 장군의 일본 육군을 보라, 광주 주둔 공수부대는 그런 군대의 똥구녁이나 빨아야 된다. 아니 빨 자격도 없다."

그러나 그의 분노는 잠시뿐 구달영은 얼마 안 가 다시 보수 안정을 희구하는 방향으로 돌아갔다.

아무튼 그날의 상황은 시간이 갈수록 열기가 더해갔다. 그런데 문제가 생겼다. 마땅히 그들을 인도해야 할 송인철 학생회장이 보이지 않았다. 아니! 그것도 모르고 시위를 했단 말인가? 아까까지만 해도 분명히 보였었는데…… 우세두세 정신없이 앞만 보고 달려온 통에 시위대는 핫바지에 방귀 새듯이 미처 그걸 깨닫지 못했던 것이다.

학생들은 조금 동요하는 기미를 보였다. 엎친 데 덮친 격으로 저쪽 학교 로터리에서 2개 소대쯤 되는 전경이 그제야 나타나 시청을 향해 진군해오고 있었다. 자세히 보니 전경이 아니었다. 황망하고 다급한 서장의 지시로 각 파출소와 시외의 지서에서 올라온 일반 순경들이었다. 대부분 삼사십 대 연령의 배가 나온 경찰인 데다 머리가 희끗희끗한 초로의 오십대 경관들도 상당수 끼어 있었다. 저런 소규모의 늙은 경찰들이 어찌 시위대를 진압하랴 싶었다. 그러나 이빨 빠진 맹수도 맹수였다. 전투복으로 갈아입고 한껏 무구를 갖춘 후 방패를 앞세우며 다가오는 품이 제법 그럴싸했다. 일정한 구령에 따라 발을 착착 맞추어 워커소리를 내며 진군해오는 모습은 다소 위압적인 데가 있었다. 그러나 왠지 밥그릇 때문에 저런다 싶어 불쌍해보였다. 그들은 일단 시위 학생들과 삼십여 미터의 간격을 두고 대치했다. 맨 후미의 경관이 최루탄이 장착된 장총을 번쩍 쳐들었다. 일촉즉발의 위기였다. 시민 중의 누군가가 귀청이 째지는 듯한 고함을 질렀다.

"쏘지 마!"

그 한마디에 그만 경관들은 얼어붙었다. 아마 발사를 했다면 예기치 못한 엄청난 사태가 일어날 것임은 불을 보듯 뻔했다. 경관이 발사를 안 한 것은 참으로 지혜로운 행위였고, 서로를 위해 정말 다행한 일이었다. 시위대도 각기 자신들을 추스르느라 비폭력을 외쳤다. 피아간에 자제하는 모습을 보인 것이다.

'따지고 보면 저들도 우리의 시민이다. 더군다나 저 나이 많은

경관들이 다 형님뻘 아비뻘이 된다. 어찌 그들에게 돌과 화염병을 던질 것인가?'

학생들은 그렇게 생각하는 모양이었다. 진압부대는 또한 그들대로 '누군 이 짓을 하고 싶어 하나, 지금 사태가 이렇게 돌아가는데, 시민 모두가 저들 편이 아니냐? 윗분들 눈에 거슬리지 않게 형식만 갖추면 되는 거지.' 그렇게 생각하는 것 같았다. 경관들은 멀찌감치 물러났다. 아예 다리를 쭉 펴고 도로에 앉아 구경하는 태세가 되어 버렸다. 한편 송인철 회장은 영 소식이 없었다.

'지금이라도 나타나 주었으면 좋으련만……'

구달영은 애가 탔다. 다른 학생들도 마찬가지였다. 이때 송인철 대신 어디에선가 윤도한이 툭 불거져 나왔다. 윤도한은 시청 정문에 있는, 흔히 전설의 동물로 일컬어지는 해태 상(像)에 올라서서 시위를 주도하기 시작했다. 언제 어떻게 준비했는지 부럽게도 손에는 단순 플라스틱 메가폰이 아닌 휴대용 확성기가 들려 있었다. 그는 시민들을 향해 일장 연설을 늘어놓았다.

"윤도한! 윤도한! 용감한 윤도한!"

시민들의 환호와 박수갈채를 받으며 그렇게 그는 일약 스타덤에 오른 영웅이 되어버렸다.

그 광경을 본 구달영은 그만 열불이 나 버렸다.

"저런 자식 봤나! 차기 학생회장을 노리고 쇼를 하다니……"

구달영은 어쩐 셈인지 윤도한을 신뢰하지 않았다. 윤도한이 분명 옳은 일을 하고 있음에도 구달영이 생각키에는 윤도한이 매사에 못 미더웠다. 미리를 잘 쓴다고 판단하여 매사에 그를 신용하려 들지 않았다. 아마 이는 구달영 자신이 시류에 무작정 따르지 않고 건전한 보수가 진정 나라와 사회를 안정시키고 지켜줄 수 있다는 확고한 믿음에서 비롯된 결과였는지 몰랐다. 그래서 달영은 진보주의자로 비쳐지는 윤도한이 왠지 마음에 들지 않았고. 더구나 윤도한이 한발 더 나아가 급진 과격주의자로 인식됨에 따라 평소에 염려되는 바가 있어 달영은 늘 부정적인 잣대로 윤도한을 보는 일이 많았다. 보다 구체적으로는 구달영이 개인적으로나 학교 일에 관한 공적인 일로 윤도한과 과거부터 날카롭게 대립각을 세워온 일이 여러 차례 있었던 경험 때문이었다.

윤도한이 멋들어지게 집회를 주도하는 것을 보고, 곁에서 달영을 잘 아는 동료 몇이 '차기 회장에 당선되려면 지금 기회에 나가 보라'고 권유했다. 그해 말에 총학 선거가 있었기 때문이었다. 고맙지만 구달영은 그것을 거부했다.

'집회 자체는 순수해야 한다. 목적이 되어야지 수단이 되어서는 안 된다. 그것은 이 많은 순진무구한 학생들과 시민들을 기만하는 결과가 될 것이다.'

적어도 그는 그렇게 생각했다. 양심상 마음에도 없는 행위를 하기 싫었던 것이다.

'더구나 나는 원래 비운동권이라는 것을 세상이 다 알고 있지 않는가.'

Q야당 지구당사 간부 두 명이 언제 왔는지 집회를 주도했다. 달영과도 개인적으로 잘 알고 있는 청년부장 기민호와 연청 지도위원 심회수였다. 특히 기민호는 차일도와 고교 동문이며 절친한 친구 사이였다. 심회수는 나이가 사십 줄에 들어앉은, 광주항쟁에 연루돼 곤욕을 치른 바 있는 달영과 차일도의 고향 대선배였다.

"전두환이 물러가라!"

"노태우도 물러가라!"

"국민우환! 근심환! 전두환이 물러가라!"

"노! 노! 노! 노태우도 물러가라!"

기민호와 심회수는 서로 질세라 확성기를 들고 번갈아가며 소리쳤다. 혹여 윤도한에게 시위의 주도권을 빼앗길세라 그 기운이 대단했다. 달영은 어이가 없었다.

저들도 학생이란 말인가?

처음 구달영은 박박 깎고 나온 기민호의 민대머리와 뒷모습만 보고 차일도가 출동한 것으로 알았다. 우선 상판은 다르지만 얼굴 각구도 그렇고 키와 체격도 비슷했기에 그런 착각을 일으켰다. 그런 착시현상은 다른 학생들과 그를 아는 시민들도 마찬가지였다.

"드디어 그 유명한 차일도가 다음에 국회의원 한번 나가보려고 가열 찬 민주화 투쟁의 선봉에 섰구나!"

모두들 그렇게 생각하고 일종의 카타르시스 같은 것을 경험했을 것이었다.

그러나 차일도는 그런 결정적 순간에 얄팍한 위인은 아니었던 모양이다. 이 시각 차일도는 그의 철물점에 있었다. 모두들 시청으로 몰려나가 쥐새끼 한 마리도 보이지 않는 텅 빈 시내 한 모퉁이를 지키며, 전시에 마치 대통령이 군 수뇌부들로부터 전황보고를 받듯, 측근들로부터 상황을 전화로 낱낱이 보고받고 있었다. 단, 윤도한을 앞세운 것은 그의 지시였다. 구달영과 기민호, 심회수의 데모 참가사실과 송인철 학생회장이 학생들을 버리고 도망

갔다는 것도 훤히 알고 있었다.

지금쯤 태우 선배가 대책을 숙의하러 두환이 형님한테 득달같이 달려갔을 게고, 둘은 불알이 달달달달 떨리며 혼비백산? 이제 DJ와 YS가 주도권을 잡을 것이며, 육십을 넘긴 이 양반들이 만약 노탐 안 부리고 단결한다면 큰일은 두환이 형님 팔자구나!

그는 유유자적하게 향후 정국변화를 분석하며 스크랩하는 데만 열중하고 있었다.

자정이 넘었다. 이제 거리는 한산해졌다. 학생들만 남았다. 그래도 그들은 목이 쉬도록 민중가요를 부르며 또 구호를 외쳤다. 구달영은 그들에게 이제 오늘은 그만 해산하고 날이 밝거든 다시 모이자고 했다. 이 오밤중에 이런다 해서 우리 목소리가 청와대까지 들릴 리는 만무한 것 아니냐 했다. 주위에서는 눈에 쌍불을 켜고 거 무슨 말라빠진 빼깽이(전라도 방언, 고구마를 썰어 말린 것) 같은 소리냐며 달영을 성토했다. 그는 자신의 실수를 인정했지만, 그들의 벌겋게 충혈된 눈, 쉰 목소리, 거품을 물고 방향 없이 휘젓는 삿대질에서 그들이 이미 제정신이 아님을 알았다. 구달영은 그렇게 생각했던 것이다.

훗날 기민호는 Q야당의 공천을 받아 도의원에 당선되었다. 반면 심회수는 국졸이라는 이유어서인지 낙천하여 고향에서 무소속으로 출마했다가 차일도의 농간으로 떨어졌다. 뒷날의 얘기였지만 경석은 차일도가 왜 그날 보이지 않았던가에 대하여 어렴풋이 알게 되었다. 그 지방에는 국회의원에 수차례 낙선하여 가산을 탕진하고 단칸살이로 유명한 강수길 후보라는 인물이 있었다.

그가 다시 출마한다는 소문을 듣고 경석과 차일도는 그의 연설을 경청하러 갔다가 합동 연설회장에서 우연히 만났다.

노태우 당선으로 결말을 본 대선 직후라 청중들의 가슴은 호남 출신의 패배로 인한 아쉬움과 쓰라림에 젖은 분위기였다. 공교롭게도 강수길 후보가 타고 나온 당은 영남의 YS를 당수로 하는 T당이었다. 재수가 없는 놈은 뒤로 넘어져도 코가 깨진다던가? 네 명의 후보 가운데 추첨으로 결정한 연설 순위가 하필 그는 맨 나중이었다.

그의 차례가 되자 그는 다음과 같은 말로 서두를 떼었다.

"여러분! 제가 오죽했으면 의붓아버지를 모시고 나왔겠습니까?"

그 말이 떨어지자마자 청중들은 거의가 썰물 빠지듯 우르르 연설회장을 나가기 시작했다. 그 광경을 본 강 후보는 악이 받쳐 핏발 선 눈과 목쉰 소리로 단상을 치며 소리쳤다. 차라리 나무랐다고 하는 편이 옳았다.

"이게 민주주의여? 갈 테면 가시오. 아무리 반대파 후보라도 말은 끝까지 들어 바야제. 그래가지고 아따! 민주주의 잘 허겄다."

경석과 차일도는 끝까지 남아 강후보의 연설을 경청한 후 회장을 빠져 나왔다. 차일도는 나오면서 경석에게 말했다.

"수길이 선배가 저리된 것은 들어가야 할 때와 물러서야 할 때, 웅변할 때와 침묵할 때를 잘 모르기 때문이다."

그 기준을 어디에다 두고 그런지는 몰랐으나 경석은 차일도의 스타일을 어느 정도는 알 수 있었던 것이다.

6·29 선언으로 6월 항쟁은 막을 내리고 그해도 저물어 갈 무

렵, P대학은 바야흐로 대망의 학생회장 선거를 다시 치르게 되었
다. 직선제를 쟁취한 대통령 선거와 겹쳐 있던 때라 분위기는 한
껏 달아올랐다.

윤도한과 구달영은 격돌했다. 그들의 대결은 볼만했다. 원래 윤
도한은 두 번 이상 출마할 수 없었으나, 차일도의 기획과 연출로
쫓겨난 송인철을 빌미로 하여 학칙을 개정하였다.

윤도한의 주장은 정부를 옥죄어 가열 찬 민주화 투쟁을 더욱 전
개하자는 상당히 급진적인 논리였고, 구달영은 이제 정부도 굴복
하여 현실상황을 적시하고 민주화의 의지를 다져 나가고 있으니,
대학 본래의 면학 분위기 조성과 그간 신물이 날 정도로 툭하면
데모만 일삼는 분위기를 지양하자는 다소 점진적이고 온건한 노
선을 폈다. 차일도의 입장에서는 이번에 어떤 일이 있어도 윤도
한이 성공해야만 했다. 그래야 장차 자기의 정적이 될지도 모를
구달영을 미리 그 싹부터 제거하는 결과가 되기에……. 따라서
그는 윤도한의 지원에 필사적이었다.

'작년에 방심하다 송인철에게 당한 우를 범해서는 안 된다. 그
러나 그는 이미 제거됐다. 다음은 구달영이다.'

차일도는 그렇게 생각했다. 차일도는 윤도한의 원고에 또 손을
댔다. 내용 대부분은 송인철에 대한 무자비한 인신공격이었다. 송
인철을 공격하는 것은 곧, 그와 지난날 동아리가 같았고 또 그를
밀어주었음으로 말미암아, 유대관계가 있는 구달영에 대해서 일말
의 책임을 묻는 것과 동시에 공격을 의미하는 것과 마찬가지였다.

"초개같은 목숨을 던져서라도 투쟁했어야 할 학생회장이란 자
가 지난 6월에 한 행동을 보라! 추잡한 목숨 하나 살기 위해 민주

주의와 우리를 배신한 그가 아직도 버젓이 살아 있다. 과연 그렇게라도 연명해야만 하는가?"

뭐 그런 내용이었다. 그리고 다음과 같이 끝을 맺었다.

"우리는 조국과 민주주의를 함께 빼앗긴 경험을 가지고 있습니다. 지난날 조국광복을 위해 만주벌판을 말달렸던 독립투사들처럼, 어깨동무로 스크럼을 짜고 이 시대의 어둠을 헤치던 민주투사들처럼, 우리 모두 행동하는 양심으로 이번 선거를 맞이하여 과연 무엇이 진정한 나라 사랑인가를 생각해봅시다!"

다음은 구달영의 순이었다.

그는 Q야당의 대선주자와 기호가 같았기에 작전상 그의 흉내를 내며 이름을 팔았다. 두 손을 머리 위로 불끈 모아 쥐고 청중들을 좌우로 둘러본 다음 미리부터 작정하고 있었음인지 초반부터 차일도를 비롯한 역대회장들을 내리쳤다. 단 송인철은 가타부타 일절 언급하지 않았다.

"민족의 영도자도 기호 4번! 운림골의 지도자도 기호 4번! 도약하는 우리 대학의 발전 도상에 서서…… 사쿠라, 왕사쿠라! 차일도 초대회장! 저 삼봉산의 불곰 2대 조민구 회장……"

대략 이런 식이었다.

그의 연설 주요 요지는 이제 민주화의 조짐이 보인다는 차원을 넘어서, 민주주의가 이 땅에 이룩되어가고 있으니, 너무 조급히 굴지 말고 좀 더 지켜보자는 내용이었다. 그리고 어느 주간지에 실린 만화 칼럼을 이용하여 과감하게 운동권을 공격했다.

"솔직히 말해봐라, 애국자늘아! 너희들 중에 애국가 1절부터 4절까지 제대로 부르며 투표하고 데모하고 학생회장 출마하는 자

몇이나 되느냐 이 말이다. 태극기 건곤감리의 뜻 제대로 아는 자 몇이나 되느냐? 일본의 국화(國花)인 벚꽃놀이는 잘도 다니면서 나라꽃 무궁화 아름다운 줄 아는 자 몇이나 되느냔 말이다!"

이때 차일도는 학생들 눈에 띌까 차마 들어오지는 못하고 대학 정문의 기둥에 몸을 사린 채 구달영의 연설을 직접 경청하고 돌아갔다. 선거 결과 윤도한이 당선되고 구달영은 2등으로 낙선하였다.

가열 찬 투쟁을 주장하며 윤도한의 들러리 격이 된 타 후보들은 3, 4위에 머물렀다. 구달영은 낙선한 후 정작 윤도한보다도 차일도에 대해서 이를 갈았다. 그 때문에 떨어졌다고 생각한 모양이었다. 왜 고향 후배인 자기를 돌봐주지 않고 윤도한을 계속 밀어주느냐는 것이었다. 일단 차일도의 의도는 성공했다.

경석은 그날 구달영의 연설을 들었기에 걱정하는 마음으로 차일도를 찾아갔다.

"달영이가 선배님을 학생 대중 앞에서 왕사쿠라라고 선포해버린 걸 어떻게 생각합니까?"

차일도는 의외로 흡족한 표정을 지으며 웃었다.

"그 자리가 공석(公席)인데 당연히 그런 말 할 수도 있지. 고향 선배라고 봐주면 되나?"

많이 만족한 듯한 언행이었다. 경석은 잠시 머리가 혼란했다. 차일도가 평소 그릇이 큰 데가 있는 것은 알았지만, 그래서 관용적인 면이 있음은 분명하지만 이건 아니다. 차일도를 대체 어떻게 이해해야 하나. 소영웅주의자일까 아니면 도량이 참으로 큰 것일까. 만일 그것도 아니라면 한 차원 더 높은 정신세계에 살고 있기라도 한단 말일까.

어쨌든 윤도한은 시민적 영웅이 됐고, 송인철은 두고두고 지탄을 받았다. 격정과 열풍이 휘몰아치던 그 한 해는 그렇게 그들의 가슴에 큰 파문을 던지고 지나갔다.

그로부터 많은 세월이 흘렀다. 문민정부가 들어섰다. 윤도한은 최연소 시의원이 되었고 Q야당의 기민호도 연거푸 도의원에 당선되었다. 차일도를 따르던 주변인물 상당수가 지방의회에 진출했다. 그리고 차일도가 그토록 거꾸러뜨리려 했던 구달영도 오뚝이처럼 발판을 굳혀 어느덧 지구당의 중진 거물로 의정단상을 향해 가고 있었다.

그들 모두는 차일도를 버렸다. 군사정권의 몰락과 그의 왕국도 서서히 무너져 내렸던 것이다.

구달영이 참여하고 있는 당사에 이르니, 그는 환한 얼굴로 경석을 따로 마련된 자기 집무실로 안내하였다. 그가 경석에게 차를 대접하며 말했다.

"모든 것은 사필귀정이야."

경석은 말이 없었다.

"오늘날 차일도 선배가 저리된 것도, 두 전직 대통령이 영어의 몸이 된 것과, 광주항쟁이 법정기념일이 된 것도 말일세."

경석은 계속 묵묵부답이었다. 그는 말을 이었다.

"그래서 나는 우리 당 총재의 휘호를 좋아하네."

구달영은 일어서서 흑판에 '대도무문(大道無門)'이란 한자를 쓰며 말했다.

"큰길을 보고 똑바로 걸으면 아무 것도 거칠 것이 없어라! 어떤

가?"

경석은 엉뚱한 말을 했다.

"자네 말이 다 옳으이, 그러나 광주항쟁이 프랑스 대혁명처럼 성공한 것이었다면 과거의 차일도도 오늘의 자네도 없었을지 모르지."

의외의 말에 달영은 한참을 머리 회전이 복잡한 듯했다.

"그리고 말일세. 반드시 이 세상에 정치인만이 성공한 삶이라고 할 수 있을까? 차일도에 대한 속단은 아직 이르다고 보네."

경석은 그렇게 말을 던져놓고 구달영의 배웅을 받으며 당사를 나왔다. 오토바이에 오르며 며칠 전 자신의 외삼촌과 나눈 대화를 생각했다. 그의 외삼촌은 젊은 날 작가 지망생이었다. 그는 경석에게 이런 말을 했다.

"세상을 구원하는 직업은 크게 세 가지가 있다고 본다. 성직자, 정치가, 작가가 그것이다. 성직자가 내세, 정치가가 현세의 구원을 약속한다면, 작가는 그 두 가지 문제와 그들이 만질 수 없는 부분을 다룰 수 있기 때문이다. 네 선배 된다는 차일도는 이제 와서 어딘가 메울 수 없는 허전한 부분이 있을 것이다. 아무도 그를 이해해주지 못할 것이다. 그러나 너는 할 수 있을 줄 믿는다. 왜? 너는 작가가 아니냐?"

경석은 달리는 오토바이 스로틀 그립을 힘껏 당겼다. 순식간에 타코메타의 바늘이 만 알피엠을 넘어섰다. 시원스레 뻗은 포도의 저편에 노을이 짙게 불타고 있었다.

253

❋ 1997년 작 ❋

1) **마키아벨리즘(Machiavellism)** : 근대 서양 정치학의 이정표를 세운 르네상스 기, 이탈리아 메디치가(家)의 관리이며 정치학자였던 마키아벨리의 사상. 마키아벨리는 『군주론(君主論)』과 『정략론(政略論)』을 저술했는데, 그의 사상은 이 두 저서에 잘 나타나 있다.

그는 당시 다수의 도시국가로 분열된 이탈리아를 중앙집권의 강력한 국가로 만들 수 있는 유일한 대안은, 오직 권모와 힘에 의한 절대군주의 등장이라고 보았다. 특히 군주론에서 그 사상의 집대성을 엿볼 수 있다. 즉, 군주란 때로는 사자처럼, 때로는 여우처럼 통치해야 한다는 것이다. 여기에서 사자는 힘과 무력을 상징하고, 여우는 권모술수를 가리킨다. 마키아벨리즘은 보통 좁은 의미로 많이 쓰이는데 그것은 목적을 위해서는 수단과 방법을 가리지 않는다는 정치사상이다. 그러나 넓은 의미에서는 국가지상주의(國家至上主義)로서 왕권이나 통치권의 절대성 확보에 두고 있다.

2) **육도삼략(六韜三略)** : 고대 중국의 주(周)나라 때 재상을 지냈던 강태공(태공망 여상)이 지었다고 전해지는 정치수신서(政治受身書) 및 병법서이다. 육도와 삼략을 일컫는다. 육도는 주로 전쟁의 방편으로서, 문무(文武) 및 용도(龍韜)를 주제로 전략을 설명하고 있으며, 전술편에서는 호랑이, 표범, 견(犬)의 특성을 주제로 설명해 나가고 있다. 그러나 다른 병서(兵書)와 달리 구체적인 전술에 치중하지 않고, 주로 대의에 의한 통치술과 정치력이 올바른 전략이라는 점을 강하게 드러내고 있다. 삼략은 덕치(德治)와

정도(正道)에 유난히 비중을 많이 두고 육도보다 정신적인 면이 많이 강조되어, 이는 차라리 병법서라기보다 군왕이나 정치가들의 수신서에 가깝다. 따라서 육도와 삼략은 표면상 병법서라고는 하나 사실상 정치사상서라고 봄이 타당하다. 일설에 의하면, 본시 육도는 태공망의 저서라 전해지고 있는데 반해, 삼략은 진(秦)나라 말, 한(漢)나라 초, 황석공이라는 사람에 의해 저술되었다는 설이 있으나 확실치는 않다.

타락한 사회를 향한 문학적 대응
— 김해양의 소설집 『갈릴레이의 변』에 나타나는 세태의 양상

오양호
(문학평론가/ 전 인천대학교 교수/한국문인협회 평론분과 회장)

1. 세태소설과 「갈릴레이의 변」

소설은 시나 희곡 등 다른 문학의 갈래와는 다르게 그 발생에서
부터 자본주의로 대표되는 현대사회와 특별한 관계 속에서 성장
발전했다. 이런 점은 소설의 발생을 역사철학적 관점에서 해석한
게오르그 루카치(Georg Lukacs)의 소설의 이론에서 잘 나타난다.
그리고 그의 소설이론의 상당 부분을 이어받은 뤼시앙 골드만
(Lucian Goldman)의 『소설사회학을 위하여』에 오면 이런 점이 더
분명해진다.

소설의 주인공을 사회와의 관계 때문에 ‘문제적 개인’으로 규정한 루카치의 견해와 소설을 ‘타락한 사회에서 타락한 방법으로 진정한 가치를 추구하는’ 갈래로 보는 골드만의 견해는 이제 리얼리스트들의 신조만 아니라 소설이라는 문학의 생리를 해석하는데 이의 없이 적용되는 원론이 되었다. 특히 1980년대 말 1990년대 초의 한국소설을 평가하는 잣대는 거의 이런 이론을 기준으로 삼았다.

한국 현대소설의 한 축을 이해하기 위해서는 소설과 사회와의 이러한 관계를 진지하게 검토하지 않으면 안 된다. 이광수의 『무정』, 염상섭의 『삼대』, 이기영의 『고향』, 홍명희의 『임거정』, 박경리의 『토지』, 최인훈의 『광장』, 조정래의 『태백산맥』 등의 대작이 모두 문제적 개인으로서의 개인 및 사회와의 관계에 대한 부단한 탐구로 이루어졌다. 지금도 이러한 관점에서 한국현대사회의 여러 문제와 관련된 소설을 생산하는 작가가 있다. 황석영이 좋은 예다.

김해양의 소설을 논하면서 이런 문제를 전제하는 것은 그의 소설이 하나 같이 이 나라의 사회문제, 그러니까 윤리, 권력, 교육 문제 등을 테마로 삼아, 그런 테마를 이른 바 문제적 개인을 통해 이리저리 휘젓고 비판하는 사건을 전개하고 있기 때문이다.

 「갈릴레이의 변」에서는 건달인 조강포가 그러하고, 「마키아벨리즘과 육도삼략」의 차일도, 「소설신국론」의 강직한이란 인물이 이런 사건을 벌이는 문제적 개인이다. 이들 주인공은 그들이 비록 사회와 상동관계 속에 존재하지만 그들은 그런 타락한 사회의 타락한 사건들을 진정한 가치의 추구로 개선하려 한다. 그래서 소설집 『갈릴레이의 변』에는 우리가 사는 이 시대의 이런 세태가 아주 리얼하게 나타나고 있다.

> "뭣이여, 이따구 법이 어딨어? 벌금 50만원을 100만원으로 올려뿌러? 이런 더런 놈의 법이 어딨당가? 워매에, 나 죽겠네, 환장허겄네에!"
> 노파는 크게 활개를 휘어 저으며 피고석에서 곧바로 사람들이 자리한 사이를 가로질러 밖으로 나가며 끓어오르는 화를 참지 못해 고함을 질렀다.
> "순 도둑놈의 새끼들! 없는 사람한텐 법이고, 있는 놈한테는 법이 아닌 세상이여! 말로만 개혁! 개혁! 무랑태수(무량태수) 같은 대통령부터 갈아쳐야 쓰겄구만!"
>
> 「소설신국론」 발단)

시골 노파 한 사람이 세상을 향해 분노하는 모습이다. 노파의 입심이 보통이 아니다. 이 작품의 인물들은 이렇게 세상을 비판하고 적나라하게 까발린다. 「갈릴레이의 변」 역시 이렇게 시작된다. 발단의 한 대문을 잠깐 보자.

> "그리고 강포 너! 허구한 날 맨 꼴찌가 뭐야? 너 땜에 내가 직원실에 얼굴을 못 들고 다닌 다!"

선생님의 말이 떨어지기 무섭게 강포가 고갤 뻣뻣이 들고
는 당돌하게 대꾸를 했다.

"제가 공부 못한 거하고 선생님하고 무슨 상관이 있습니까?"

(중략)

"아니, 선생님. 공부 잘 헌다고 하늘에 가서 별 따온답니까,
달 따온답니까? 공부만 헌다고 이순신 장군이나 유관순 누
나가 나오기라도 헌답니까?"

(중략)

"못된 송아지 엉덩이 뿔난다더니, 어디서 주워들은 건 있어
가지고. 그건 네 녀석이 할 소리가 아닌 줄 안다. 그리고 네
나이가 몇이기에 아직도 유관순 누나야? 열사라고 해야지.
유관순은 열여덟이고 지금 넌 열아홉이야 녀석아!"
급우들이 다시 와르르 웃었다.

범칭 세태소설이다. 사제 간의 관계가 묘하게 일그러져가는 최
근의 어떤 현상이 단적으로 드러나 있기 때문이다. 채만식의『태평
천하』, 박태원의『천변풍경』, 염상섭의『삼대』, 현대에 와서는 조세
희의『난장이가 쏘아올린 작은 공』, 이문열의『우리들의 일그러진
영웅』, 이경자의『절반의 실패』등이 모두 이런 유형의 소설이다.

세태소설에서의 세태라는 말은 소설적으로 파악되는 사회적
현실을 지칭한다. 이런 소설들이 제기하고 있는 테마가 당대의
현실을 문제 삼고 있는 까닭이다. 김해양이 취재하고 있는 사회
의 이면 탐색 역시 그러하다.

2. 시대윤리의 비판과 소설적 대응

중편 「갈릴레이의 변」의 내용을 간단히 정리하면 군사정권 시절 순천지방을 배경으로 문무고에서 늘 꼴찌만 하던 조강포가 사업을 하여 회장이 되고, 1, 2등을 하던 성수환과 이영준은 사법고시에 합격해 판사, 변호사가 된다는 줄거리다.

조강포가 주먹으로는 문무고의 제 일인자였고, 졸업 후에는 한 조폭단체의 보스까지 된 건달이었지만 지금은 아버지가 사탕공장과 군납업체인 오뎅 공장을 하여 돈을 벌자 그걸 배경으로 카센터를 차리고, 다시 생수회사, 주택건설업체를 거느리는 소위 회장님이 되어, "학교에 다닐 때 공불 젤 못했던 애들이 순서대로 사회에선 가장 잘 나간다"며 뻐기고 다닌다. 사람 평가의 모든 기준을 돈에 두고 있는 것이다. 그러나 그는 아직 기득권층이 으레 가지고 있는 정치적인 힘과 사회적인 권력은 없다. 그래서 경제적인 부를 축적한 졸부들의 대부분이 그러하듯 자신의 사회적 위치를 끌어올릴 수 있는 방안을 찾는다. 그는 우선 돈이 많은 것을 유세하고 다닌다. 출세를 한 친구들과 특별한 관계를 맺기 위해서다. 그것은 국가가 부여한 권세의 극히 일부분이라도 가지기 위해서다. 그러니까 그도 현실적으로 기득권 세력의 사회 통제력을 가지려는 것이다. 조폭시절 당했던 국가권력의 막강한 힘과 맛을 단단히 알고 있기 때문이다.

조강포는 자신이 가진 돈의 힘으로 이것을 어느 정도 성취한다.

곧 외제 승용차를 몰며 능력 있는 기업가 행세를 하고, 동창회에 나가 시의원이 된 동창과 우의를 다지고, 변호사가 된 이영준과도 만남으로써 건달로 보낸 과거를 조금씩 씻어낸다.

조강포의 이런 행동과 의식은 무슨 방법을 쓰더라도 사회의 지도적 계층에 편입하려는 오늘날 졸부들의 속물근성과 심리상태를 압축적으로 보여준다. 속물(snovery)의 전형이다. 「갈릴레이의 변」이 재미있게 읽히는 이유가 이런 성격창조 때문이다.

리얼리즘의 핵심은 전형성이다. 이 전형성은 개별성과 보편성의 올바른 통일 하에서 이루어진다. 엥겔스는 문학이 현실을 반영할 때 '그 역사적 흐름 속에서 위치 지우지 않고 사소한 개인적 욕망 속에 머무는 것'에 대해서 극도의 반감을 나타내었다. 현재 한국문학이 1980년대식 리얼리즘의 논리가 지배하는 풍토는 아니지만 루카치나 골드만의 소설발생론에서 피해갈 수 없는 김해양의 소설을 놓고 볼 때, 이런 엥겔스의 논리는 평가의 잣대가 된다. 조강포라는 인물은 그 성격이 사소한 개인적인 것에 그치고, 또 그것이 당대 역사의 흐름과는 전혀 연관되지 못한 상태에 있다. 엥겔스는 이것을 '전형성을 확보하지 못한 개별성에의 함몰'이라 했다. 엥겔스식 논리로 보면 조강포는 실패한 전형이라기보다 전형이 될 수 없는 인물이다. 이 인간상으로부터 어떤 역사의식도 발견할 수 없기 때문이다. 그러나 역사의식에 찬 전형이 성격창조의 진범이 되는 것은 아니다. 지금 이런 전형은 방기할 대상이다. 오히려 조강포가 속물의 전형을 띠고 있다는 점에서 리얼리티를 지닌다.

조강포는 돈만으로는 현실사회에서 기득권을 효과적으로 행사할 수 없다는 것을 알고, 현실적으로 사회의 권력을 쥐고 있는 집단과 동격이 되기 위해 부단한 투자를 한다. 속물의 계층상승 욕구다. 기껏 카센터를 하는 주제에 거드름을 피우면서 유력인사 행세를 한다. 이 시대에 우리가 흔히 만나는 바로 그 물신주의에 빠져있는 인물을 대표한다.

삽화(揷話)의 여러 인물 역시 조강포와 다르지 않다. 조강포의 스승인 학생과장 강철봉, 교련 교사 국장위 역시 한 시대 이 나라의 세태를 희화한다. 김해양은 현대의 이런 세태검증을 등장인물의 명명법(appellation)에서부터 시작한다.

'강철봉' 이란 이름은 '강철로 만든 쇠막대' 라는 의미를 연상시키고, '국장위' 는 '국가의 장래를 위임받은 인물' 의 약칭 같다. 또는 '체벌 봉밖에 휘두를 줄 모르는 강철처럼 강한 무뢰한', '국민의 장래를 위협하는 인물' 로도 들린다. 소설의 문맥에서 이런 인물이 긍정적으로 묘사되는 곳은 거의 없기 때문이다. 강철봉의 별명이 '위선자' 고, 국장위의 별명이 '두장보기' 란 것도 이런 느낌을 준다. 또 다른 인물 '순두' 는 실제로 순두부 같아 늘 강포의 밥이었다. 그밖에 성품이 좋았던 담임선생의 이름이 길전국이고, 수환을 따르는 예쁘고 착한 소녀의 이름을 미영이로 명명한 것역시, 이름 자체가 조폭 두목을 연상시키는 조강포만큼 어울린다. 이름에서부터 성격의 특성을 풍자하고 있는 까닭이다.

이런 성격창조는 "순천에 가서는 인물자랑 말라"와도 어떤 유기적 관계에 있다. 곧 마라토너 남승룡, 복서 서정권, 실학자 이수광, 「강남악부」의 저자 조현범, 육진개척의 명장 김종서, 작가 김승옥, 조정래 등이 모두 순천 출신인데, 이 소설에서 창조된 인물 역시 그러한 인물로 성장할 것이란 암시를 주고 있다. 특히 성수환의 장래가 그러하다. 그는 순천의 명문, 문무고의 수재였다. 그러나 번번이 사법시험에 떨어졌고, 건달들, 강포의 패거리가 폭력을 휘둘러도, 택견으로 다진 힘도, 샌드백을 치며 기른 주먹도 쓰지 않고 "잘못한 이가 있거든 일흔 번씩 일곱 번까지 용서해주라"는 성경 말씀에 따라 너희들과 같은 사람이 되기 싫다며 두들겨 맞는다.

이런 수환이 실연을 당하고 화가의 꿈도 접고, 아버지의 뜻에 따라 법대에 진학하여 여러 번의 낙방 끝에 마침내 사법시험에 수석으로 합격, 판사가 된다. 성수환의 성장과정으로 보아 판사가 된 수환이, 그가 어릴 때부터 흠모하는 『큰 바위 얼굴』의 주인공처럼 모든 사람의 존경을 받는 인물이 될 것임엔 분명하다. 이렇게 볼 때 「갈릴레이의 변」은 순천지방의 창창한 장래를 예언한 작품이다. 순두도 멍청이가 아니라, 훌륭한 영농 후계자가 되었고, 폭력과 전과자의 대부인 강포마저 개과천선을 예보하고 있으니 이제 이런 인물들이 사는 순천은 벽골의 고장이 아니다. 여수순천반란 때 두 아들을 죽인 원수를 사형장에서 구해준 사랑의 순교자 손양원 목사가 부활하는 구원의 땅이다. 위기에서 나라를

지킨 김종서가 태어나고, 이순신, 임경업도 살았던 구국의 길지
(吉地)가 바로 순천이라는 것이다. 작가는 이런 주제를 목숨을 걸
고 진리를 말한 갈릴레이처럼, 혼탁한 이 시대 앞에 순천의 복음
으로 그 형상화를 시도하고 있다. 그러나 이 소설의 몇 가지 한계,
성격창조 면에서는 리얼리티 또는 개연성(probability)의 부족으로
그런 주제실현이 막히고 있다.

3. 기독교적 윤리의식과 권력의 비판

중편 「소설신국론」도 「갈릴레이의 변」과 다르지 않다. 여기서도
세태풍자가 여전한 까닭이다. 검사 이름이 오남용, 판사 이름은 오
단정이고 이런 율사들의 법집행을 비판하는 영농후계자, 주인공의
이름이 강직한이라는 데서 이런 성격이 단적으로 드러난다.

「갈릴레이의 변」이 건달을 통해 시대현실을 검증하고 있다면,
「소설신국론」은 법조인들의 성실치 못한 법 관리 때문에 서민이
고통을 받는 현실을 문제 삼는다.

이 소설은 두 개의 에피소드가 피카레스크식으로 구성되어 있
다. 첫째 에피소드는 농부 강직한이 최신형 오토바이를 잃어버렸
는데, 이 사건이 사실은 오토바이 수리점 주인이 오토바이를 어
디로 끌고 가 망치로 일부러 망가뜨려 팽개쳐버린, 곧 일거리를
비열하고 치사하게 장만하는 오토바이 수리점의 못된 소행임이

드러난다. 그러나 사건은 여기에서 끝나지 않는다. 경찰관들이 사건 목격자에게 "당신 말야! 눈으로 범인을 확실히 봤어? 사진 찍어논 거 있어?" 하고 따진다. 이로써 강직한은 멀쩡한 사람을 무고하는 가해자 꼴이 된다. 이때 강직한의 아내가 검찰고발로 진실을 밝히려 하자 사태는 반전, 파출소장의 주선으로 이 사건은 합의에 이른다.

두 번째 에피소드도 승용차 사고를 둘러싼 송사 사건이다. 강직한의 형 강일한은 어느 날 주차를 하려는데 그의 전셋집 아래층에 함께 세 들어 사는 운전기사가 자기가 주차를 해주겠다기에 차를 맡긴다. 그러나 급발진 운전으로 차가 전봇대를 들이받고 그만 박살이 난다. 송사 사건은 남의 재산상에 손해를 가한 이 운전자가 도리어 스트레스를 받아 죽겠다며 적반하장으로 어수룩한 자기 형을 두말 못하게 윽박지르면서 발생한다. 이런 이야기를 구정 쇠러 시골로 내려온 형으로부터 들은 강직한이 그처럼 비도덕적인 인간을 그냥 두면 안 된다고 판단, 서울로 전화를 건다.

"나, 강일한 씨 동생 되는 사람이요, 근데 당신한테 뭣 좀 물어봅시다. 어떻게 사람이 그럴 수 있습니까? 남의 차를 못 쓰게 했음 변상을 해줘야 될 거 아니요?"
"누구? 강일한이? 걔가 누구더라? 제기 씨버럴! 정초부터 재수 없이……. 야! 난 너 따위는 볼일 없어, 전화 끊어라!"

사건은 여기서 급변, 꼬이기 시작한다. 강직한은 그 운전자가

태도를 바꾸기는커녕 배 째라는 투로 계속 억지를 부리자 "너 이
새끼, 어디 계속 혓바닥 부지런히 놀려봐라, 개자식아! 죽여 버릴
테니까!"라는 말을 한다.

　이 일로 강직한은 정보통신망보호법 위반, 그러니까 상대에게
전화상 언어폭력을 행사한 죄로 고소를 당하고, 재판에 회부되어
50만원의 벌금형을 선고받는다. 피해를 주장하던 사람이 가해자
가 되었다.

　이런 에피소드와 유사한 사건은 우리 주변에서 자주 일어난다.
특히 소외된 서민계층에서 흔히 발생하는데 이 소설은 비속어,
감정통제를 못하는 인물의 성격창조를 통해 이 시대 서민들의 그
런 삶의 한 양태를 생생하게 그려내고 있다.

　① "요런 후레 쌍눔의 새끼! 뒈질라고 환장했구나! 삶아 먹
어도 시원치 않을 새끼!"
"난 삶아도 맛이 없어, 아마 못 먹을 거야!"
　② 강직한은 순간 전화에서 느껴지는 어떤 낌새로 보아 상
대방이 녹취를 하고 있다는 생각이 들었다. 녀석이 말을 유
도하는 눈치였고 또 정작 자신은 욕설을 퍼붓는데도 녀석
이 아까와는 달리 말을 아끼는 것 같았기 때문이었다. 그러
나 아랑곳하지 않았다. 강직한은 불을 당긴 듯 내키는 대로
죽이겠다고 욕지거리를 퍼부었다. 설사 그런다 한들 얼마든
지 합법적으로 이길 수 있다는 생각이 들었다. 오히려 그는
배짱으로 더욱 큰소리를 쳐댔다.

인용 ①에는 비속어뿐이고, ②에는 눈 씻고 찾아도 '이성적인 것'은 없다. 펄펄 끓는 감정뿐이다. 비속어가 서민의 전유물은 아니다. 그러나 비속어가 감정적인 인간의 특성을 잘 나타내는 것만은 틀림없다. 인용 ②에서는 강직한이 반드시 옳다고 볼 수 없다. 자동차가 그렇게 망가진 것이 운전자에게 차를 맡긴 차주의 실수일 수도 있는데, 그들, 이웃의 인정상 너무 지나친 반응을 보였다. 결국 사단이 된 것이 '죽여 버릴 테니까' 라는 말이니 사태 악화의 반은 강직한에게 있다. 그러나 강직한은 그것을 의식하지 못한다. 법을 악용하며 살아가는 비열한 인간의 계략에 말려들어 자신이 도리어 범법자가 된 것을 전혀 깨닫지 못한 상태에 있다.

이런 이야기는 1980년대쯤 성장의 소외지대에서 살아가던 사람들의 어떤 초상으로 보인다. 우리가 겪어온 외면할 수 없는, 그리고 아직도 사회 한 귀퉁이에 존재하는 현실이다. 경제대국, 선진국이라지만 여전히 절박하기만 한 사람들의 이야기다. 셋방살이하는 영업용 기사, 그가 자신의 기술을 믿고 이웃집의 차를 빼주다가 전봇대를 들이받아 차가 망가졌는데 차 값을 물어내라는 차주의 말을 들었을 때 얼마나 황당했을까. 차 값 변상을 피하려는 방법은 치사하고, 그 언행 역시 야비하지만 그의 생존전략으로 보면 최적의 방법실행이다. 상대의 약점을 이용, 사건을 완전히 뒤집어버린 까닭이다. 이렇게 보면 이 소설은 이 운전기사의 성격창조 하나로도 이 시대 세태를 훌륭히 풍자한 작품이라 할 수 있다.

논리가 이러하지만 「소설신국론」의 주제는 기독교적 윤리의식으로 법과 권력을 비판하는 데 그 초점이 가 있다. 이 문제는 자동차 사건고소를 논죄하는 판사와 검사의 태도와 이에 맞서는 강직한 부부의 대응에서 극명하게 드러난다.

③ "전화상 언어폭력을 어떻게 생각합니까?"
④ "악법은 법이 아닌 것이요, 법의 이름을 빙자한 폭력입니다! 그리고 그리스도께서 말씀하시기를 의인은 없나니 하나도 없다고 했습니다. 이 말씀을 검사님께서는 명심하십시오!"
⑤ "저녁이 밤 아닙니까? 밤에 작살내버리겠다고 공포분위기 조성한 것이 옳다 이 말입니까?"
⑥ "자기야, 아무래도 안 되겠어. 그냥 우리 다시 가서 선고 내려달라 하자!"

③은 오남용 검사가 고소내용을 보는 태도이고, ④는 강직한이 법의 집행을 해석하는 태도이다. ⑤는 오단정 판사가 전화내용을 결과적으로 해석하는 입장이고, ⑥은 강직한의 아내 희선이 법의 횡포에 대적하기를 꺼리는 의지 상실이다.

③과 ⑤에는 사건의 결과를 놓고 따지는 법의식뿐이다. 그러나 ④, ⑥에는 윤리의식과 그런 것을 전혀 고려하지 않는 법의 집행에 대한 두려움과 인간주의가 존재한다. 이렇게 주장은 제각기 다르지만 결과는 ⑤가 기준이 되었다. 주인공 강직한은 이것을 법의 남용으로 생각한다. 그리고 그의 아내는 그런 권력의 남용이 어떤 결과를 가져올지 염려로 서둘러 선고를 자청한다.

이 소설은 이렇게 법이 남용되고 있고, 단정적으로 관리되고 있다고 비판한다. 이것을 인간상을 통해 풍자적으로 보여주고 있다. 작가가 수시로 개입해서 강직한을 변호, 옹호하지만 결과적으로 그런 진술이 아무런 성과를 거두지 못했다. 강직한이란 인물이 '스스로, 또 그의 아내만 강직하다'고 생각할 뿐, 행위의 결과는 ③, ⑤의 논리에 따라 벌금 50만원을 받는 실정법(實定法) 위반자가 되었기 때문이다.

④의 기독교적 윤리의식 역시 법의 남용과 단정을 비판하는 개인적 주장일 뿐이다. 많은 사람들이 기독교의 그 인간구원의 윤리의식에 공감하지만 현실은 그렇지 못함으로써 이 소설의 겁 없는 법의 비판은 공염불이 되었기 때문이다. 이 소설의 결말은 '죄 없는 사람, 강직한'을 죄인으로 만들었다. 이 소설의 세태소설적 성격은 바로 이런 아이러니에 있다.

문학작품이 특정 종교와 밀접한 관련성을 가질 때 우리는 그런 작품을 범칭 종교문학이라 부르고, 우리의 현대문학의 경우, 기독교의 사상을 테마로 한 많은 문학을 기독교 문학의 시각에서 그 가치를 높이 평가하고 있다. 이런 점에서 「소설신국론」도 기독교 문학이다. 주인공 강직한의 모든 행동, 사고, 언술의 근거가 되는 것이 기독교의 교리이고, 그의 아내 역시 진실한 크리스천인 까닭이다. 그러나 다른 각도, 이를테면 소설에서 이분법적으로 언급한, 세속이 논리로 보면 「소설신국론」은 기독교 소설이 아니다. 기독교의 윤리에 바탕을 둔 모든 비판이 부인되는 까닭이다. 또 강직한의 '강직한 비판'은 오단정, 오남용의 판단과 논고에 의해 철저히 부정되는 '악법도 법'인 세상이 재확인되었으니 기독교의 윤리 실현은 전혀 이루어진 바 없다. 기독교 윤리가 주제로 형상화되고 결과로 나타나지 않는 문학을 기독교 문학이라고 부를 수는 없다는 것이 일반인의 논점이다. 다만 기독 신학론의 입장에서 현재의 세상은 의가 아니며 언젠가 신국(神國)의 도래를 통해서 의는 실현된다는 것으로 보고 있다. 그렇게 이야기하면 이 소설 역시 기독교 문학이라는 이름으로 다시 귀결된다.

김해양의 등단작 「마키아벨리즘과 육도삼략」은 이른 바 운동권 후일담 소설이다. 이런 소설이 한 시대의 사회문제를 심각하게 다루고 있다는 점에서 「마키아벨리즘과 육도삼략」도 세태소설이라 할 수 있다. 그러나 이 단편은 정치적 논제에 주안점을 둔 것으로 「갈릴레이의 변」, 「소설신국론」이 문제 삼고 있는 세태풍자와 기독교적 윤리의식이 거의 드러나지 않은 작품이기에 이 글의 논의에서 제외한다.

먼 훗날,

인류는 1960년대라는 한 시대의 미명에 태어나 격동의 세월을 살아온

우리의 꿈과 사랑과 낭만에 대하여 이야기할 때가 있을 것이다.

분명히 이야기하노니 그래도 인류 역사상 가장 행복한 세대가

바로 우리였노라고 말이다.